纳兰诗词
赏读

周如风 注评

中国画报出版社·北京

图书在版编目（CIP）数据

纳兰诗词赏读/（清）纳兰性德著；周如风注评．——北京：中国画报出版社，2016.5
　ISBN 978-7-5146-1285-1

　Ⅰ．①纳… Ⅱ．①纳… ②周… Ⅲ．①纳兰性德（1654～1685）-词（文学）-诗歌欣赏 Ⅳ．① I207.23

中国版本图书馆 CIP 数据核字 (2016) 第 074589 号

纳兰诗词赏读	周如风　注评

出 版 人：于九涛
责任编辑：张文杰
编辑助理：代莹莹
责任印制：焦　洋
出版发行：中国画报出版社
　　　　　（中国北京市海淀区车公庄西路33号　邮编：100048）
开　　本：32开（880mm×1230mm）
印　　张：8.75
字　　数：200千字
版　　次：2016年5月第1版　2016年5月第1次印刷
印　　刷：北京通州皇家印刷厂
定　　价：28.00元

总编室兼传真：010-88417359　　版权部：010-88417359
发　行　部：010-68469781　　010-68414683（传真）

目录

001　缘起　有情终古似无情

卷一　何怪俗眼轻填词

003　第一章　谁念西风独自凉

004　浣溪沙（谁念西风独自凉）
007　金缕曲（此恨何时已）
010　金缕曲（生怕芳樽满）
013　沁园春（瞬息浮生）
016　沁园春（梦冷蘅芜）
020　青衫湿（近来无限伤心事）
022　青衫湿遍（青衫湿遍）
025　南乡子（泪咽却无声）

027 蝶恋花（辛苦最怜天上月）
030 荷叶杯（知己一人谁是）
033 虞美人（春情只到梨花薄）
036 点绛唇（一种蛾眉）
039 忆江南（心灰尽）
042 鹧鸪天（尘满疏帘素带飘）

第二章 一生一代一双人

045
046 画堂春（一生一代一双人）
049 如梦令（正是辘轳金井）
052 临江仙（昨夜个人曾有约）
055 减字木兰花（相逢不语）
058 虞美人（曲阑深处重相见）
061 虞美人（银床淅沥青梧老）

064 鹊桥仙（梦来双倚）
067 浪淘沙（闷自剔残灯）
070 昭君怨二首
073 浣溪沙（十八年来堕世间）
076 菩萨蛮（乌丝画作回纹纸）
079 摊破浣溪沙二首

第三章 人生若只如初见

082
083 木兰花（人生若只如初见）
086 金缕曲（德也狂生耳）
090 金缕曲（何事添凄咽）
093 减字木兰花（花丛冷眼）
096 虞美人（凭君料理花间课）
099 鹧鸪天（握手西风泪不干）

103 浣溪沙（藕荡桥边理钓筒）
106 潇湘雨（长安一夜雨）
108 菩萨蛮（乌丝曲倩红儿谱）
111 瑞鹤仙（马齿加长矣）

114 第四章　聒碎乡心梦不成
115 长相思（山一程）
118 好事近（马首望青山）
121 菩萨蛮（玉绳斜转疑清晓）
124 卜算子（塞草晚才青）
127 百字令（无情野火）
130 浪淘沙（蜃阙半模糊）
133 临江仙（独客单衾谁念我）
136 沁园春（试望阴山）

139 浣溪沙（万里阴山万里沙）
142 清平乐（烟轻雨小）
145 台城路（白狼河北秋偏早）

148 第五章　立马江山千里目
149 梦江南（江南好·京口）
152 梦江南（江南好·维扬）
155 梦江南（江南好·姑苏）
158 梦江南（江南好·无锡）
161 梦江南（江南好·金陵）
164 梦江南（江南好）
166 浣溪沙（无恙年年汴水流）
170 满江红（籍甚平阳）

003

卷二 别裁伪体亲风雅

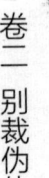

第一章 风雅亦吾事

177
178 拟古·其一
181 拟古·其二
184 拟古·其三
187 拟古·其四
190 拟古·其五
193 拟古·其六
196 拟古·其七
199 拟古·其八

第二章 千秋名分绝君臣

202
203 咏史·其一
205 咏史·其二
207 咏史·其三
210 咏史·其四
212 咏史·其五
214 咏史·其六
216 咏史·其七
218 咏史·其八

220 第三章 豹尾旳陪颂献颂
221 兴京陪祭福陵
224 扈驾西山
226 扈跸霸州
228 驾幸五台恭纪
230 扈从圣驾祀东岳礼成恭纪
232 幸举礼闱以病未与廷试

235 第四章 此间萧散绝
236 郊园即事
238 初夏月偕仲弟作
240 通志堂成
243 渌水亭

245 咏笼莺
248 夜合花

卷三 人间何处问多情
253 冷暖自知饮水词
258 京华何处渌水亭
262 知在红楼第几层
268 缘结　静坐晴轩，乐志琴书

005

缘起

有情终古似无情

叫我写纳兰，我原是拒绝的。

我虽生长在烟雨江南，却有着一副爽直刚烈的心肠。秉性所致，故而不甚中意纳兰之清婉缠绵。闲来无事，翻阅几篇，竟是丢开即忘，不似当日读太白之诗，可以过目成诵。

诗缘情，情传意。既然我对纳兰"无情"，又如何能写出诚意之文字，与大家共享呢？况且，赏评纳兰诗词的书籍早已泛滥，有些是专情之作，文章上乘；有些是充数之文，满纸造作。如此纷繁，我一无情之人又来搅和，岂非自寻烦恼？

然而裴斐先生说："做学问，也须有竞争意识与冒险意识……如不能超过前人，也要表现出自己的思想风格和时代特色。"

我写此书，无须做学问之严谨，反有稻粱谋之索求。两相较量，若是连一点竞争、冒险的意识都没有，那真该就此封笔，再不要品书论文了。

于是，我消磨了些床头时光，昏灯之下，捧卷慢读，以我之心境，解纳兰之诗词，欲寻一份落笔之处。

今日落笔，我仍需坦然相告：我对纳兰，并无深情。然而这并不妨碍我认他为清王朝的"国初第一词手"，也不妨碍我敬重他诚挚重情的品行。

纳兰出身于一个骑马射猎的民族，他保留了草原人的淳朴，吸纳了宋元以来中原文学的清雅，其词作多情婉转，王国维"北宋以来，一人而已"的称赞，一丝也不过分。

纳兰笔下所瞩世界，不过是他为富贵公子、御前侍卫的所见所闻，难免局限；然而其文字所出，多是真情真心，少有矫饰奉承。这一点，莫说置于古今文场中，就是放之四海，也无疑是非常珍贵的。

因为纳兰毫不遮掩真心，故而情词切切，引人共鸣，当时人与今世人读来，都可暗生情愫。尤其是那些容易为情绪所左右以及情思单纯的人，难免遐思翩翩，不能自已。而我大约正是遐思不够，所以才对纳兰难有深情。

这是我写作此书的软肋，或许，这也是我的优势。至少我不会因为遐思太盛，而失却了静心看待纳兰的理智，所以，这满纸的文字，我只是以我之直肠度纳兰之真心；以寻常心态，做寻常文章；不求文字如何清婉迷离，但求心意真实可信。这也算是一种"有情终古似无情"吧？

不久前，我正品读乾隆时沈复之作《浮生六记》，其中有一段讲述了沈复与爱妻芸娘论诗。较之杜甫，芸娘更爱李白，沈复不解，因问："工部为诗家之大成，学者多宗之，卿独取李，何也？"芸娘答道："非杜亚于李，不过妾之私心宗杜心浅，爱李心深。"

芸娘之言，可解我之踌躇。所以，我最终还是落笔了。这书中赏评之语，不再是传统的词句解释，官方评说。我以我心看纳兰，更在乎词章背后的人生故事，情感世界。这乃是一家之言，若能得些许读者的认可，我愿已足。

周如风

卷一 何怪俗眼轻填词

诗亡词乃盛，比兴此焉托。
往往欢娱工，不如忧患作。
冬郎一生极憔悴，判与三闾共醒醉。
美人香草可怜春，凤蜡红巾无限泪。
芒鞋心事杜陵知，唯今只赏杜陵诗。
古人且失风人旨，何怪俗眼轻填词。
词源远过诗律近，拟古乐府特加润。
不见句读参差三百篇，已自换头兼转韵。

——纳兰性德《填词》

纳兰感叹："诗亡词乃盛，比兴此焉托。往往欢娱工，不如忧患作。"作为"诗余"，古来文人都将填词视作"小技"，只做"宴嬉逸乐"之用。

这叫纳兰甚感不平。

在纳兰眼中，词之渊源，远于诗律，其承接的乃是《诗经》"句读参差三百篇，已自换头兼转韵"的体式。可叹古人一味捧高诗作，岂不知早已丢却《诗经》风雅，却又"何怪俗眼轻填词"？

所以，纳兰填词是极为用心的。比兴寄托、拟古用典，皆有所得，而真情所致，别具性灵，终成今人所见之哀感顽艳、凄清隽永的纳兰词。

第一章 谁念西风独自凉

今人所品读的纳兰词中,悼亡词与爱情词是最受欢迎的。

纳兰词章,美在情真。而人世之情,当以夫妇人伦,位列第一,故而《诗经》才以《关雎》开篇。所以,我这本品读纳兰诗词的书,理所当然地将悼亡词列为首章。

纳兰之发妻卢氏,康熙十三年(1674年)于归,至康熙十六年(1677年)五月三十日难产离世,与纳兰厮守不足三载。康熙十七年(1678年)七月二十八日,卢氏归葬纳兰家族玉河皂荚屯之祖茔,时为中书舍人的叶崇舒撰写《皇清纳腊室卢氏墓志铭》,言道:

> 夫人境非挽鹿,自契同心,遇辟游鱼,岂殊比目。抗情尘表,则视有浮云;抚操闺中,则志存流水。于其没也,悼亡之吟不少,知己之恨尤深。

由此可知,纳兰与卢氏非但有伉俪之爱,更有知音之情。卢氏一朝香消玉殒,纳兰孤鸾难鸣,便把心中无限遗憾,都交付于这些悼亡之作中了。

浣溪沙

谁念西风①独自凉，萧萧②黄叶闭疏窗。沉思往事立残阳③。

被酒④莫惊春睡重，赌书消得泼茶香⑤。当时只道是寻常。

笺注

①西风：秋日风起，是为西风。宋·晏殊《蝶恋花·槛菊愁烟兰泣露》中有"昨夜西风凋碧树"，元·马致远《天净沙·秋思》中有"古道西风瘦马"，或清冷孤寂，或苍凉悲怆，都在"西风"二字里面。

②萧萧：西风之声可以萧萧，草木摇落之声也可以萧萧，寒窗孤影亦可以萧萧，都是凄凉境地。

③残阳：本是夕阳，偏要唤作残阳。一个"残"字，又添一层悲凉。全篇意韵，已然敲定。

④被酒：醉酒。酒醉而春睡，与前文西风黄叶的秋意不同。结合下文，大约是从宋·李清照《诉衷情·夜来沉醉卸妆迟》"酒醒熏破春睡"一句化出。

⑤赌书消得泼茶香：典出李清照之《金石录后序》："余性偶强记，每饭罢，坐归来堂烹茶，指堆积书史，言某事在某书某卷第几页第几行，

以中否角胜负,为饮茶先后。中即举杯大笑,至茶倾覆怀中,反不得饮而起。"李清照与赵明诚夫妇饭后饮茶,常行赌书游戏:一人问某典故是出自哪本书哪一卷的第几页第几行,对方若答中便可先饮。然而李清照每每猜中,便要举杯大笑,反将茶水洒了一身。自此,赌书泼茶成为闺中佳话,以喻夫妇志趣相投,伉俪情深。

赏评

我立意,以此阕《浣溪沙》为全书之开篇。

为何呢? 是因那最末一句"当时只道是寻常"。

因为不甚中意纳兰诗词,所以未曾刻意记诵过他的佳句。多年来,耳边时时听见的,无外乎"当时只道是寻常""人生若只如初见"两句,这两句亦被许多文艺青年视作珠玉。

此阕《浣溪沙》是公认的悼亡之作。西风凄凉,萧萧黄叶,残阳将逝,独坐疏窗。这是一个寂寞孤独的人,无人牵挂,唯有往事可以追忆。

然而,所忆往事又是什么呢? 夜来酒醉,春睡沉沉,不堪惊扰;赌书泼茶,闺中闲情,好似前代贤夫妇一般。只可惜,"当时只道是寻常",未曾珍惜在意。如今枕畔人离去,孤寂冷落,悔之不及。

这就是常人所说的失去才知道珍贵吧? 纳兰之才确实别致,能将这大俗话用一平实之句道出,却又不失意蕴,难怪叫后人感念,情不自禁地联想起纳兰与卢氏的种种"当时":譬如卢氏如何体贴,不忍搅扰夫君的春睡;譬如卢氏如何多才,夫妻猜诗斗茶,举案齐眉。

但是,纳兰《沁园春·丁巳重阳前三日》篇中曾有题注:

丁巳重阳前三日,梦亡妇淡妆素服,执手哽咽。语多不复能记。但临别有云:"衔恨愿为天上月,年年犹得向郎圆。"妇素未工诗,不知何以得此也? 觉后感赋。

"衔恨"之诗算不得佳句,纳兰却甚为感慨,可见卢氏于诗词之道知之甚少。闺中闲情,想必是对镜画眉、添香伴读居多;对坐唱和、猜诗斗茶之技,恐怕卢氏应承不来。真实的卢氏,算得贤妇,却称不上才女。

既然如此,纳兰为何要引"赌书泼茶"之典故,以李清照、赵明诚夫妇自比呢? 可知易安居士乃是千古第一才女啊!

至此,我们不妨再读全篇,捋一捋纳兰作词的思绪。

也许,纳兰落笔之初确实如词中所言,独立秋窗,境地凄凉。他追忆往事,有了些离愁别绪,需要排解。那一刻,纳兰于众多典故中,想起了赌书泼茶,想起了易安居士的"酒醒熏破春睡,梦远不成归",于是便借用此典,裁句成章。

然而此情须得有个终结:想李清照与赵明诚在归来堂上赌书泼茶,何等逍遥,一旦山河破碎,只落得生离死别,落魄飘零;纳兰与卢氏,三年恩爱,情深意笃,如今亦是音容杳然。可见,古往今来的人都容易犯下"当时只道是寻常"的错误。于是,纳兰为这篇寻常的小令留下了最后的警句。

从常情来看,纳兰"当时只道是寻常"的感触不假,但是作为才子,其文笔之技也是发乎自然的:起承转合,托物言情,顺理成章。所以,此阕《浣溪沙》纵有悼亡之意,也不比"赢得更深哭一场""泪咽却无声""此恨何时已"一类,哪里有所谓的字字血泪,痛煞心头? 此词之创作,的的确确是"当时只道是寻常"!

金缕曲

亡妇忌日有感

此恨何时已①?滴空阶②,寒更雨歇,葬花天气③。三载悠悠魂梦杳,是梦久应醒矣。料也觉、人间无味。不及夜台④尘土隔,冷清清、一片埋愁地。钗钿约⑤,竟抛弃。

重泉若有双鱼⑥寄。好知他,年来苦乐,与谁相倚?我自终宵成转侧,忍听湘弦⑦重理。待结个、他生知己。还怕两人俱薄命,再缘悭⑧、剩月零风里。清泪尽,纸灰起。

笺注

① 此恨何时已:典出宋·李之仪《卜算子》:"我住长江头,君住长江尾。日日思君不见君,共饮长江水。此水几时休,此恨何时已。只愿君心似我心,定不负相思意。"纳兰此时借来开篇,想必是千言万语,也只有这一句可以囊括。

② 滴空阶:空阶滴雨是古来诗词中常用典故,柳永《尾犯》词之"夜雨滴空阶,孤馆梦回",温庭筠《更漏子》之"一声声,空阶滴到明",皆是凄凉哀婉意境。

③ 葬花天气：指农历五月间，芒种前后。芒种时节百花凋零，民间有祭祀花神的仪式，饯送花神归位。《红楼梦》第二十七回即写大观园的女孩子们祭奠花神，"满园里绣带飘摇，花枝招展，更兼这些人打扮得桃羞杏让，燕妒莺惭，一时也道不尽"。唯有林黛玉担花锄、执花帚，含泪葬花。卢氏逝于五月三十日，纳兰此处既明写时节，又暗喻卢氏亡故如花朵凋零。联系下文可知，此篇当写于卢氏亡故三年忌期。

④ 夜台：代指坟墓、阴间。《聊斋志异·连琐》篇便有"夜台朽骨，不比生人"之说。

⑤ 钗钿约：典出白居易《长恨歌》："惟将旧物表深情，钿合金钗寄将去。钗留一股合一扇，钗擘黄金合分钿。"杨玉环魂断，唐明皇命道士前往仙山寻觅，杨玉环将当日所用金钗钿合皆一分为二，转呈唐明皇，以示不改旧时盟约。此处以钗钿约代指纳兰与卢氏白头偕老之盟。

⑥ 双鱼：典出汉乐府："客从远方来，遗我双鲤鱼。呼儿烹鲤鱼，中有尺素书。"后世遂以双鱼代指书信。

⑦ 湘弦：典出《楚辞·远游》："使湘灵鼓瑟兮，令海若舞冯夷。"湘灵即湘水之神娥皇、女英。相传，舜南巡而死于苍梧，娥皇、女英一路追随而不遇，遂鼓瑟而歌，音调凄苦。后世以湘弦代指哀怨悲凉之音。

⑧ 缘悭：悭即是少，缘悭意为缘薄。清·吴敬梓《儒林外史》第三十回有云："只为缘悭分浅，遇不着一个知己。"

赏评

纳兰擅长以细节入词，字字句句，都是实情。譬如上阕中"空阶滴雨""葬花天气"，所记正是卢氏亡故之期的时节气候，并非"为赋新词强说愁"；而下阕中"清泪尽，纸灰起"，亦是纳兰祭奠卢氏，焚烧纸钱的真实写照，读来自然真切，却又不乏典雅诗情。

纳兰认为，词之渊源远于诗律，因为词篇句读参差，换头转韵。纳兰见不惯时人贬低填词，故而作词时格外注重用典，以典故增加蕴藉词意，使人读后只觉余韵不绝，久久回味。譬如此篇，"此恨何时已""滴空阶""葬花天气""钗钿约""双鱼寄""湘弦重理"等，运用得恰到好处，而细想这些典故深意，便更添一层伤怀情愫。

但是，此阕词中纳兰最伤怀的，并非对卢氏的思念，而是他对"他生未卜此生休"的恐惧。此一生，纳兰与卢氏已是"钗钿约，竟抛弃"，他渴望与卢氏能够再续前缘，"待结个、他生知己"。然而，此生二人已然福薄，只怕他生亦是缘悭命蹇，依然不能白首到老。由此想去，他与卢氏，竟是生生世世恐怕再不能相聚，只能在每年忌日流两行清泪、焚一叠纸钱罢了。

前人品读此篇，大多以为"好知他，年来苦乐，与谁相倚"一句是纳兰对卢氏的关切，想知道她黄泉之下是忧是喜，是否有人与之相依相伴。这，未免牵强。

卢氏既嫁纳兰，便生是纳兰妇，死为纳兰魂。卢氏归葬之所，亦是纳兰家祖茔。无论是从古时礼制考究，还是从纳兰情深意重思量，纳兰都不会去想卢氏泉下是否有个人"相倚"。而从下文"我自终宵成转侧"来看，这一句"与谁相倚"当是卢氏问纳兰的。

纳兰暗自揣测，"重泉若有双鱼寄"，那卢氏定然想知道他"年来苦乐，与谁相倚"。而纳兰却并无人相伴，乃是"我自终宵成转侧，忍听湘弦重理"。这种诗词中代妇幽思的笔法并非稀罕，反因这一问一答的遐想，更多了几分婉转之情。

金缕曲

生怕芳樽①满。到更深、迷离醉影,残灯相伴。依旧回廊新月在,不定竹声撩乱②。问愁与、春宵长短。人比疏花③还寂寞,任红蕤④、落尽应难管。向梦里,闻低唤。

此情拟倩东风浣⑤。奈吹来、馀香病酒,旋添一半。惜别江郎⑥容易瘦,更著轻寒轻暖。忆絮语、纵横茗碗⑦。滴滴西窗红蜡泪,那时肠、早为而今断。任枕角,欹⑧孤馆。

笺注

①芳樽:指精致的酒器,后亦代指美酒。唐·杜甫《赠虞十五司马》诗云:"过逢连客位,日夜倒芳樽。"纳兰思念卢氏太甚,借酒浇愁,故而才有"迷离醉影"。

②撩乱:撩有拨动之意,所以此非竹声乱,乃是心声乱。

③疏花:即疏淡的梅花。姜夔《暗香》中有"但怪得、竹外疏花,香冷入瑶席"之句。

④红蕤:红花。此处当是指红梅零落,香消玉殒。

⑤浣:即浣洗、洗涤。纳兰哀思难耐,希望东风能够洗涤心中悲苦。怎奈风吹来时,只是吹散了醉酒迷离,清醒后,反觉悲苦更深。

⑥江郎：当指南朝辞赋大家江淹。纳兰此处乃是倾诉孤鸾之苦，这乍暖还寒的天气，实难经受。

⑦纵横茗碗：打翻了茶碗。此处当用李清照"赌书泼茶"典故，《浣溪沙·谁念西风独自凉》中已作注解。

⑧欹：同"倚"，倾斜、倚靠之意。纳兰思念亡妻，买醉消愁，却仍旧摆脱不去这孤馆角枕独自眠的凄凉，只余肠断。

赏评

尽管世人都清楚，借酒浇愁终是无用的，但每每愁至，还是有许多人去寻酒。想卢氏去后，酒盏便成了纳兰最亲密的伴侣，每每大醉，都期盼朦胧迷离间能再见卢氏一面，然而每次希望落空，更觉凄凉。所以，此阕中隐隐透露出纳兰放任自流的心情。那廊上新月同往昔一样爬了上来，竹声瑟瑟，撩动愁烦。纳兰是寂寞的，是孤苦的，所以他见不得窗外疏花。然而，他见红蕤凋零，又任其落尽；他知道，纵是自己在意，却也无能无力，犹如他此刻愁闷的心情。

又一次，纳兰梦中低唤，渴望能唤得卢氏一声回应。但是他知道，这还是痴梦一场，所以，一时期盼东风吹散愁情，一时又明白，这不过是徒增烦恼。纳兰只能悲叹自己江郎易瘦，无人关切寒暖；只能回忆往昔时光，夫妻间呢呢絮语，泼茶闲情。而今红烛泪，肠寸断，纳兰再也没有办法去消除此种遗恨，也就任这孤枕寒馆的凄凉蔓延，独自卧眠。

纳兰的爱情词常有这种徒增的烦恼。诚然，他的悲伤、他的凄苦是真实的，而他又的确难以排解，所以才常常求醉，屡屡用词篇来倾诉心情。

纳兰的这种心情，初次感悟，可以化人心肠，觉得清婉柔和；

可是感悟得多了，就不免有些腻味。尤其是爽直性子的人，纳兰的情词读多了，常觉得憋闷得慌，总像是有什么情绪不能发泄。所以，有时候明明可以理解他，可就是打心底里不愿随着他的这份惆怅走下去，甚至有时还会想与他的悲情对着干。

因为纳兰是个不懂得向前看的人。

他不懂得向前看，这才任凭红蕤落尽；他不懂得向前看，才甘愿孤馆斜欹。他把伤逝的人与事，统统笼在自己的心里。这是他的不幸与痛苦，可他并不想真的抛开，而是选择就这么守着。似乎唯有这么守着，他才是纳兰。

这，也是纳兰无法被人看低的缘故。纳兰的太过悲情固然不可取，但是你却不得不敬佩他的情深意重，钦佩他的执着。纳兰知道自己放不下，便坦荡荡地去面对，去倾诉。不似元稹写《莺莺传》那般，明明是始乱终弃，却说自己善于补过。

沁园春

丁巳重阳前三日①，梦亡妇淡妆素服，执手哽咽。语多不复能。但临别有云："衔恨愿为天上月，年年犹得向郎圆。"妇素未工诗，不知何以得此也？觉后感赋

瞬息浮生，薄命如斯②，低徊怎忘？记绣榻闲时，并吹红雨③；雕阑曲处，同倚斜阳。梦好难留，诗残莫续，赢得更深哭一场。遗容在，只灵飙一转④，未许端详。

重寻碧落茫茫⑤，料短发、朝来定有霜。便人间天上，尘缘未断；春花秋叶，触绪还伤。欲结绸缪，翻惊摇落，减尽荀衣昨日香⑥。真无奈，倩声声邻笛，谱出回肠。

笺注

①丁巳重阳前三日：此为康熙十六年（1677年）农历九月六日，即重阳节前三日。当时，纳兰之妻卢氏已病逝三月有余。此间梦思，所谓"执手哽咽"，是说纳兰情深。

②薄命如斯：浮生若梦，转瞬即逝，卢氏与纳兰相守两载便香消玉殒，这"薄命如斯"四字，乃是无限悲痛之言。

③ 并吹红雨,同倚斜阳:这是最寻常的小儿女情态,无论是落花时节还是夕阳余晖里,但能并肩相依,便足够了。可惜,此时回忆起来,更添悲伤。

④ 灵飙一转:灵飙古指神风、灵风,此处当是卢氏灵魂风影。风过无痕,纳兰与卢氏梦中相见,也是这般短暂朦胧,不堪记忆。

⑤ 重寻碧落茫茫:此句当是化用白居易《长恨歌》之"上穷碧落下黄泉,两处茫茫皆不见"。大凡梦中相思,醒来之时,都有此种天上地下,无处可寻的凄惶吧。

⑥ 减尽荀衣昨日香:《太平御览》所录《襄阳记》中载:"荀令君至人家,坐处三日香。"荀令君荀彧乃东汉政治家、谋略家,曹操一统北方的大功臣。其人仪容潇洒,爱好熏香,故而有此佳话。所谓留香荀令、掷果潘郎,都是古时对美男子的称呼。纳兰以此自喻,悲叹爱妻亡后,自己亦风采不存,足见思念之深。

赏评

纳兰对亡妻卢氏的爱,是切切实实可以感受到的。他自己也悲叹"人到情多情转薄",纵然《浣溪沙》的悼亡言辞有些"寻常",然而纳兰的情未必浅。

譬如这阕《沁园春》,一梦杳然,凄然断肠。

卢氏亡故三月,纳兰梦见佳人,执手哽咽,千言万语,竟无从复记。后人品此词,都道是清初之《江城子》。《江城子》为苏东坡悼念亡妻之作:

十年生死两茫茫,不思量,自难忘。千里孤坟,无处话凄凉。
纵使相逢应不识,尘满面,鬓如霜。
夜来幽梦忽还乡,小轩窗,正梳妆。相顾无言,惟有泪千行。
料得年年肠断处,明月夜,短松冈。

苏东坡于梦中得见结发之妻王弗,竟是"相顾无言,惟有泪千行",这与纳兰"执手哽咽""赢得更深哭一场"何等情同?只是苏东坡之情,因十年之别而沉淀如许,所谓"尘满面,鬓如霜""明月夜,短松冈",读来简短质朴、清净肃然,想来却意蕴深长。

纳兰与卢氏,生离死别只才三个月,往昔种种,尽在眼前。故而他回忆越多,心境便越发凄然。

纳兰在序言中道,卢氏不善诗词,然而梦中却有"衔恨愿为天上月,年年犹得向郎圆"之句。按"日有所思,夜有所梦"的说法,这句诗恐怕非梦中卢氏之作。一百二十回的《红楼梦》里,薛宝钗嫁了贾宝玉,规劝时曾有一句极有道理的话:"我想你我既为夫妇,你便是我终身的倚靠。"想当时女子,尤其是卢氏这等贤惠淑良之人,都是如此心思。

故而,卢氏待纳兰必定极其用心,饮食起居,照料周全。乃至卢氏去后,纳兰顿失依靠,无限怅然。所以,这是纳兰舍不得卢氏,却在梦中借卢氏之口说出。

这也算是一种代思妇诗吧?梦中之言本就亦真亦幻,无论是卢氏思纳兰,还是纳兰思卢氏,若非伉俪情深,这辗转反侧的心思无论如何也不能这般真切。

沁园春

代悼亡

梦冷蘅芜①,却望姗姗,是耶非耶②。怅兰膏渍粉,尚留犀合;金泥蹙绣,空掩蝉纱③。影弱难持,缘深暂隔,只当离愁滞海涯④。归来也,趁星前月底,魂在梨花。

鸾胶纵续琵琶⑤,问可及、当年萼绿华⑥。但无端摧折,恶经风浪;不如零落,判⑦委尘沙。最忆相看,娇讹道字⑧,手剪银灯自泼茶⑨。今已矣,便帐中重见,那似伊家。

笺注

①蘅芜:香草之名,一说是杜衡、芜菁的合称,两者皆是古时香草。晋·王嘉《拾遗记·前汉上》中说,汉武帝"息于延凉室,卧梦李夫人授蘅芜之香。帝惊起,而香犹著衣枕,历月不歇。"

②是耶非耶:典出《汉书·外戚传上·孝武李夫人》。李夫人逝世后,汉武帝日夜思念,因此有方士为汉武帝招李夫人之神魂。"夜张灯烛,设帷帐,陈酒肉",汉武帝于远处坐着,果然望见一女子模样好似李夫人,只是不肯走近。汉武帝见此越发思念悲戚,作诗曰:"是邪?非邪?立而望之,偏何姗姗其来迟!"

③此句中兰膏为古时的一种润发香油。渍粉指香粉残存的痕迹。犀合指犀牛角制成的妆盒。金泥即将金箔碾成粉,配以蛋清,和成漆状用来装饰物品。蹙绣即金缕蹙绣。古时用金线绣花而皱缩成线纹,使其紧密而匀贴,宋词有"孔雀麒麟,交蹙绣罗衣"之语。蝉纱指薄如蝉翼的轻纱。此句皆写亡妇遗物,所用词汇无一不是闺中绮丽之语,尤显词作特色。

④海涯:指大海。苏轼《寄高令》诗中说:"田园知有儿孙委,蚤晚扁舟到海涯。"这里当指离愁别恨犹如汪洋大海。

⑤鸾胶纵续琵琶:典出《汉武外传》:"西海献鸾胶,武帝弦断,以胶续之,弦两头遂两著。终日射,不断。帝大悦。"后世以"鸾胶再续"代指男子续娶。此处言"续琵琶",则是用《琵琶记》之典故:蔡伯喈娶赵五娘为妻,后进京赴考,高中状元,却被赐婚与牛丞相千金,然心中苦涩,不能与人说。

⑥萼绿华:传说中道教女仙。南朝梁·陶弘景《真诰·运象篇第一》记载:"萼绿华者,自云是南山人,不知是何山也。女子年可二十上下,青衣,颜色绝整,以升平三年十一月十日夜降羊权。"此处以萼绿华比喻亡妻,以褒扬亡妻之美德。

⑦判:乃甘愿之意。此处悲叹亡妻受风雨摧折,命薄如斯,倒也不如早日离去,归于尘土,似是为亡妻鸣不平。

⑧娇讹道字:当是说亡妻旧时娇声读书,念错字音,分外可爱有趣。

⑨泼茶:当用李清照与赵明诚赌书泼茶之典故,《浣溪沙·谁念西风独自凉》里已注解过。此处当是写红袖添香夜伴读时,亡妻读错字音,被夫君调笑,于是"手剪银灯自泼茶",同夫君撒娇耍赖。

赏评

此阕词辞藻华美,典故堆砌,然而写物写情,都宛然有韵致。看来,纳兰是花费了一番心思的。可是,这阕词偏偏说明是"代悼亡"。

有人说，此阕词乃是纳兰代好友顾贞观所写。然而，顾贞观虽然才华盛名不及纳兰，也是一代才子，与纳兰、曹贞吉被时人赞为"京华三绝"，岂肯求人代为作词？再者，纳兰与顾贞观相交甚契，顾妻离世，纳兰大可以友人身份填词祭奠，何必越俎代庖，替顾贞观写一阕悼亡词呢？

又有人说，看词中文意，满含真情，更有许多闺阁趣事，描摹细致，仿佛身临其境。若是纳兰代人作词，只要渲染一下悲情即可，怎能擅写他人闺房生活？岂不有失礼数？所以，这阕词必然是后人刊刻有误，写成了"代悼亡"。

然而事实是，纳兰当初写《金缕曲·亡妇忌日有感》时，顾贞观也写了一阕《金缕曲·悼亡》：

> 好梦而今已。被东风、猛教吹断，药炉烟气。纵使倾城还再得，宿昔风流尽矣。须转忆，半生愁味。十二楼寒双鬓薄，遍人间、无此伤心地。钗钿约，悔轻弃。
>
> 茫茫碧落音谁寄。更何年、香阶划袜，夜阑同倚。珍重韦郎多病后，百感消除无计。那只为、个人知己。依约竹声新月下，旧江山、一片啼鹃里。鸡塞杳，玉笙起。

此词与纳兰之作同词牌，同韵脚，似是唱和之作。词中也有"香阶划袜，夜阑同倚"之闺趣，似乎当时纳兰与顾贞观在悼亡词上，确实有些酬和往来，所以时人朱慎即便有"友人妇死，而涕泗交颐，岂为识嫌疑者哉"的批评。当代作家钱钟书也讥讽纳兰和顾贞观两个"借面吊丧，与之委蛇"，"替人垂泪，无病呻吟"。

窃以为，不必为了一个"代"字，如此苛责。要知道，在诗词海洋里，所谓的"代"作，不胜其数：鲍照之《代出自蓟北门行》、李商隐之《代赠》、梅尧臣之《代内答》、王安石之《代白发答》……

这些诗作，纵然是为他人而写，但蕴含的却都是诗人自己的心意。他们或是因为心有苦楚不敢直言，或是因他人之事而心生感慨，于是借着一个"代"字，表达出来。所以，纳兰的这阕《沁园春》可能的确是因顾贞观而起：或是唱和，或是触景生情，但纳兰所写的内容，却都是独属于他自己。

别的不论，单说"泼茶"之典故：纳兰在《浣溪沙·谁念西风独自凉》里有"赌书消得泼茶香"；在《金缕曲·生怕芳樽满》里有"忆絮语、纵横茗碗"。如此反复提及，难道是大才子纳兰腹内墨水寥寥，只靠着这一个典故过活吗？

细想来，恐怕是这"泼茶"典故正是纳兰与卢氏日常生活的一大部分，故而他才时时记起，不能忘却。可见，这阕所谓的代悼亡词，仍旧是纳兰写与卢氏的。

青衫湿

悼亡

近来无限伤心事①,谁与话长更。从教分付②,绿窗红泪,早雁初莺。

当时领略③,而尽断送,总负多情。忽疑君到,漆灯风飐④,痴数春星。

笺注

①近来无限伤心事:从"近来"二字看,此词或许写于卢氏初丧之时。

②从教分付:分付即安排之意。此后"绿窗红泪,早雁初莺"指春去秋来,光阴流逝。纳兰之无限伤心,不仅仅在卢氏离世之初,而是与时光一道,无限绵长下去。

③领略:晓悟、体味。当时鸾凤和鸣,百般恩情,如今人去楼空,辜负彼此情深,只余悲叹。

④忽疑君到,漆灯风飐:灯火明亮如漆为漆灯;风吹物动为飐。李贺《南山田中行》诗云:"石脉水流泉滴沙,鬼灯如漆点松花。"纳兰见风吹灯火,闪亮如漆,非但不惧,反以为是卢氏亡魂归来,便数着星辰,悄然等待,真是痴情至极。

赏评

这阕词的词牌名原叫《人月圆》，乃是北宋驸马都尉王诜所创。后来，被元好问推为"国朝第一作手"的金初词坛盟主吴激也写了一阕，化用前人典故，哀叹南朝之事，词曰：

> 南朝千古伤心事，犹唱《后庭花》。旧时王榭，堂前燕子，飞向谁家？
>
> 恍然一梦，仙肌胜雪，宫髻堆鸦。江州司马，青衫泪湿，同是天涯！

从此以后，《人月圆》便又叫作《青衫湿》了。

纳兰写下此篇时，大约正是哀思枕边人，青衫泪湿的境况。

在古人诗词里，夜来挑灯，窗前共话，似乎是夫妇间专有的亲昵，所以才有李商隐《夜雨寄北》之"何当共剪西窗烛，却话巴山夜雨时"，才有贺铸《鹧鸪天》之"空床卧听南窗雨，谁复挑灯夜补衣"。而纳兰一句"近来无限伤心事，谁与话长更"，将李、贺二人的诗意都囊括尽了。

往昔里，绿窗红烛，灯下佳人垂泪；而今佳人去矣，唯有烛泪慢垂，犹似佳人。此处之绿窗红泪，一静一动，看似写景，却是写人。然红烛消融，光阴流逝，往昔不可追，此后漫漫人生，唯有虚度。

纳兰思念亡妻，深夜难寐。独对泪烛，忽见风动烛火，光亮如漆，好似鬼灯。此情境，不论是谁，总是有些心惊胆怯的。然而纳兰疑心这是卢氏亡魂归来，便甘愿对此凄惶，默数星辰，痴坐等待。用《浮生六记》里沈三白的话说，并非"胆壮"，实乃"情痴耳"。

青衫湿遍

青衫湿遍①,凭伊慰我,忍便相忘。半月前头扶病②,剪刀声、犹在银釭。忆生来、小胆怯空房。到而今,独伴梨花影,冷冥冥、尽意凄凉。愿指魂兮识路,教寻梦也回廊。

咫尺玉钩斜③路,一般消受,蔓草残阳。判把长眠滴醒,和清泪、搅入椒浆④。怕幽泉、还为我神伤。道书生薄命宜将息,再休耽、怨粉愁香。料得重圆密誓,难禁寸裂柔肠。

笺注

① 青衫湿遍:此词乃纳兰独创,取前四字为词牌名,如宋·周邦彦以"一剪梅花万样娇"前三字创《一剪梅》之词牌一般。

② 扶病:意为抱病辛劳,看"剪刀声、犹在银釭"之句,当是说卢氏病中为纳兰裁衣。

③ 玉钩斜:赵翼为"玉钩斜"作注,曰:"即素馨斜,南汉葬宫人处,多素馨花,今为游宴地。"纳兰此处以玉钩斜代指亡妻卢氏。

④ 椒浆:即椒酒,以椒实浸制而成。《楚辞》里有"以蕙肴蒸兮兰藉,奠桂酒兮椒浆"之句,《汉书·礼乐志》则道:"勺椒浆,灵已醉"。可见,椒酒多作祭奠之用。

赏评

　　这一阕词中道是"半月前头扶病"，应当写于卢氏辞世之初。联系前篇《青衫湿》"近来无限伤心事"之分析，这两阕词恐怕是前后之作。

　　《青衫湿》里，纳兰因"漆灯风飐"而疑心是卢氏的魂魄归来，便灯下枯坐，痴痴等待。而这《青衫湿遍》中，纳兰则说"愿指魂兮识路，教寻梦也回廊"。可见是纳兰久等未果，怕卢氏芳魂已不识旧时庭院，故而才有此一叹。

　　所以，结合这两阕词来看，纳兰本是因思念卢氏写下了《青衫湿》。孰料，一时情难自禁，果真泪湿青衫。他悲恸之中，不愿再寻什么词牌来套写心境，只是任笔随心，写下了《青衫湿遍》。

　　在这里，纳兰不似前篇言简意赅，他那"谁与话长更"的情殇遗憾，有了更具体的描述："半月前头扶病，剪刀声、犹在银釭"。若是此情是真，便可知卢氏离世之前，仍旧支撑病体为纳兰裁衣，而纳兰的这一叹，恰与贺铸之"谁复挑灯夜补衣"有着异曲同工之妙。

　　这样的词句，大约是独属于丈夫对妻子的思念吧？在丈夫的心里，他对妻子的深爱乃是因为妻子对他的深爱。再往下看，纳兰果然就替泉下的妻子担心起来了。

　　他担心，卢氏在泉下仍在为他操心伤神；他担心，卢氏害怕他思念太甚，不重保养。在纳兰的心里，他是认定卢氏对他的挚爱的，他认为卢氏那样爱他，必然是不愿意看他为了往昔的儿女情长而损耗心神，于是，他替卢氏宽慰自己："道书生薄命宜将息，再休耽、怨粉愁香。"

　　这样的心思与情思确实弯弯绕绕，可又是那样真切，并不让人觉得这是纳兰自作多情，反而平添了些恩爱夫妻不到头的伤感。

自然，纳兰到最后也不可能等来卢氏的芳魂。他所能希冀的只有"重圆密誓"之日，可又怕待到那时，分外"寸裂柔肠"。

　　纳兰此处的"重圆密誓"四字，叫人不由自主地想起了洪昇的《长生殿》。《密誓》一折里，杨玉环与李隆基约定生生世世为夫妻，岂料魂断马嵬，生死离别。此后，杨玉环离魂再合，复位仙班，直到李隆基飞升之日，二人才得以月宫相会，"证却长生殿里盟言"，是为《重圆》一折。

　　不过，纳兰这里应当不是借用典故。洪昇之《长生殿》写成于康熙二十七年（1688年），纵然按其自序所载，康熙十八年（1679年）时已提笔创作，也晚于纳兰创作此阕词。若按洪昇生平考量：其康熙十二年（1673年）冬来至京城，两年后凭借诗集《啸月楼集》博得李天馥、王士祯的赏识，常与当时名流"交游宴集"，或许也曾有机会与纳兰一见，但也不至于就能留下密誓重圆的典故。

　　其实，这未必是谁借用了谁，"重圆密誓"也不是什么了不得的典故。只是由此可以看出，但凡情真，都会有一样的感触。读诗词的我们，只要是真心品味，也就能够体会了。

南乡子

为亡妇题照

泪咽却无声,只向从前悔薄情,凭仗丹青①重省识,盈盈,一片伤心画不成②。

别语忒③分明。午夜鹣鹣②梦早醒。卿自早醒侬自梦④,更更,泣尽风檐夜雨铃⑤。

笺注

①丹青:即红色与青色。古代绘画常用丹砂、青臒,故以丹青代指画作。而丹青两色不易褪色,古人又以丹青不渝比喻心意坚贞。晋·傅玄《董逃行历九秋篇》便有"妾心结意丹青,何忧君心中倾"之句。

②一片伤心画不成:此处当指纳兰因思念卢氏,欲提笔作画,绘其容颜。怎奈伤心泪盈,终难画成。然此句并非纳兰原创,唐·高蟾《金陵晚望》诗即有"世间无限丹青手,一片伤心画不成"之句;金末元初之元好问《怀州子城晚望少室》亦有"十年旧隐抛何处,一片伤心画不成"之语。

③忒:太、特之意,指卢氏离别之语犹记在耳,极为分明。由此可知,卢氏离世前必与纳兰有断肠之遗嘱,才令纳兰记忆到今。

④鹣鹣:比翼鸟。《尔雅·释地》记载:"南方有比翼鸟,不比不飞,其名谓之鹣鹣。"晋·郭璞注曰:"似凫,青赤色,一目一翼,相得乃飞。"

⑤卿自早醒侬自梦：此处"卿"当时纳兰对卢氏的爱称，而"侬"当取古吴语"我"之意，如唐·李白《横江词》诗曰："人道横江好，侬道横江恶。"

⑥夜雨铃：典出白居易《长恨歌》："行宫见月伤心色，夜雨闻铃肠断声。"《碧鸡漫志》卷五引《明皇杂录》及《杨妃外传》云："明皇既幸蜀，西南行，初入斜谷，霖雨弥旬，于栈道雨中闻铃，音与山相应。上既悼念贵妃，采其声为《雨霖铃》曲，以寄恨焉。时梨园弟子惟张野狐一人，善筚篥，因吹之，遂传于世。"后世便以夜雨闻铃形容哀怨情殇，这亦是词牌《雨霖铃》之来历。

赏评

纳兰似乎很爱写梦，大约是因为梦境迷离朦胧，似幻亦真，能熏染出一种恍惚意境，从而叫人浮想联翩，不能自已。卢氏既亡，纳兰唯有梦中方可一见，故而其悼亡词中常有梦境之想，越显得亦梦亦幻，真假难分。

这一阕悼亡词名曰"为亡妇题照"，当是真事；然而纳兰下笔，却又不离梦境，乃至真幻交融，不能自已。

上阕时，纳兰忽然思念卢氏，"泪咽却无声"，只是悔恨当初未能珍惜与爱妻相守的时光，太过薄情。为再见卢氏一面，纳兰提笔作画。岂料伤心满怀，泪水盈眶，不能画成。于是，纳兰在下阕处笔锋一转，回忆当日与卢氏生离死别，卢氏遗言分明在耳，叫他分不清此时此刻是梦是真。

此处，在纳兰笔下，梦即是生，死即是醒。他将恩爱比翼当作午夜之梦，迟早都要醒来。卢氏逝去，恰是此梦早醒，而纳兰呢，却仍旧沉迷梦中，不愿放弃这份深爱。漫漫长夜，一更又一更，纳兰只是如此苦熬着，哀哀泣泪，但听檐前雨霖铃。

蝶恋花

辛苦最怜天上月①，一昔②如环，昔昔都成玦③。若似月轮终皎洁，不辞冰雪为卿热④。

无那⑤尘缘容易绝，燕子依然⑥，软踏帘钩说。唱罢秋坟⑦愁未歇，春丛认取双栖蝶⑧。

笺注

① 天上月：月圆月缺，好似人聚人散。联系下文，当知卢氏为天上月，纳兰为人间冰雪。

② 昔："昔"同"夕"，夜晚。

③ 玦：古时佩戴的一种玉器，环形，有缺口。后世常以此表示决断、决绝之意。《荀子·大略》有"召人以瑗，绝人以玦，反绝以环"之句。纳兰此处用"玦"字，不只是形容月缺之状，更是比拟其与卢氏永诀之意。

④ 不辞冰雪为卿热：典出《世说新语·惑溺》："荀奉倩与妇至笃，冬月妇病热，乃出中庭，自取冷还，以身熨之。"说的是曹魏时荀粲与妻子情深意笃，其妻冬日高烧病重，荀粲便前往庭院，将自己冻得冰冷，好拥着妻子为她降温。

⑤无那:无奈。

⑥燕子依然:燕子素来雌雄相随,不离不弃,古人常以双飞燕比喻恩爱之情。此处是指双燕轻栖帘钩之上,呢喃絮语,然帘内之人却已分飞。

⑦秋坟:自唐·李贺《秋来》诗"秋坟鬼唱鲍家诗,恨血千年土中碧"一句成诵,"秋坟"二字变成了哀悼亡灵、凄苦愁怀的典故。纳兰于卢氏香坟旁痛哭一场,犹不能化解愁闷,更见凄苦。

⑧双栖蝶:今日,纳兰秋坟痛哭,心中愁苦不能自已;来年春丛相看,愿与爱妻化为双栖之蝶,生死不离。

赏评

纳兰开篇写月,"一昔如环,昔昔长如玦",似是只描摹明月一日团圆,日日有缺之状。他愿月轮长圆,终夜皎洁,而此心意之坚,可比当日荀粲"自取冷还",为病中爱妻降温之举。于是,这"天上月"便不再只是月,而是亡妻卢氏,月圆月缺也就成了纳兰与卢氏一夕相聚,终究长离别的比拟。

原来,纳兰非为写月,只为写人。然而这情景交融之境,是何等自然真切,却又意蕴深远,令人玩味。又是何等细巧心思,才可将这样的词句排布如此?

待至下阕,纳兰便坦然描摹恩爱离别之情了。他与卢氏的生离死别,是尘缘断绝的无奈。帘钩之上,那昔日的双飞燕依旧归来,呢喃切切。可叹卢氏一去,哪里还有魂归之日?只有一抔黄土孤坟留与纳兰,痛哭相思。

这般相思,仍旧难歇,然而此生已然无望,唯盼来生。来生该是如何呢?对了,便认定那春日花丛中双飞蛱蝶,翩翩跹跹,不再分离。

所谓"以我之眼看万物,万物皆着我之色彩"。纳兰因为情真,才能见月伤怀,看燕伤心,"唱罢秋坟"犹然不足,唯求化蝶双飞,以了心愿。

遥想纳兰当时，必然熟悉古来的"化蝶"典故。曾有人依据亚里士多德的悲剧理论，称中国没有悲剧。譬如梁祝，最后化蝶双飞，也是一种团圆美满。

可是，这样的团圆美满真的就不悲伤了吗？相爱之人，生不能相守，死后万事更不可知，那苟活的唯有期盼来生，期盼化蝶的痴梦，支撑着心中的一份想念。这梦中的团圆美满与现实的孤独凄凉相照，岂非是最大的悲伤？这样的美满，本就是世上最凄然、最善意的谎言。而这由悲入喜、因喜更悲的心情，也只有纳兰这样的词章中，才能淋漓尽致地表达出来吧？

荷叶杯

知己一人谁是^①？已矣。赢得误他生。有情终古似无情^②，别语悔分明。

莫道芳时易度，朝暮。珍重好花天。为伊指点再来缘^③，疏雨洗遗钿^④。

笺注

① 知己一人谁是：所谓"士为知己者死，女为悦己者容"，卢氏之于纳兰，这两句话都做到了。她是他的闺阁知己，亦是他的命中爱人，故而纳兰才有此一问。

② 有情终古似无情：此处终古当是经常之意。《庄子·大宗师》云："维斗得之，终古不忒；日月得之，终古不息。"古人常说，恩爱夫妻不到头。人若是太过情笃，便不肯轻易放下，容易为情所伤，乃至夭寿，恰是"多情却被无情恼"。所以，此时的纳兰有些懊悔：早知卢氏早亡，今生已矣，不若当初无情，还能长相厮守。

③ 再来缘：即来生姻缘。这是纳兰悼亡词中最常见的词汇，这也是他唯一可以安慰自己、安慰卢氏泉下灵魂的话。

④ 疏雨洗遗钿：前文还是"珍重好花天"，这里便有"疏雨"了。能想见淅淅沥沥的雨景以及纳兰对卢氏的凄然思念。

赏评

开篇一句"知己一人谁是"便奠定了这阕词的基调。这一句问，叫人明明知道答案，却无法开口回答。这不仅仅是因为纳兰心中已然认定了答案，而是因为我们很难真切体悟纳兰此种心情。

古来婚姻之事，皆是父母之命，媒妁之言。尤其是皇亲贵胄之家的婚姻，门当户对的说法已经不足论，政治联姻则更为重要。所以，这样的婚姻往往会不幸，枕边人往往犹如陌路人。你看古往今来的小说诗词，都要对此种政治婚姻抨击一番。

纳兰性德的家族可谓门第显耀。我们今日所称之纳兰氏，其实是众所周知清初满族八大姓之一——叶赫那拉氏，属正黄旗。

纳兰性德的曾祖父叶赫那拉·金台吉是叶赫部统领，曾联合九部联军征讨建州女真，后在征战中败亡，其子尼雅哈率叶赫部降于清太祖努尔哈赤，被授予佐领官职。金台吉的妹妹孟古哲哲嫁给了努尔哈赤为妃，生下了清太宗皇太极，是为满清孝慈高皇后。

从此，纳兰家族与爱新觉罗皇室成了密不可分的姻亲。纳兰性德的父亲纳兰明珠娶的乃是努尔哈赤第十二子、英亲王阿济格之女，论辈分还是康熙帝的堂姑父。纳兰性德的二弟纳兰揆叙娶的是清初三藩之一、靖南王耿精忠的侄女耿氏。因耿氏的生母乃是顺治帝养女、安郡王岳乐之女和硕柔嘉公主，所以耿氏初入宫苑，上下皆以格格称之。而纳兰性德的三弟纳兰揆方娶的则是铁帽子王和硕康亲王杰书的掌上明珠淑慎郡主。家族的联姻世系可见一斑。

然而令人奇怪的是，作为明珠的长子，纳兰性德却没有娶上一个格格或是一个郡主。他的发妻卢氏是两广总督卢兴祖之女，乃汉军镶白旗人，论地位远不及纳兰门第。更奇怪的是，卢兴祖于康熙六年（1667年）九月，因查察盗窃案不力被革职，十一月便亡故了。纵然卢家颇有根基，气势也必然大不如前，而康熙十三年（1674年）卢氏嫁入纳兰家时，纳兰明珠正因议撤三藩而颇受康熙器重。

一边是家道中落，一边是仕途正盛，纳兰能与卢氏结缡，也算是不同时俗吧。也许，纳兰与卢氏的婚约是明珠早年与卢兴祖定下的；又或者，纳兰家确与卢家有些瓜葛，所以娶卢氏为媳，是怜其弱女孤苦。但对纳兰性德而言，能娶卢氏这样一个寻常家庭的女子，而非那些有着尊贵身份地位的格格、郡主，确实是件幸事。

纳兰非但将卢氏看作他的妻子，更引为知己，朝夕相伴，不知愁烦。纳兰曾有一阕《鬓云松令·咏浴》，是极难得的欢愉词作：

鬓云松，红玉莹。早月多情，送过梨花影。半饷斜钗慵未整，晕入轻潮，刚爱微风醒。

露华清，人语静。怕被郎窥，移却青鸾镜。罗袜凌波波不定，小扇单衣，可耐星前冷。

能将女子沐浴后慵懒的心情写得这样真切，此种乐趣，想必也只有闺房之中才能体会。那种欲说还羞的甜蜜与娇娆，恐怕是卢氏与纳兰新婚之时的情态。这样的爱情和婚姻是难能可贵的。它让纳兰的前半生拥有了一段"芳时易度"的美好时光，也最终在卢氏去后，成就了哀音低婉的纳兰悼亡词。

虞美人

春情只到梨花薄①,片片催零落。夕阳何事近黄昏,不道人间犹有未招魂②。

银笺③别梦当时句,密绾同心苣④。为伊判作梦中人,长向画图清夜唤真真⑤。

笺注

① 梨花薄:《淮南子·俶真训》中有"鸟飞千仞之上,兽走丛薄之中"之句,后人注曰:"聚木曰丛,深草曰薄。"所以,纳兰此处之薄非指梨花疏离,恰是说梨花丛密。与下句"偏偏催零落"联系看,乃是说春情方至,梨花盛开,却在转眼间便被春风吹落,飘零入泥。此种笔法正是将卢氏比作梨花。

② 招魂:古时有招魂之习俗,乃是忧惧亡者灵魂漂泊在外,备受苦楚。

③ 银笺:撒上银色或是有银色花纹的笺纸,或是纯白色的笺纸。

④ 同心苣:苣有灯花的意思。指相连锁的火炬状图案花纹,古人常以此象征爱情。南梁·沈约《少年新婚为之咏》曰:"锦履并花纹,绣带同心苣。"

⑤ 真真:典出唐·杜荀鹤所编撰的《松窗杂记》。相传唐朝时有进

士赵颜,从一画工那里得到一卷画,所绘的乃是美貌女子。赵颜因向画工道:"世上哪里能有这样的美人?若是能叫这画中人活过来,我必要娶她为妻。"画工笑道:"我的画作乃是神画,这女子亦是有名字的,唤作真真。你可昼夜不歇呼唤芳名,百日之后,她必会答应。那时,以百家彩灰酒喂她喝下,她必然会活过来。"赵颜听了,果然按画工所言去做,日夜对着画像呼唤真真。百日后那画中人果然应了一声,赵颜忙用彩灰酒喂下,真真便果真从画中走了下来。后世便以"画里真真"泛指世外仙姝般的美人,也代指无法实现的梦幻空想。

赏评

这阕词的美丽之处,正是"画里真真"的典故。

其实,《松窗杂记》里的故事还有一半没有说完。

那画里真真活过来后,因感念赵颜日夜呼唤的真情,道:"感君召妾,妾愿事箕帚。"于是二人结为夫妇,生下一个儿子,过着自在逍遥的生活。

岂料,赵颜的一个友人听说此事,便劝告他道:"如此异事,此女必为妖孽,日后定要加害于你!我这里有一柄神剑,你速速回去,斩杀了她!"

赵颜一时没了主意,痴呆呆地提着宝剑回了家。谁知刚进家门,便见真真含泪相待,道:"我本是南岳仙子,无奈被人画出形貌。是你日夜呼唤,打动我心怀。我不忍叫你希望落空,这才走下画来。谁曾想你如今听信妄言,疑我为妖孽,看来这人间是真的容不下我了!"说罢,真真便携幼子走向画卷,将先前所饮百家彩灰酒呕出,再无声息。

赵颜这才恍然,可真真人早已不在。定睛看那画卷,真真仍旧当时模样,只是身旁多了一个两岁的孩子。

这是一个拷问真情与现实的故事。心无杂念时,情意便真,能叫画中人成真；可一旦心生邪念，为世俗所羁绊，恩情便转瞬即逝，再难寻觅。所以，敢向画图唤真真的人，都是心无杂念的真性情者。

看昆曲《牡丹亭》里的《拾画叫画》片段：那痴情书生柳梦梅拾得了杜丽娘的自画像，挂在书房之中，"早晚玩之、拜之、叫之、赞之"。直到有一天，杜丽娘魂游故居，蓦然听见这一声声呼唤："俺的姐姐，俺的美人啊！"震撼心头，惊问一句："谁叫谁也？"

由此可见，世人对"画里真真"的寄托，是因着浓烈的爱恋与相思。所以，读到纳兰的这一句"长向画图清夜唤真真"，那种亦梦亦幻、似远还近的情愫便立时丰满起来。纳兰呼唤的，不正是卢氏的魂魄吗？可卢氏能像戏里演的那样，应他一声吗？

点绛唇

一种^①蛾眉^②,下弦不似初弦好^③。庾郎^④未老,何事伤心早?

素壁斜辉^⑤,竹影横窗扫。空房悄,乌啼欲晓,又下西楼^⑥了。

笺注

① 一种:此处乃是一样、同样之意。

② 蛾眉:古时称女子眉毛为蛾眉,因其形状似蚕蛾的触须弯曲细长,后也用蛾眉月形容上弦月和下弦月。

③ 下弦指农历每月二十三日前后的月亮。初弦即上弦,指农历每月初八前后的月亮。

④ 庾郎:即庾信,南北朝晚期文人,曾写《伤心赋》,悲叹战乱之中,儿女夭亡,"追悼前亡,唯觉伤心"。故而纳兰下文问道:"何事伤心早?"

⑤ 素壁斜辉:粉壁斜映着月光,一种清冷凄凉景象,而空房之中,唯听见乌鸦啼叫,分外惨然。

⑥ 又下西楼:古来诗词常有"西楼",如李清照之"月满西楼"、李后主之"无言独上西楼"、晏几道之"斜阳独倚西楼",唯"西楼"有一种晚景凄清之感,更添忧伤。纳兰因韵律以"了"字作结,越发有一种无可奈何之叹。

赏评

　　初读此词，只是感觉到叹月之幽怨，以为纳兰对月思人，满腹惆怅。那晴空之上当是一弯下弦月，满室银光素影，窗前竹枝轻摇，听乌鸦声声啼叫，月下西楼。光阴不可再追，往事不堪回首，纳兰尚在青壮年纪，却已有了未老庾郎之伤心。

　　然而纳兰之伤心究竟从何而起呢？单单是因为思念亡故的卢氏？为何下弦月就比不得上弦月了呢？都是蛾眉形状，如何从月形看出欢喜与忧愁？

　　再看"蛾眉"二字，不由叫人抚掌。对呀，蛾眉月本就是从女子蛾眉而来，"一种蛾眉"莫非就是说的闺中女子？

　　古人虽是可以三妻四妾，却也有各种规矩：唯有三媒六聘、明媒正娶的，才是妻子。而所娶第一人，是原配，是发妻；那后来的，是继室，是续弦；或者，只是小妾。

　　《汉武外传》中曾记载，汉武帝的长弓断了弓弦，他命人以鸾胶重续，弓弦复又坚韧，再未断裂。此后，"鸾胶再续"便成了男子续娶的雅称。又因古人常以琴瑟和鸣来形容夫妻恩爱，所以又有续弦之说。清乾隆年间文人翟灏的《通俗编·妇女》中便说道："今俗谓丧妻曰断弦，再娶曰续弦。"

　　由此看来，纳兰词中的"下弦"与"初弦"似乎有了隐喻，乃是感慨续弦之妻不如结发原配，这才更令他伤心不已。

　　这一段真好似《琵琶记》里的故事。蔡伯喈拜别发妻赵五娘，进京赴考，高中状元，却被圣上赐婚，娶了牛丞相的千金。蔡伯喈满腹忧愁，抚琴遣闷，却怎么弹都不顺心。牛小姐问他这是怎么了，蔡伯喈道："俺只弹得旧弦惯，这是新弦，俺弹不惯。"牛小姐因问："旧弦在那里？"蔡伯喈答："旧弦撇下多时了。"牛小姐又问："为甚撇了？"蔡伯喈一叹："只为有了这新弦，便撇了那旧弦。"牛小姐试探道:"相公何不撇了新弦,用那旧弦?"蔡伯喈仍一叹:"夫人,我心里岂不想那旧弦,只是新弦又撇不下。"于是,牛小姐接了话茬儿:"你新弦既撇不下,还思量那旧弦怎的?"

  如果纳兰此刻真的是为新弦旧弦而感慨,那么他的心情大约和戏里的蔡伯喈是一样的吧?卢氏亡故后,纳兰续娶之妻官氏乃是光禄大夫、一等公官瓜尔佳·颇尔喷之女。瓜尔佳·颇尔喷与纳兰家族同属满洲正黄旗,曾任领侍卫内大臣,正是纳兰的顶头上司。纳兰与官氏的婚姻理所当然地成了一桩"政治婚姻"。

  莫非这就是纳兰伤心的真正原因?难道这阕词乃是写于他与官氏成亲之初?若是如此,为何下文还有"空房悄"的字样?难道不该是鸠占鹊巢的比拟吗?

  显然,答案是无法在这阕词里找到了。就算纳兰伤心遗憾,可他到底还是娶了官氏。就像蔡伯喈娶了牛小姐后,"新弦又撇不下了"。

忆江南

宿双林禅院①有感

心灰尽，有发未全僧。风雨消磨生死别，似曾相识只孤檠②，情在不能醒。

摇落后，清吹③那堪听。淅沥暗飘金井④叶，乍闻风定又钟声，薄福荐倾城⑤。

挑灯坐，坐久忆年时⑥。薄雾笼花娇欲泣，夜深微月下杨枝。催道太眠迟。

憔悴去，此恨有谁知？天上人间俱怅望，经声佛火⑦两凄迷。未梦已先疑。

笺注

①双林禅院：今山西平遥有一处双林禅寺。有人考据，纳兰曾随康熙圣驾前往五台山，认为是其于山西寺院中思念亡妻卢氏而成此作。这恐是谬误。纳兰的好友，当时的大才子朱彝尊撰有一本《日下旧闻》，特写北京城之地理形胜、皇城宫室、风俗物产等。据其中所载，阜成门外二里沟有一座建于万历四年（1576年）的双林禅院。自卢氏亡故至其归葬祖茔，停灵于双林禅院有一年之久。而从《青衫湿遍》词中"咫尺

玉钩斜路"来看，停灵之所当与纳兰住处离得较近。故而此处双林禅院就是位于北京城内的寺院。只不过如今为历史尘埃所掩埋，无迹可寻罢了。

②孤檠：檠为灯架，孤檠即孤灯。

③清吹：清风徐吹之意。据上下文看，此时清风当为秋风。

④金井：有雕饰井栏的水井，乃诗词中常用之名词，如"银笺""西楼"一般。

⑤倾城：典出《汉书·外戚传》，有李延年《北方有佳人》歌："宁不知倾城与倾国。佳人难再得！"后世遂以倾城代指美人。纳兰此处之意当是说佳人虽好，可叹命薄，彼此不能相守到老。

⑥忆年时：回忆往昔时光。

⑦经声佛火：僧人正诵经，供佛有香火。卢氏停灵之期，纳兰常在双林禅寺中坐守灵柩，此阕词恐怕正是写于这一时期。

赏评

读纳兰的词，就好似读一段有韵脚的散文。他心中先是有了一段情，便拟定了整阕词的基调，然后见孤灯便写孤灯，听秋风便写秋风，天上人间，往昔今时，都可囊括词中，常不知其具体所指。但只要是未离这份情，就毫无造作之感，也是一种写作之法吧？

孤灯下，纳兰已然听怕了秋日风雨的吹打。秋日金井，枯叶飘零，犹如芳魂杳然，落地便不可再寻。风声方定，寺宇钟声却又乍起，搅得他心神不定。可叹自己如此福薄，纵然拥得卢氏之倾城，却中途决绝，不能终老。

孤灯之下，纳兰又枯坐，能想起的都是些往昔时光：卢氏那样贤良温柔，每逢这样"微月下杨枝"的深夜，必然是一次次催他早些安睡。也正是因此，卢氏才日渐憔悴，撒手而去，空留遗恨。从此后，天人永隔，只有惆怅。这迷离的经声佛火中，可还能再见亡魂？

在我看来，这阕词的主旨是悼亡，然其基调却是开篇之句："心灰尽，有发未全僧。"

卢氏一去，纳兰只觉心如死灰，除了这满头青丝，与那寺中僧侣，再无区别。然僧侣们心无旁骛，乃是一心向佛，纳兰心中却只存对卢氏无尽的哀悼情深。他若真做了和尚，倒是个情僧。

曾被叫作《情僧录》的《红楼梦》里有这么一段：第三十回，宝玉和黛玉拌嘴，又是砸玉又是剪穗子的，闹得沸沸扬扬。事后宝玉去赔情，黛玉怄气道："从今以后，我也不敢亲近二爷了，二爷也全当我去了。"宝玉听了笑道："你往哪里去呢？"黛玉道："我回家去。"宝玉笑道："我跟了去。"黛玉道："我死了。"宝玉道："你死了，我做和尚！"

纳兰与贾宝玉，一个是历史上活生生的真人，一个是书中活脱脱的人物，然而他们都是康乾时代的一个影像。

在那个时代，礼教的束缚、世俗的羁绊，往往轻而易举地就剥夺了一个人放肆真情的权利。那些极难得的痴情种子们，因为不愿放弃一份真心，而为世俗所累，心中更易凄苦。所以，当他们说出要为一个人去做和尚时，并不是要真的断绝了七情六欲，恰是他们将所有的情都给了一个人。

鹧鸪天

七月初四夜风雨，其明日是亡妇生辰

尘满疏帘①素带飘，真成暗度②可怜宵。几回偷拭青衫泪③，忽傍犀奁④见翠翘⑤。

唯有恨，转无聊。五更依旧落花朝。衰杨叶尽丝难尽，冷雨凄风打画桥⑥。

笺注

① 疏帘：细竹编织的稀疏窗帘。古来诗词中很喜欢用"疏帘"一词，大约是疏帘隔物，有朦胧之美，令人心仪。譬如李清照之"花影压重门，疏帘铺淡月"，陆游之"市桥岸下泛湖舟，雕槛疏帘半上钩"。

② 暗度：形容时光不知不觉流逝，与前句"尘满疏帘"相照应。

③ 青衫泪：纳兰思念卢氏，想必常有此种青衫泪湿的情境，否则不会屡屡提起。

④ 犀奁：以犀牛角点缀的妆奁。

⑤ 翠翘：王逸为《楚辞·招魂》里"砥室翠翘，絓曲琼些"作注，称"翠，鸟名也；翘，羽也。"可见翠翘原指翠鸟之羽。早先古人便用翠翘做饰品点缀。如《妆台记》记载："周文王于髻上，加珠翠翘花，傅之铅粉。"唐·韦应物《长安道》诗："丽人绮阁情飘飖，头上鸳钗双翠翘。"白居易《长恨歌》曰："花钿委地无人收，翠翘金雀玉搔头。"

传至今日，多称作"点翠"，最常见的乃是传统戏曲中旦角的头饰。

⑥ 画桥：即饰有彩绘的桥。画桥与疏帘一样，都是诗词中常用的一种美化词。其实桥栏未必真的饰有彩绘，然称之为画桥，便增添了一些美感。此处，纳兰称"冷雨凄风打画桥"，凄冷与华美同存，越显出一种伤逝之感。

赏评

从题记"七月初四夜风雨，其明日是亡妇生辰"来看，卢氏生日当是七月初五。这个时节的京城，正是酷暑。一夕风雨，应当会添些爽快，然而纳兰却只见到了"衰杨叶尽丝难尽，冷雨凄风打画桥"。这都是悼亡哀思的缘故。

此阕词并非纳兰的上乘之作。纳兰善于描摹细节，许多词作都包含他独特的生活体验。而此阕词中所写心境，都是古来词人说尽了的。五更落花、衰杨画桥之类事物也是一样。纵然不与前人相较量，也比不上纳兰自家"灵飙一转""痴数春星""剪刀生、犹在银釭"之手笔。

纳兰说"唯有恨，转无聊"，似乎此番悼念的哀痛叫他有些按耐不住，心绪烦闷。也不知是悲伤太过，还是有其他心事令纳兰备感烦恼。

纳兰对卢氏的真情是不容置疑的，从他前期的悼亡词来看，卢氏去后，纳兰确也哀痛欲绝。然而，纳兰毕竟是个活在现实中的人，他的情再真切，也不可能时时刻刻只陷在对卢氏的哀思里。更何况于卢氏之后，纳兰也曾续娶官氏，即便不算知音相伴，多少也有枕旁慰藉。

所以，纳兰对卢氏的思念，随着时间的推移会稍稍减淡。曾经的哀婉伤痛，渐渐变得平和一些。这阕词里，纳兰没有了"重圆密誓""钗钿约"的海誓山盟，而是疏疏离离地描绘了自己哀悼的心情，以作为这一年卢氏忌日的悼念。

由此看来，这阕词或许写在卢氏病逝多年之后，纳兰因想着明日乃是亡妻忌日，自然要为卢氏写点什么。只是此时的他，已然没有了当初那种痛彻心扉的感觉，恰好夜降冷雨，吹打着衰杨画桥，纳兰便借景抒情，写成了此阕词。

纳兰这种情思的变化，恰恰是其作为一个真实的人，才能真切体味到的感悟。

事实上，今人读纳兰之情词有些太过矫饰，非要将他奉为情圣一般的角色，甚至是切断了纳兰诗词人间烟火之味，只取"无限伤心"，不看"情多转薄"。我们从这些白纸黑字的诗词里看纳兰，若不能以真性情去面对纳兰的种种情深情浅，又如何看清一个真实的纳兰？

说来，或许也是一种冥冥注定。

按《皇清纳腊室卢氏墓志铭》记，卢氏病逝于康熙十六年（1677年）五月三十日。康熙二十四年（1685年）的暮春，纳兰性德抱病与友人相聚，醉咏诗词遂一病不起。七日后，恰是五月三十日，纳兰溘然长逝，与卢氏离世之期，整隔八年。

这是纳兰自己选择的死亡之期吗？也许好事之人可以就此写一部感人肺腑的言情小说了。但是于纳兰而言，多少恩情，都只能留予后人说吧。

第二章 一生一代一双人

有至情至真的纳兰,才有至纯至美的纳兰词。纳兰词的凄婉,不独在悼亡一类上,凡写真情者,必有动人处,尤其是求而不得的爱恋。

纳兰在发妻卢氏之外,尚有继室官氏、侍妾颜氏,还有未入纳兰族谱之江南名妓沈宛。然而,这些女子都不属于求之而不得的爱恋。

晚清时一本名叫《赁庑笔记》的书中记道:"纳兰眷一女,绝色也,有婚姻之约。旋此女入宫,顿成陌路。容若愁思郁结,誓必一见,了此夙因。会遭国丧,喇嘛每日应入宫唪经,容若贿通喇嘛,披袈裟,居然入宫,果得彼妹一见。而宫禁森严,竟不能通一语,怅然而出。"

从此后,纳兰便有了一个青梅竹马的表妹;纳兰的爱情词,也有了一个可以附会的佳人。尽管有些眼明心亮的读词人察觉出这表妹乃是子虚乌有,却挡不住世人的遐想。

而此时此刻,我只求撇开一些遐想,只干干净净地去看纳兰的爱情词!

画堂春

一生一代一双人①,争教②两处销魂③?相思相望不相亲④,天为谁春。

浆向蓝桥⑤易乞,药成碧海难奔⑥。若容相访饮牛津⑦,相对忘贫⑧。

笺注

① 一生一代一双人:此句原出唐·骆宾王《代女道士王灵妃赠道士李荣》:"相怜相念倍相亲,一生一代一双人。"纳兰借用前人诗句开篇,正是要表达"果得深心共一心,一心一意无穷已"的盟誓。

② 争教:即怎教的意思。

③ 销魂:古人深信人有灵魂,若因过度刺激而神思茫然,便犹如魂魄离体。此后,销魂便用作形容极度悲伤、愁苦之意。江淹《别赋》有云:"黯然销魂者,惟别而已矣。"看来此处之纳兰亦是与人相别。

④ 相思相望不相亲:此句应当仍是从骆宾王诗中化出,只是骆宾王"相怜相恋"而倍加相亲,纳兰"相思相望"却不能相亲,因此更显惆怅。

⑤ 蓝桥:据《西安府志》记载,蓝桥位于陕西蓝田县兰峪水上。《太平广记》卷十五所载传奇《裴航》篇:书生裴航从鄂渚回京途中,与樊

夫人同舟，裴航赠诗致情意，樊夫人答诗云："一饮琼浆百感生，玄霜捣尽见云英。蓝桥便是神仙窟，何必崎岖上玉清。"此后，裴航途经蓝桥驿，因求一碗水喝，得遇云英。裴航向其母求婚，母曰："君约取此女者，得玉杵臼，吾当与之也。"于是，裴航前往月宫求得玉兔之捣药玉杵，得娶云英，双双化仙而去。纳兰此处用典，当是说蓝桥之遇其实容易。

⑥ 药成碧海难奔：典出西汉·刘安《淮南子·览冥训》：后羿从西王母处求得不死之药，其妻姮娥盗食之，由此升仙，奔入月宫，即为后世所知嫦娥。唐·李商隐《嫦娥》诗有"嫦娥应悔偷灵药，碧海青天夜夜心"之句，纳兰此句乃是与上句相对应，认为纵然有可以升仙的神药，却再也不能见那梦中佳人了。

⑦ 牛津：典出晋·张华《博物志》。传说天河与大海相通，有一人居住海边，每年八月时乘船而去，以期前往仙宫一游。一日，此人来至一处城郭，遥望宫墙之内，多有织妇，而一男子牵着牛在河边饮水。此人便问这是何处，那男子道："先生还是去蜀郡问问通晓仙道之说的严君平吧。"此后，牛津便成了天河的代名词，而民间又有牛郎织女于天河搭鹊桥相见之传说，故而亦代指恋人相会之所。

⑧ 忘贫：此处当从唐·元稹《遣悲怀》之"贫贱夫妻百事哀"一句引申出。元稹与韦丛结发之时乃是小小校书郎，生活贫苦。待其高官厚禄，韦丛却已病逝，故而元稹悼亡，有此一叹。然而纳兰此时之情却高于元稹之上，言道，只要能相对而坐，同饮牛津，纵然贫贱，又有何妨？

赏评

笺注至最末一句时，便可断定这又是一阕悼亡词了。然而将其放置于此章开篇，乃是因为纳兰一生的爱情信念，都可以用开端那句"一生一代一双人"一言以蔽之。

一生，一代，只求一双人。如此的爱情信念，莫说在当时，就是在今日，也是了不起的。因为现实中的绝大多数人都不敢轻易拥有这样的信念。纵然许多人年少时怀揣过美好的希望，但最终还是会被现实轻易击碎。

古时，男人三妻四妾自是平常。《红楼梦》里，王熙凤借剑杀人，逼死了尤二姐，算计了秋桐，看起来是她妇人狠毒，其实连她自己也是一夫多妻制的受害者。那紫鹃为林黛玉的终身大事操心，叹道："公子王孙虽多，哪一个不是三房五妾，今儿朝东，明儿朝西？"《长生殿》里，杨玉环为着李隆基背地里宠幸了梅妃而醋意大发，高力士却劝她："不是奴婢擅敢多口，如今满朝臣宰，谁没有个大妻小妾，何况九重，容不得这宵！"

可见，对男人三心二意这件古代看起来十分平常的事，女人却是痛恨悲愤的。所以，卓文君才会在司马相如别有心肠时悲吟一句："凄凄复凄凄，嫁娶不须啼。愿得一心人，白首不相离。"

就事实而言，纳兰也没有真正做到"一生一代一双人"。身为封建时代的男人，他是无法完全解开身上的镣铐的。然而，他毕竟还敢于剖白这份信念，我们也能感觉到他隐隐的悔恨。这或许就是纳兰在为他的爱情而奋斗挣扎吧？

如梦令

正是辘轳^①金井,满砌^②花红冷。蓦地^③一相逢,心事眼波^④难定。谁省^⑤?谁省?从此簟纹^⑥灯影。

笺注

① 辘轳:井上的取水用具,乃是利用轮轴原理制成。据《物原》记载,周朝初期的史官史佚"始作辘轳",到春秋时期,辘轳就已经流行。古诗词里,辘轳井台常常相伴出现,极适合营造清冷幽静的气氛,如陆游之"青丝玉井辘轳声",苏轼之"金井辘轳鸣晓瓮"。

② 砌:即台阶。诗词中常见"金砌""玉砌",以李后主《虞美人》词有"雕阑玉砌应犹在,只是朱颜改"之句,流传最广。

③ 蓦地:突然、猛然之意。

④ 眼波:多是形容女子流动如水的目光。唐韩偓《偶见背面是夕兼梦》诗云:"眼波向我无端艳,心火因君特地燃。"可知,此处纳兰所写,当是有情人相见,眼波流动,心事暗生。

⑤ 省:明白的意思。

⑥ 簟:即竹席。因竹席纹理细密,犹如水光,故而别有一种美感,所以诗词中常见此词。如苏轼《南堂五首》有"扫地焚香闭阁眠,簟纹如水帐如烟"之句。

赏评

时至今日,持有"表妹论"的人都觉得,这阕词写的是纳兰与表妹初见之时。而这种猜想,除了《赁庑笔记》里那段闲话是"罪魁",还有纳兰自己一系列的词篇可以"佐证"。尤其是那些"十年青鸟音尘绝""十年踪迹十年心""瘦尽十年花骨"的词句,很明显地在告诉人们,他有一个分别十年的恋人。

纳兰一生,不过短短三十年,而与卢氏成亲时,恰是二十岁。纳兰与卢氏情深意笃,引为知己,若是还有一个叫他记挂了十年,只余遗憾与叹息的恋人,那必是少时初恋无疑。而看这阕词,两个人蓦然相见,便眼内含情,心事暗生,这样的情愫,除却一见钟情,似乎别无其他。

所以,我们大约可以想见这样一个场面:那一天,在辘轳金井旁,落花飘零,铺满阶台。少男少女蓦然相见,一种情,由此深埋,再难忘却。然而,这心思,不可告人,不能倾诉;这份心,到底有谁能够知晓?从此以往,唯有长夜独坐,无限相思,也只有簟纹灯影能够明白罢了。

品味至此,令人油然生出好些惆怅来。一个"冷"字,奠定了全词的基调。于是便要质疑纳兰这初恋:若他们真有一段美好的恋情,为何纳兰没有一篇诗词去记录这欢愉呢?他不是也曾为卢氏写过一阕"咏浴"吗?纵然这是纳兰多年后回忆起这最初相见的时光,为何一丝丝的甜蜜都没有?难道他此时只剩悲戚了吗?

再看词篇。落红满地,这应当是暮春时节,又是葬花天气吧?花色凋零,亦如人之凋零,这样的情境,本就不甚甜蜜,只有些清冷。他与她蓦然相逢,若真是一见钟情,那感觉应当是贾宝玉见了林妹妹:"这个妹妹我曾见过的。"可是,纳兰的词中人虽眼波传情，却心事难定。于是暗自苦恼：谁能明白？谁能明白？从此之后，只有簟纹灯影可以为伴。

这的确是有情人相见的场面，却不似是初见，倒像是分别之后再相遇。往事如梦，不可再追，他们虽有心事，却也无法断定彼此的心事是否一样，彼此的情意是否还如当初。于是，他们只能这样悻悻分别。这种情，不可与人说，只能交付簟纹灯影。

所以，不管纳兰是有个表妹，还是有其他什么初恋情人，至少这阕词里写的，不会是他们初相见时的情形。

那些不认可"表妹说"的人认为，纳兰的爱情词是写给沈宛的。然而纳兰与沈宛之结缘，却是其去世前一年才开始的。康熙二十三年（1684年），纳兰传信给身在江南的好友顾贞观，道："又闻琴川沈姓女颇佳，望吾哥略为留意。"这年秋日，顾贞观北上京城，沈宛当是同行。所以，纳兰与沈宛也不会有长达十年的恋期。

纳兰此阕词究竟是写给谁的，我们不得而知了。或者，这只是纳兰见他人之事而心生感慨，并非自己的心情写照？也许，对于读者而言，静心读读词就好，这一抹空白，就让它留在纳兰词里吧。

临江仙

昨夜个人①曾有约,严城②玉漏③三更。一钩新月④几疏星。夜阑犹未寝,人静鼠窥灯⑤。

原是瞿唐⑥风间阻,错教人恨无情。小阑干外寂无声。几回肠断处,风动护花铃⑦。

笺注

①个人:犹言那人。然纳兰不称那人,偏要说"个人曾有约",平添一种幽怨口吻,却又透着隐隐甜蜜。

②严城:即戒备森严的城池。

③玉漏:漏壶雅称。古人生活,每每入夜必要宵禁,甚至还有巡城之兵将,以防匪盗之事。此句当是描述赴约之艰难,越显得两个有情人心意之坚。

④一钩新月:此句点名约会之时乃是月初。新月初上,星光幽幽,正是两情暗度的好时候。

⑤鼠窥灯:此句说明约会之环境。夜阑更深,灯火昏暗,连老鼠都悄悄出来了。宋·秦观《如梦令·遥夜沉沉如水》亦有"梦破鼠窥灯"之句。

⑥瞿唐:即瞿塘峡,又唤夔峡。此峡乃长江三峡之首,两岸悬崖壁立,水速风疾。古时行船,常在此处生出意外,性命难保。而词中将情

人赴约未至疑为瞿唐之变,可见等候之人是何等心焦,又是何等挂牵。

⑦护花铃:古人因惜花怜朵,怕鸟雀啄食糟蹋,故而在花枝上系着一些小金铃。每当鸟儿飞来,金铃作响,便可将鸟雀惊走。此句之意,是等候人心中焦急,听风动金铃,便以为是情人到来,却又落空。如此几番,只觉断肠。

赏评

这心生不安,几回肠断,一时甜蜜,又一时嗔恼的等候之人,必是一个美丽多情的女子。

梁启超说:"容若小词,直追后主。"你看后主李煜的《菩萨蛮》词,写女子赴约时的情境:"花明月暗笼轻雾,今宵好向郎边去。刬袜步香阶,手提金缕鞋。"情境幽然,戚戚悄悄,小心翼翼,如履薄冰,然而又充满了香粉气味,更觉艳情。

但纳兰的这阕词,不写女子赴约,只写她等候情人前来。玉漏三更,新月在梢,她辗转反侧,不能安寝。昨夜,是他主动相约的。今日,她等他到这般时候,他却还没有出现。四围寂寂无声,连老鼠都窸窸窣窣地出来了。女子料定,那个人恐怕是不会再来了,他一定是忘了今日之约了;又甚至,他已经负心了,永远也不会来了。

正要恼恨的时候,这女子忽又想:夜来城防严密,莫非是他途中遇到了意外?若真是这样,岂不是真的错怪他了?于是这女子又耐下心来继续等候,阑干之外,再无声息。忽然,护花的小金铃叮当一响,惊得那女子心儿怦怦,急忙起身去看,却是风动金铃,一场空欢喜。如此三番,那女子已被搅得心神不宁,不见心上人,更觉悲伤了。

这阕情词,也算作是代思妇词了吧?纳兰代女子相思,这情思却是真切的。尤其是"原是瞿唐风间阻,错教人恨无情"两句,心思曲折，极具小女子心肠。这不仅仅是纳兰敏感细腻的天性，也恰是前人诗词中最擅长描摹的心情。

窃以为，纳兰写情词，不必真的有什么亲身经历的痛楚情事。古来情思，常有虽不可言却能相通的奇妙之处。只要能用心去感悟体察，有生花之妙笔，便也能写出一二来。

这阕词虽写相思，但却不是痛彻心扉的词句，所述之情都还在常情之中。纳兰之爱情里，发妻卢氏乃是第一知己，纳兰之情词，常会注明乃是为卢氏而作。至于继室官氏、侍妾颜氏，以及后纳的沈宛，纵然纳兰从未在词中写明是为她们而作，却多多少少会留下些痕迹。

想来，纳兰这样多情重情的人，纵然把自己的心都掏给了卢氏，却也不至于对其他的枕边人毫无情意。若真是这样，那也算不得情重如山了。所以，纳兰词中一些闺阁思妇的心境，或许是从官氏或者颜氏身上来的。

据纳兰长子富格的墓志铭《富公神道碑文》中所载："公祖相国太子太师讳明珠，夫人觉罗氏为太祖高皇帝嫡孙女、英王正妃之第五女，诰封一品夫人。相国有子三：长即公考讳成德后改性德，中康熙癸丑进士……夫人卢氏、颜氏，并诰赠一品夫人。公为颜氏太夫人所出。"

可知，纳兰长子富格乃侍妾颜氏所生，而次子富尔敦为卢氏所生。查富格出生之年乃康熙十四年（1675年）乙卯，正是纳兰娶卢氏的第二年。也就是说，侍妾颜氏最晚当与卢氏同年归于纳兰。在这漫漫相伴的岁月里，纳兰纵然对颜氏无爱，又岂能真个无情？

减字木兰花

相逢不语,一朵芙蓉①著秋雨。小晕红潮②,斜溜鬟心只凤翘③。

待将低唤,直为凝情④恐人见。欲诉幽怀,转过回阑⑤叩玉钗⑥。

笺注

①芙蓉:古时荷花为芙蓉。三国·曹植有《芙蓉赋》传世,道:"览百卉之英茂,无斯华之独灵。结修根于重壤,泛清流而擢茎。"古人以为,荷花出淤泥而不染,品性高洁,独具灵气,故而盛赞。后因有一种木本植物花形似芙蓉出水,艳似菡萏展瓣,便被称作"木芙蓉",亦唤"芙蓉"。五代十国,蜀后主孟昶于城墙上遍种芙蓉,故成都又有"芙蓉城"之称。木芙蓉花期在晚秋时节,可见纳兰此处是写木芙蓉,而非荷花。而芙蓉着雨,可知此时佳人乃是面带泪光。

②小晕红潮:木芙蓉有粉白花色,犹如少女含羞面颊。此处以花喻人,正是恰当。

③鬟心为鬟髻的顶心。凤翘即凤形的钗环。宋·周邦彦《南乡子·拨燕巢》词曰:"不道有人潜看著,从教,掉下鬟心与凤翘。"

④凝情:指情意专注。明代才子文徵明《雨中杂述》诗有云:"凝

情不自得,看雨独登楼。"纳兰此时与昔日情人相逢,想要呼唤一声,却又不敢,只怕情意流露,被旁人看见。

⑤ 回阑:"阑"同"栏",即是指回廊曲折。

⑥ 叩玉钗:宋·郑会《题邸间壁》诗曰:"敲断玉钗红烛冷,计程应说到常山。"乃是写一位妻子等待丈夫归来,夜敲玉钗,独对红烛之孤寂难耐。此处佳人玉钗叩栏,别样心思,都在其中了。

赏评

这阕别后相逢的情词虽然简短,所传的情意却真切动人。

一对有情人乍一相逢,百千种情思,顿涌心间却又哽咽在喉,无语脉脉。那佳人已然难禁情愫,珠泪低垂,面颊绯红,仪容姿态,宛若秋雨之下盛开的木芙蓉花,更叫人心生怜爱。待要低低地唤她一声,又怕这一唤,两个人都再也忍不住了。若是这情意被旁人看见,纠缠不清,传扬开去,岂非要坏了彼此清白名声?于是乎,那欲诉不能的幽怀,只能瞒着、掖着,可又终究抵挡不住,便转过回廊,轻叩玉钗。那人若是有心,必然也就明白了。

纳兰生在皇亲贵胄之家,除却随天子扈驾,得以行走山川景致外,想必平日所处居所,多是那雕梁画栋的府邸宅院深处,正是词中所写环境。而纳兰此类词作颇多,若真是写他与昔日情人之情,可见二人是能常常于深宅大院中相遇的,而两家关系,若非故交,必为亲眷。

这,想必是"表妹说"的缘由之一。表亲结姻,古时常事。那时婚姻之事,单凭媒人一张口,父母之严命,新人在挑开红巾之前,十之八九是未曾见过的,彼此脾性人品,一概不知。若是表亲,就不一样了。多少能有些青梅竹马的时光,也更容易在少年时代萌动春心,分外纯真。所以,人们更愿意相信,纳兰的初恋是他的表妹。

看"待将低唤,直为凝情恐人见"一句时,叫人猛生陆游、唐婉沈园相逢之感。唐婉回赠与陆游的那阕《钗头凤·世情薄》,与此刻佳人的心境多么相似!

> 世情薄,人情恶,雨送黄昏花易落。晓风干,泪痕残,欲笺心事,独倚斜栏。难,难,难!
> 人成各,今非昨,病魂常似秋千索。角声寒,夜阑珊,怕人询问,咽泪装欢。瞒,瞒,瞒!

可是,陆游与唐婉为表兄妹的说法乃是后人附会,这阕《钗头凤·世情薄》亦是后人手笔。那些凄美的故事都是假的。于是,叫人不由萌生一个大胆的想法:若是纳兰从来就没有什么初恋情人呢?若是那所谓的初恋不过是少年时代的偶然心动呢?正所谓"熟读唐诗三百首,不会作诗也会吟",纳兰这样多情的才子,又那么喜欢花间词,他非得有亲身之经历,才可写出这样的情词吗?若真是这样,他的才华也不会那么被世人看重了。

所以,窃以为今人读纳兰情词时,最该做的一件事,不是考证纳兰到底有几个好妹妹,而是要努力寻找纳兰作词的一种真实境况:他的典故从何而来?他是否与前人有着同源相亲的感悟?他又是如何在前人基础上,写出自己的纳兰词?

虞美人

曲阑深处重相见,匀泪①偎人颤。凄凉别后两应同②,最是不胜清怨③月明中。

半生已分④孤眠过,山枕⑤檀痕渍⑥。忆来何事最销魂,第一折枝⑦花样画罗裙。

笺注

①匀泪:即拭泪。此处当是指有情人重相见时心境难平,唯有相互依偎,暗自拭泪。

②两应同:意指分别之后,两处相思苦楚应是相同,可见此情弥深。

③不胜清怨:唐·钱起《归雁》诗云:"二十五弦弹夜月,不胜清怨却飞来。"纳兰词意正是指月明之夜,最难承受那凄清哀怨。

④分:此处为第四声,料想的意思。从词句看,两人想是分别已久,且团聚无望,故而料定后半生注定要孤眠而过。

⑤山枕:古时枕头形状乃是两端凸起,中间低凹,故而名山枕。

⑥檀痕:带有香粉的泪痕。明·汤显祖《七夕醉答君东》诗中云:"伤心拍遍无人会,自搯檀痕教小伶。"渍是浸渍、沾染的意思。李后主《一斛珠·晚妆初过》中云:"罗袖裛残殷色可,杯深旋被香醪涴。"

⑦折枝:此处当是指传统花鸟画的一种表现形式,即画花卉不写全

株，只选择其中一枝或若干小枝入画，故名。古时扇页、题帕之类的小品花卉画，往往以简单折枝经营构图，分外隽雅。故而此处写于罗裙上作画，自然是以折枝画为上。

赏评

这阕别后相逢的词作，比之前篇，情感要激烈得多了。

前篇"相逢不语"，大概是因为立于人来人往之处，"直为凝情恐人见"，即便要敲钗传情，也须转过回廊。而此番，乃是"曲阑深处重相见"，不用担心被人瞧见。于是满腹相思委屈顿时爆发，投入情人怀中，相依偎，身儿颤，那泪水便再也忍不住了。

因为这相拥而泣，彼此便都明白了，别后光景，两地相思一样心。然而，最难忍受的，还是那明月之夜，天地清冷，孤灯相伴，种种幽怨，寒彻心头。

可是，这能有什么办法呢？二人此生已注定不能相守，余生之光阴，只能孤枕而眠地熬过，任凭粉泪夜夜湿透枕巾。往昔那些时光，若叫一件一件回想起，最痛心伤怀的，怕是那次在罗裙之上题画折枝花样了。

如果单从纳兰的词面意思来看，一篇又一篇的，的确好像是在写他与昔日情人一次次相会，一次次伤心的情境。然而，这种曲阑深处，背地里的相会，这种"匀泪偎人颤"真的发生了吗？

仍旧是李后主的《菩萨蛮·花明月暗笼轻雾》一词，下半阕开言即道："画堂南畔见，一向偎人颤。奴为出来难，教君恣意怜。"

这不能看成是纳兰抄袭了李后主，不过是一种情境描摹的化用而已。古来的诗词典故那么多，可借鉴的诗句词句更是犹如繁星，纳兰写一篇别后相逢、两情相拥的词，未必就真的是有一个情人可以抱在怀里。

古人写情词就像今人拍电视剧一样，可以大胆，可以妄为，但现实中——不论纳兰是怎样一个渴望追求自我性情的人，他都无法彻底斩断传统礼教的铁索。你看《红楼梦》第三十二回里，林黛玉伤心落泪，宝玉"禁不住抬起手来替她拭泪。林黛玉忙向后退了几步，说道：'你又要死了，作什么这么动手动脚的！'宝玉笑道：'说话忘了情，不觉的动了手，也就顾不得死活。'"

《红楼梦》问世之后，有人当作禁书呈给乾隆皇帝，乾隆却笑道："此盖为明珠家事作也。"那些读《红楼梦》、品纳兰词的人也觉得这附会十分合理。于是他们就认为，贾宝玉有个林妹妹，纳兰就也应该有个表妹妹。可是，他们只顾着牵连附和，却忘了当时社会不可轻视的好些规矩。

所以，归根结底，这阕《虞美人》词境虽然写实，却未必就是写纳兰自身的真实情事。但凡寻不到可靠的史料，我们就不能轻易断言纳兰的爱情。除非，我们如此关注纳兰情事的最终目的，乃是想为自己找寻一份安慰。

虞美人

银床①淅沥青梧老,屧粉②秋蛩③扫。采香行处蹙连钱④,拾得翠翘何恨不能言。

回廊一寸相思⑤地,落月成孤倚。背灯⑥和月就花阴,已是十年踪迹十年心⑦。

笺注

①银床:一说是井栏,一说为辘轳架。杜甫《冬日洛城北谒玄元皇帝庙》诗云:"风筝吹玉柱,露井冻银床。"明·朱让栩《拟古宫词》中则有"银床雨滴伴苍梧,香烬孤窗暗鸭炉"之句。纳兰此处亦是沿用此意,以青梧飘零落银床营造凄凉之境。

②屧粉:古时鞋底以木头制成,称之为屧。此处屧粉之意,大概是指撒在鞋内,用来熏香的香粉,后亦以此代指佳人。

③秋蛩:即蟋蟀。因蟋蟀于立秋之后,于草丛、田头鸣叫不歇,故而有秋蛩之名。唐·孟郊《西斋养病夜怀多感》诗云:"一床空月色,四壁秋蛩声。"此句旨在营造一种凄清意境,或指秋雨一洒,梧桐叶落,秋蛩不住地鸣叫,而那佳人却不在了。

④采香:范成大《吴郡志》中记载:"吴王夫差于香山种香,使美人泛舟于溪以采之。"蹙此处作动词,通"蹴"。连钱当是指连钱马。

晋人郭璞为《尔雅·释畜》作注曰:"色有深浅,班驳隐粼,今之连钱骢。"苏轼《申王画马图》诗云:"扬鞭一蹙破霜蹄,万骑如风不能及。"联系上下句可知,纳兰此处之意是指,骑着连钱马去往那佳人采香之处,想寻一寻佳人踪迹,却只拾得了佳人的翠翘首饰,更觉恼恨。

⑤一寸相思:此处当时化用李商隐《无题》诗中"一寸相思一寸灰"之句。而纳兰情词中,回廊是有情人屡次相见相思之地。此处用来,更觉自然贴切。

⑥背灯:指避开灯烛。词句情境,乃是说孤独寂寥时,索性吹灭了灯烛,来至花阴之下,对月而立,暗自沉吟。

⑦十年踪迹十年心:此一句点明了此番相思之漫漫时光,原来竟已有十年之久。十年来,此心未变,此情未改,可见情深。

赏评

青梧桐已然老去,叶叶飘零,坠落井台银床之上。淅淅沥沥的,是落叶声,还是秋雨声?秋蛩不住地鸣叫,想那井台,乃是当初与佳人并立的地方,可惜,如今已是人影缥缈了。为了寻到佳人,便又骑上连钱骢马,前往她平日常去的采香之处,竟意外拾得一支翠翘,只是更觉遗恨满腔。

回到家中,看那回廊深深,原是与佳人相会之地。如今"一寸相思一寸灰",心已老去,只落得,对月孤坐,有何意义。既然如此,不如吹灭了灯火,对明月,就花阴,仔细地将这番情回味一番。

这阕词,看似写实,却处处写虚。以上种种,都是纳兰用大大小小的典故,堆积起的一个满怀相思愁情的世界。尤其是"拾得翠翘"之句,若从写实角度而言,实在不可信:怎能那样巧,骑马访故地,偏偏就能拾得佳人的钗环?所以,这一句是纳兰的想象,一种描摹罢了。

这世界本可以不真实，但到最后，却因纳兰的一句"十年踪迹十年心"，一切似乎都变成真的了。

十年，为何如此确凿地写十年呢？古人若要形容光阴漫漫，多喜欢用"三"字："一日不见，如三月兮""一日不见，如三秋兮""一日不见，如三岁兮"，纳兰偏偏选择十年，记得这样准确。他在《鹊桥仙·梦来双倚》中也说："连朝镜里，瘦尽十年花骨。"他既如此肯定，除了真有情事，还有什么可以解释的呢？至纳兰离世，卢氏香消也才八载，纳兰这份"十年踪迹"的爱情，只能属于他的初恋情人。

至此，真叫人哑口无言了。我们既没能找到纳兰有个初恋情人的确凿证据，也没法证明他没有这样一个挂念了十年，其实也是挂念了一生的情人。一切种种，都只是我们以纳兰词作为蓝本，根据那些坊间流言做出的大胆猜测罢了。

其实，我们无须在"十年"这个词眼儿上较真儿。纳兰的这阕词，无论是从词意还是从典故，都是真切可懂的。而这种"十年踪迹十年心"的哀思，反复咀嚼去，令读词人的心情真的好像老了十岁。

这，也许才是纳兰词作的真正魅力所在吧？

鹊桥仙

梦来双倚,醒时独拥①,窗外一眉新月②。寻思常自悔分明③,无奈却照人清切④。

一宵灯下,连朝镜里,瘦尽十年花骨⑤。前期⑥总约上元时,怕难认飘零人物⑦。

笺注

①梦来二句:梦中,是双双依偎、情深切切的;醒来,却独拥衾被,孤单凄冷。这两句,词面上对仗工整,意境上则对比深刻,梦与现实的差别,让人更觉一分幽冷。

②一眉新月:新月似蛾眉,故而有此说。纳兰曾在《点绛唇·一种蛾眉》里说"下弦不似初弦好",此处乃是新月,不知思念的苦楚是否会好一些。

③悔分明:此一句当是说,每每暗中回忆过往,都会心痛无比,反而因此后悔自己对往事记得太真切。

④清切:清晰真切之意。上句正后悔对往事记得太清楚,这句便道出原因:原是月光清亮,照彻心怀,故而越发无法忘记。

⑤花骨:古来常以花朵比拟佳人,然此处用"花骨"二字,原是因为佳人相思憔悴,瘦骨纤纤。

⑥前期:此处为该词的引申用法,意思是指早有约定。

⑦飘零人物：当是漂泊落魄之意，谓失意之人。这两句乃是说，二人曾经私下里有约定，要在上元假期再相会。只是如今纵然相见，只怕各自飘零，难以辨认了。

赏评

看上半阕时，还以为这是首悼亡词，大概是因为纳兰"一种蛾眉，下弦不似初弦好"的余韵还在吧。况且，"梦来双倚，醒时独拥"的情境太过鲜明：纳兰梦中与卢氏双双依偎，醒来才发现床帐中只有自己的孤影，还有比这个更伤心的吗？

然而，这首词的的确确不是悼亡词，而是相思词，甚至是代佳人相思。

看下阕，"一宵灯下，连朝镜里"，瘦尽的，是"十年花骨"。当然，若说花骨形容男子也是无碍的，只是到底不如佳人来得更加哀婉。

《牡丹亭·写真》一折，杜丽娘因游园惊梦，相思成病，缠绵卧榻。丫鬟春香见小姐"十分容貌怕不上九分瞧"，格外辛酸。杜丽娘听了，便开了菱花镜相照，顿时又惊又悲："哎也，俺往日艳冶轻盈，乃何一瘦至此！若不趁此时自行描画，流在人间，一旦无常，谁知西蜀杜丽娘有如此之美貌乎！"因又叹道："三分春色描来易，一段伤心画出难。"

美人叹色衰，这是亘古不变的悲戚。故而，纳兰词中这个对镜悲叹的佳人，才能越发伤心。此前，她还只是为两下分离，不得相见而垂泪伤怀；而今，光阴杳然，雨摧花枝，容颜老去，只怕纵然有相见之时，彼此也不能相认。

词中所约相见之期，乃是上元佳节。这是中国古时与上巳、七夕并存的"情人节"。宋朝时，上至皇帝群臣，下至平头百姓，都要在上元节这日出门赏灯。那时节，女子也不必受闺中礼教束缚，可以"出游街巷,自夜达旦,男女混淆",而这正是少男少女约会诉情的时候。

世人都很熟悉辛弃疾的那阕《青玉案·元夕》,道是:"众里寻他千百度,蓦然回首,那人却在,灯火阑珊处。"然而,欧阳修的《生查子·元夕》更接近纳兰词中佳人的心情:"今年元夜时,月与灯依旧。不见去年人,泪湿春衫袖。"

这位佳人苦苦等待了十年,却还是没能与心上人见上一面。而这已经熬了十年的刻骨相思,再无一个消遣之处,只能永久地沉沦下去了。

品论至此,这阕不是悼亡词的情词,也几乎有了悼亡的意思。

草木零落,美人迟暮。十年相思,看起来是一件很凄美的事,但对于当事人而言,对于佳人而言,容颜的消逝无异于断肠毒药。

如此说来,佳人是因为这一原因,才"寻思常自悔分明"的吗?就算是这样,也没有什么不妥的。痴守爱情固然美好,但若是终究得不到,便只是一种虚妄。

这虚妄,若是自己能接受,能坦然,那也无可厚非。怕就怕,得不到时又放不下,如此便要作弄自己,甚至作弄他人,乃至于短短的人生,只余下痛苦。这样的情,究竟有何意义呢?

鲁迅先生说:"我们中国的许多人……大抵患有一种'十景病',至少是'八景病',沉重起来的时候大概在清朝。凡看一部县志,这一县往往有十景或八景……点心有十样锦,菜有十碗,音乐有十番,阎罗有十殿,药有十全大补……"

于是忽然想到,纳兰的"十年"是不是也是一种"十景病"?他只是想写个悲痛相思的小令罢了,只是觉得"十年"这个词用来感觉很好罢了。哪里需要后世之人,为着"十年"两个字,忒费苦心呢?

浪淘沙

闷自剔残灯,暗雨空庭。潇潇已是不堪听,那更西风偏著意①,做尽秋声②。

城柝③已三更,欲睡还醒。薄寒中夜掩银屏④,曾染戒香⑤消俗念,莫又多情。

笺注

① 著意:即用心、在意。宋·辛弃疾《鹧鸪天》有"著意寻春懒便回"之句。

② 秋声:秋来草木零落,万物肃杀,其境令人悲恸。宋·柳永《临江仙》有"绮窗外,秋声败叶狂飘"之句。

③ 城柝:古代打更用的木梆曰"柝",城柝即是城墙上传来的巡夜打更声。

④ 银屏:镶了银饰的屏风,此亦是诗词中常用之词,用以美化情境。宋·晏殊《清平乐》中有"双燕欲归时节,银屏昨夜微寒"之句,与此处意境相像,皆是说夜来寒冷。

⑤ 戒香:佛教认为,戒律能涤除尘世的污浊,故以"香"喻,后亦指佛堂所燃之香。纳兰此处之意当是说也曾心向佛门,以求除去这些红尘欲念,好让自己不再多情。

赏评

这阕词,是纳兰的纠结与反思。

纠结,是因为这潇潇秋雨瑟瑟风的时节。已是晚间时候,纳兰却不能安睡。他剔亮残灯,但觉窗外暗雨潇潇,洒落空庭。这声音是他最不忍听的,因而心情也愈发烦闷起来。谁知,那西风又吹了过来,似是有心与他作对,叫他不安。呜咽萧瑟中,草木零落更甚,这周遭一切,演尽秋声。

遥遥的,城楼上传来更鼓之声,正是三下。该睡了,却又睡不着。秋寒之意,透入门来,叫人不得不掩起银屏。然而,真正寒凉的,不是区区肉身,而是心。因为心中凄苦悲凉,才这样惧怕秋声的清冷;因为心中割舍不下旧情,才惹下了这样多的烦恼。

于是,纳兰开始反思:为何不干脆将这旧情割舍了呢?若是没了这些情,不就能心境平和了吗?然而,纳兰又清楚地知道,这太难了。因为他已经尝试过了,他想过皈依佛门,他想用佛法来化解七情六欲之俗念,他已经劝说过自己"莫又多情"!

在《忆江南·宿双林禅院有感》里,纳兰说自己是"有发未全僧",那是因为卢氏一去,他便万念俱灰,似与僧侣没有什么两样了。

这里,纳兰又坦然承认了自己"曾染戒香",为的正是要消除心中的各种缱绻情致。因为这些情深情浅,已让他不堪折磨。

纳兰自号楞伽山人。楞伽是山名,意为不可往山、险绝山、可畏山、庄严山。而《楞伽经》是一部性相圆融、各宗共尊的圣典。经文中,大慧菩萨向佛提出了一百多个问题,天文地理,宇宙人生,无所不至。然而佛却不随题作答,只是直指人生的身心性命与宇宙万象的根本体性,告诉人们,这世间一切的问题,都需要人们面对现实世界。这就犹如生病,各人的病因不一,只能各人吃各人自己的药。

纳兰说:"人世事,释典无不言之。"可见,纳兰知道,佛法所包含的哲学道理,恰是对人生的指引。纳兰的烦恼固然在佛法中可以寻得解脱,然而这解脱,也只能靠他自己,不在佛法,而在一心。

纳兰心中明白,令自己惆怅烦闷的,是一个"情"字。多情,是他的病因。因为多情才太过牵挂,才割舍不下。纳兰也知道自己的药该从哪里去寻,故而他才会劝慰自己"莫又多情"。

昭君怨

深禁①好春谁惜?薄暮瑶阶②伫立。别院管弦声,不分明。

又是梨花欲谢,绣被春寒今夜。寂寂锁朱门,梦承恩③。

暮雨丝丝吹湿,倦柳愁荷④风急。瘦骨不禁秋,总成愁。

别有心情怎说,未是诉愁时节,谯鼓⑤已三更,梦须成。

笺注

①深禁:禁指帝王宫殿,深禁即寓意宫门深深,从此困锁。汉·蔡邕《独断》中云:"天子所居曰禁中,言门户有禁,非侍御之臣不得入也。"

②瑶阶:玉砌的台阶,乃是石阶的美称。晋·王嘉《拾遗记·炎帝神农》曰:"筑圆丘以祀朝日,饰瑶阶以揖夜光。"此处形容宫中阶台,自然要用此等美词。

③承恩:蒙受君王恩泽之意,如杜甫《丹青引赠曹将军霸》中有"承恩数上南薰殿"之句。然此处乃是特指妃嫔得到君王宠幸。

④倦柳愁荷:宋·史达祖《秋霁》词云:"望倦柳愁荷,共感秋色。"乃是形容秋色凄凉之情境。

⑤谯鼓：谯楼更鼓之意。古代城门上建造高楼用以眺望，谓之谯楼；楼上设鼓，每更一敲，以让百姓知道时间。

赏评

第一阕《昭君怨》写得名副其实。

《昭君怨》又唤作《宴西园》《一痕沙》，然而都不及《昭君怨》来得有情致。据传，《昭君怨》本是王昭君所创琴曲，以表达自己对汉元帝的幽怨。隋唐时由乐府而改制成长短句，从而成了词牌名。

纳兰写这阕词，就是冲着《昭君怨》这个词牌而来的，因为他所写之事，正是深宫哀怨：一入宫门深似海，春色宜人，却有谁怜？日西斜，暮色薄，阶台之上，宫人默默伫立着。不知哪里传来隐隐管弦之声，却又不甚分明。这宫中欢乐，与她无关。梨花又要谢了，今夜春寒，却孤衾独宿，更觉心寒。朱红宫门锁住了寂寞，唯有在梦中，期盼得到君王的垂怜。

第二阕《昭君怨》，虽未明写是宫怨，但其愁思倒也能承接前阕：暮雨纷飞，丝丝缕缕，打湿了衣襟。看柳枝倦，荷朵愁，怎禁得这风雨急切？已然是秋日了，人更消瘦，愁上添愁。别有一种心思，却无法诉说，只因还未到诉愁的时候。谯楼打罢三更鼓，希望今夜里，好梦能成。

无法确定这两阕《昭君怨》是否同时而作，但从一个"梦"字看去，似乎确有连贯。前阕希望梦中能与君王相见，得到承恩，可这梦却屡屡未成，所以到下阕时仍旧不忘，希望"梦须成"。

这是多么真切缠绵的宫怨，最凄凉的是，这怀怨的宫人唯一期盼的，竟不是帝王真的垂怜，而是梦中承恩。看起来，似乎她已经是死了心的。于是，更加叫人痛惜了。

这两阕《昭君怨》一度被认为是纳兰替那位青梅竹马的"表妹"而写。因为"表妹"被选进宫去，做了深宫怨女，而她与纳兰的爱情，也正是因此被强行隔断的。所以，纳兰总是放不下，他甚至装扮成喇嘛，设法入宫与表妹一见，却"宫禁森严，竟不能通一语"。

《赁庑笔记》里说的这些，实在叫人不敢相信。就连这两阕《昭君怨》，也不能同那些好事者一样去解读。窃以为，如果纳兰这词真的是写入宫的表妹，那么她深宫寂寞、瘦骨成愁都没有错，但其根源应该在纳兰身上。可是，为什么这表妹会去"梦承恩"呢，为什么还要期盼君王的宠幸呢？不论是表妹这样想，还是纳兰替表妹这样想，都太奇怪了！

长久以来，人们愿意相信纳兰有个表妹，不就是希望纳兰能有一段刻骨铭心的初恋吗？如果按这词中所写，纳兰又将这青梅竹马的真情置于何地了呢？总不该是纳兰伤心过度，犯糊涂了吧？

所以，赵秀亭、冯统一的《饮水词笺校》里认为，纳兰的《昭君怨》里所写的宫人，绝不是什么"表妹"。

纳兰自康熙十五年（1676年）任御前侍卫，卫戍内廷近十年光阴，他自然会见到一些宫人。这词，或许正是纳兰偶见宫中失宠妃嫔有感而发。他不过是以拟古手法，借着《昭君怨》的词牌名，写一写那些千年不变的宫怨哀声。

浣溪沙

十八年^①来堕世间,吹花嚼蕊^②弄冰弦。多情情寄阿谁边。

紫玉钗斜^③灯影背,红绵^④粉冷枕函偏。相看好处却无言^⑤。

笺注

①十八年:此句乃是引用李商隐《曼倩辞》诗:"十八年来堕世间,瑶池归梦碧桃闲。如何汉殿穿针夜,又向窗中觑阿环。"曼倩乃西汉文学家东方朔字号,《仙吏传·东方朔传》记载,东方朔曾向人道:"天下人无能知朔,知朔者唯太王公耳。"东方朔亡后,汉武帝听闻此言,因召太王公问道:"先生知道东方朔吗?"太王公道:"不知。"武帝因问:"公有何长处?"太王公答道:"臣善知星历。"武帝忙又问:"诸星皆在位吗?"太王公因答道:"诸星具在,独不见岁星十八年,今复见耳。"纳兰此处虽然借用此典,但却不是写东方朔。

②吹花嚼蕊:此句亦是引用李商隐诗中典故。李商隐曾作《柳枝》诗,自为序道:"柳枝,洛中里娘也。父饶好贾,风波死于湖上。其母不念他儿子,独念柳枝。生十七年,涂装绾髻,未尝竟,已复起去,吹叶嚼蕊,调丝擫管,作天海风涛之曲,幽忆怨断之音。"李商隐诗中柳

枝乃为歌伎,可知,纳兰词中所写,也该是位歌伎。

③紫玉钗斜:此典当用唐·蒋防传奇《霍小玉传》。霍小玉本为王府庶出幼女,霍王逝后,小玉母女为族人逐出,沦为歌伎。后来,霍小玉与才子李益相恋,谁料李益去后竟背弃盟约,不复相见。霍小玉为寻访李益音信,变卖家产,典当了先父所遗紫玉钗。柳枝与霍小玉互为佐证,纳兰此词,必写歌伎无疑。

④红绵即红色棉枕。宋·周邦彦《蝶恋花·秋思》词曰:"唤起两眸清炯炯,泪花落枕红棉冷。"古时木枕、瓷枕中间是空的,多半用来收藏珍爱要紧之物,故而称为枕函。

⑤相看好处却无言:当是化用汤显祖《牡丹亭·惊梦》之句:"是那处曾相见,相看俨然,早难道这好处相逢无一言?"

赏评

大约是吹花嚼蕊、紫玉钗斜这两个典故惹的祸,这阕词,仿佛就是纳兰写给沈宛的。

沈宛,今日的人们都认为,她是纳兰最后人生路上的红颜知己。

纳兰病逝后,内阁学士徐乾学所撰《纳兰君墓志铭》以及韩菼的《纳兰君神道碑铭》中,都没有沈宛,只记载纳兰原配卢氏、继室官氏,连后来那个母以子贵,被追赠为一品诰命的侍妾颜氏,也没有记载在册。因为只有卢氏与官氏是纳兰的正妻。

纳兰另一好友姜宸英也曾撰有《通议大夫一等侍卫进士纳腊君墓表》,中道:"副室以某氏。"副室即侧室,也就是妾。然而这个"某氏",不提名姓,不作议论,也不知究竟是说颜氏还是沈宛。倒是清末朱祖谋的《国朝湖州词录》里写了这样一句:"沈宛,字御婵,纳兰成德簉室,有《选梦词》。""簉室"二字,明指为妾。

"十八年来堕世间,吹花嚼蕊弄冰弦"。若按词面解释,大约是说，沈宛降落人世十八年，歌舞生涯，终嫁纳兰为妾。然而沈宛与纳兰，一在江南，一在京城，他们是如何结下良缘的呢？

纳兰给好友严绳孙的信中曾道："弟胸中块垒，非酒可浇，庶几得慧心人以晤言消之而已。"于是，大约在康熙二十三年（1684年）春夏之际，纳兰修下一封书信，寄往江南好友顾贞观处。信中先是说了些近来所做之事，随后纳兰便嘱托顾贞观道："顷闻峰仰之间颇饶佳丽，吾哥能泛舟一往乎……又闻琴川沈姓有女颇佳，亦望吾哥略为留意。"

琴川乃今日常熟，而乌程则是湖州，两地隔太湖相望。按赵秀亭《女词人沈宛与纳兰性德》一文所言，琴川、乌程水路不过数篙，或许沈宛乃是乌程籍贯而居于琴川，又或者两地皆有住宅。故而，纳兰心中托顾贞观牵线做媒的沈姓女子，非沈宛无疑。

康熙二十三年（1684年）的仲秋，顾贞观北上。其年九月二十八日，纳兰随康熙圣驾南巡，直至十一月底才返回京城。而此时，距纳兰辞世仅有半年之余。如此看来，顾贞观果然未辜负纳兰所托，将沈宛送到了京城。沈宛也确实陪伴纳兰度过了最后的时光。但细细想去，沈宛这样一个歌女，孤身来至京城，嫁为妾室。纵然她才艺颇佳，能解纳兰心中块垒，可短短半年的光阴，又如何能叫她与纳兰心心相印？

《纳兰君墓志铭》的拓本里，写纳兰"男子子二人：福哥、永哥，遗腹子一人。"而抄本里便成了"男子子三人：长富格，次富尔敦，次富森"。而纳兰明珠的墓志铭里说，其有孙五人，富格、富尔敦、富森，"皆性德出"。富格的生母是颜氏，富尔敦的生母是卢氏，而富森，其为沈宛遗腹子的猜测，恐怕是合乎情理的。只可惜，对于沈宛而言，她的后半生，到底湮没于这滚滚红尘了。

菩萨蛮

乌丝①画作回纹②纸，香煤③暗蚀藏头字④。筝雁⑤十三双，输他作一行⑥。

相看仍似客⑦，但道休相忆。索性不还家，落残红杏花⑧。

笺注

①乌丝：即乌丝栏。古时书籍卷册或织、或画，以成界栏，红色者谓之朱丝栏，黑色者谓之乌丝栏。宋·辛弃疾《乌夜啼》词曰："一段乌丝阑上、记多情。"

②回文：即回文诗，此乃汉语特有的一种诗体，以词序回环往复，修辞成篇。传说，前秦时刺史窦滔宠爱姬妾赵阳台，其妻苏若兰恼恨，不肯随窦滔前往襄阳赴任。窦滔携赵阳台而去，音信渐断，苏若兰心中懊悔，遂以五色锦缎织成回文诗，名曰《璇玑图》，寄与窦滔。窦滔见之，幡然醒悟。此后，回文诗便也成了相思爱恋之代名词。

③香煤：即香烟，指焚香所生之烟。

④藏头字：即藏头诗。古时杂体诗中的一种，有多种表现形式，意在委婉表达情意。开篇两句对仗工整，皆是比拟情思婉转之意。

⑤筝雁：即筝柱，因其形状乃是尖头两角，犹如展翅之雁，故称。

据清·朱骏声《说文通训定声》记载:"古筝五弦,施于竹如筑,秦蒙恬改于十二弦,变形如瑟,易竹于木,唐以后加十三弦。"故而纳兰此处说"十三双"。

⑥ 输他之句:联系前文,词句意思或是说,十三双筝柱排列成行,犹如大雁南归,叫人生出离情。

⑦ 相看之句:彼此相看,却好似主客一般生分,恐怕是形容情意尚不深厚。

⑧ 落残红杏花:红杏花落,此谓暮春时节。

赏评

细读此词,只觉得乡思多于相思。

回文纸、藏头字皆是婉转言情之物。而所言何情呢?看筝雁一行,懒拂琴弦,只因越发勾起思乡之情。彼此相看,只觉客道生分,唯一可劝慰的,乃是一句"休相忆"。还是不要回去了吧,任凭那江南的残红落尽。

如此解读的词面意思,十分明了浅白。若说这是纳兰写与初嫁而来的沈宛,也不无道理。

按前篇中所言,沈宛当是康熙二十三年(1684年)的深秋来至京城,成为纳兰的侧室。虽然纳兰早已听说其才艺,特意请顾贞观从江南将她接来。然而,沈宛之身份与纳兰之门庭,到底隔着千万重云山。单看沈宛嫁与纳兰之境况,便可知一二。

古时成婚,讲究三媒六聘,可这是迎娶正妻的规矩。富贵人家纳妾,有时不过是花些钱买个女孩子罢了,能摆上一桌酒自家人乐呵乐呵就已经很不错了,哪里还能太过张扬?

沈宛嫁于纳兰,是因为纳兰先属意于她,便托顾贞观泛舟一往,去寻佳人。然而二人天南地北,从未谋面,纳兰何以就选中沈宛了呢？

康熙二十八年（1689年），一些文人墨客选编刊印了一部《众香词》，共选明末清初三百八十余位女词人之作，囊尽闺阁千金、歌伎婢妾、尼冠宫女等。而其中，便有沈宛五首词作。俞兆曾为纳兰所写挽词《洞仙歌》中有道："问新来，倚床选梦，侧帽徵歌，凄凉付、一霎西窗风雨"。"侧帽"乃指纳兰词集《侧帽集》；而"选梦"，便是沈宛所作《选梦词》。

可知，沈宛在当时是个颇有才名的歌伎，故而才能美名传扬，连远在京都的纳兰都有所耳闻。可纵然如此，沈宛到底还是一个歌伎。纳兰因其才名而钟意于她，书去江南，只需顾贞观代为传意，沈宛便可离乡别井，远赴京城，做人妾室。

这不是沈宛多情，而是世事本就如此凄凉：一个歌伎，只要能离了风尘，比什么都重要。《影梅庵忆语》里，董小宛自见了冒襄，便以为寻着了终身的依托，尽管冒襄几番推诿，董小宛却乘舟相追，"痛哭相随"。谁知冒襄却因惧怕高堂责怪，"冷面铁心，与姬决别"，令董小宛返回苏州。

沈宛或许比董小宛幸运，她所嫁之人——纳兰，自比冒襄多情重情；可是，沈宛也未必有幸，孤苦女子，远嫁京城，为人妾室，这寄人篱下之孤苦，背井离乡之哀思，几人能懂？所以，沈宛才会在有《长命女》之"添段新愁和感旧，拼却红颜瘦"，才会有《一痕沙·望远》之"恼杀天边归雁，不寄慰愁书柬。谁料是归程，怅三星"。

在嫁与纳兰后的第一个春天，沈宛想家了。京城虽好，怎奈"相看仍是客"。可是，她多情的夫君也是满腹愁思，不愿放她这个"慧心人"离去，所以屡屡劝她"索性不还家，落残红杏花"。

摊破浣溪沙

风絮①飘残已化萍,泥莲②刚倩③藕丝萦;珍重别拈香一瓣④,记前生。

人到情多情转薄,而今真个悔多情;又到断肠回首处,泪偷零。

一霎⑤灯前醉不醒,恨如春梦畏分明。澹⑥月澹云窗外雨,一声声。

人到情多情转薄,而今真个不多情。又听鹧鸪⑦啼遍了,短长亭⑧。

笺注

① 风絮:指随风飘零的絮花,多为柳絮。柳永《斗百花》词曰:"池塘浅蘸烟芜,帘幕闲垂风絮。"

② 泥莲:指荷塘中的莲花。

③ 倩:即恳请之意。此处乃是说莲花被藕丝缠绕。开篇两句点明了时间,当时乃春末夏初时节。

④香一瓣：即一瓣香。宋·陈若水《沁园春·寿游侍郎》词："丹心在，尚瓣香岁岁，遥祝尧龄。"古人常以瓣香形容虔诚之意。

⑤一霎：指一瞬间。联系下句"恨如春梦畏分明"，当是说因酒醉而瞬间神智模糊，一切仿若春梦，不知是真是假。

⑥澹：清淡之意。月淡风清，微微细雨，正是惆怅之时。

⑦鹧鸪：常见于南方的鸟类，体形似鸡而小，羽毛黑白相杂。鹧鸪啼叫之声听来嘶哑，好似在说"行不得也哥哥"，故而古人闻鹧鸪声而易起离愁别绪。李白《越中览古》道："宫女如花满春殿，只今唯有鹧鸪飞。"贺铸《菩萨蛮·曲门南与鸣珂接》道："笑迎妆阁前，鹧鸪声几叠。"辛弃疾《贺新郎·别茂嘉十二弟》道："更那堪、鹧鸪声住，杜鹃声切！"

⑧短长亭：古时城外大道旁，五里设短亭，十里设长亭，为行人休憩或送行饯别之所，故而诗词中常以"短亭""长亭"表达离别不舍之意。如李白《菩萨蛮》词："何处是归程，长亭更短亭。"欧阳修《浪淘沙·花外倒金翘》词："长亭回首短亭遥，过尽长亭人更远，特地魂销。"明·杨慎《三岔驿》诗："今古销沉名利中，短亭流水长亭树。"

赏评

在一些纳兰词的赏析书籍中，这两阕词是分开的：一名《山花子》，一名《摊破浣溪沙》。只是，两阕词词意如此相似，为何偏偏要分开呢？待看赵秀亭、冯统一的《饮水词笺校》，果然点明，此两阕或为同时所作。

从前一阕"记前生"之句来看，此词似乎是纳兰的悼亡之作，为卢氏而写；而后一阕词则说"短长亭"，好像是送别之意。大约正是因此，长久以来，品读之人才将两词分开注解。可是这两阕词的主旨却是相同的，那便是纳兰反复提起的"人到情多情转薄"之句。

纳兰说这样的话，不是因为情薄或是无情，恰是因为情多。

"风絮飘残已化萍"，这明明是说一切都成过往，化入尘埃，然而紧接着便是"泥莲刚倩藕丝萦"，那情思又被缠绕住了。捻一瓣心香，郑重且虔诚，这番情，已然太深。到此时，忽然感叹"人到情多情转薄，而今真个悔多情"，这不是真的后悔，只是因为情殇太重，难以承受，所以才能"又道断肠回首处，泪偷零"。

待到第二阕，灯前醉梦，不愿醒来。只因"恨如春梦畏分明"。"澹云澹月窗外雨"，一声声听得人心绪纷乱，只觉情殇又要浮起。纳兰痛下了决心，"而今真个不多情"。这一次，他决意痛快放手，不再纠结。岂料，"又听鹧鸪啼遍了"，明日短亭长亭，终要分别。

世人看纳兰情词，总要叹他如何"清丽婉约，哀感顽艳，格高韵远"，似乎总是要将纳兰往一个痴情至绝的高坛上推，甚至还有些人为纳兰到底是真爱表妹还是真爱卢氏而吵起来。

只不过，这些是纳兰填词的本意吗？纳兰之深情，难道会因着这些女子而分成三六九等吗？若是如此，续娶官氏尚且不谈，他何苦将沈宛从江南招至京城，自己却又撒手人寰，只留这弱女子孤苦无依？这样的纳兰，岂非是真的薄情且无情？

记得《红楼梦》中，贾宝玉在梨香院里见了龄官与贾蔷，"深悟人生情缘各有分定"，"从此后只是各人各得眼泪罢了"。然而曹公行笔至此，却又补叙一句："此皆宝玉心中所怀，也不可十分妄拟。"

由此看去，纳兰词中之情，亦是纳兰心中所怀。情深情浅，皆是纳兰之事，岂是我们可以妄拟的？我们今日读纳兰词，其实只不过是于其词中，"各人各得眼泪罢了"。

第三章 人生若只如初见

这句"人生若只如初见"会常常被人误以为是爱情的悲叹，这便是读书不精的缘故。

读书之道，第一条，尽信书不如无书，所以，不管书里说的是真是假，都要带着三分怀疑去读，才可有收获。

第二条，读书也要分类。有些书要仔细咀嚼，以寻得真知灼见；有些书不过当作消遣，那么就不必当真了。

读书如此，交友亦如此。

人之交往，必有目的：或为钱财利益，或为心性志趣，皆看各自所需。而纳兰之交友，自然是以心性志趣为第一，其待友人之精诚，之情深，毫不逊于他对爱情的挚诚。在我看来，纳兰之友情词更多了许多男儿豪情，比之凄婉爱情词，更叫人心魂震荡！

木兰花

拟古决绝词柬友①

人生若只如初见,何事秋风悲画扇②。等闲③变却故人④心,却道故人心易变。

骊山语罢⑤清宵半,泪雨霖铃⑥终不怨。何如薄幸锦衣郎⑦,比翼连枝当日愿。

笺注

① 拟古决绝词柬友：此副标题点明词意,乃是拟效古人写决绝词的形式,寄与友人,剖诉心境。

② 悲画扇：此处用汉成帝班婕妤之典故。班婕妤原为汉成帝所爱,然赵飞燕姐妹入宫后,擅宠专权,更意欲谮害班婕妤。班婕妤故而自请前往长信宫侍奉太后,从此不复恩宠。后来,班婕妤作《团扇诗》,以秋扇自喻,倾诉"弃捐箧笥中,恩情中道绝"的哀怨。自此,秋风画扇便成了相离相弃之代名词。

③ 等闲：此处当是寻常、平常之日。乃指寻常的日子渐渐侵蚀了故人情意,这才变心。

④ 故人：即故交、老友之意。唐·王维《送元二使安西》诗："劝君更尽一杯酒,西出阳关无故人。"后亦以此代指旧爱情人,如《玉台

新咏·古诗》:"新人虽言好,未若故人姝。"唐·李白《怨情》诗:"新人如花虽可宠,故人似玉犹来重。"纳兰此处用"故人"二字,从词面来看,乃指旧情人,然其深意却仍指旧友。

⑤骊山语罢:此处用唐明皇与杨玉环之典故。按《太真外传》所记:唐明皇与杨玉环七夕之夜于骊山华清宫长生殿内里盟誓,愿生生世世为夫妻。故而白居易《长恨歌》中道:"七月七日长生殿,夜半无人私语时。在天愿作比翼鸟,在地愿为连理枝。"

⑥泪雨霖铃:仍是唐明皇杨玉环之典故。安禄山叛变,马嵬坡大军不发,杨玉环香消玉殒。后来,唐明皇銮驾至蜀中,闻听夜雨声声,檐前铃动,遂作《雨霖铃》曲以寄哀思。此后,雨霖铃不但成了伤心之典故,更是一阕词牌名。

⑦锦衣郎:旧时锦衣指显贵者衣物,此处当指唐明皇。此二句之意当是说,如今故人变心实在令人扼腕,还不如那个负心薄幸的唐明皇,至少在杨玉环死后仍念念不忘,也算是未负比翼连枝的旧盟。

赏评

明明是写给友人的词,偏偏要持思妇怨妇的口气,无怪乎会被不察者误认为是爱情词。

开篇一句"人生若只如初见",确实令人拍案叫绝!此后种种叙述与议论,都不过是为这一句话做的渲染。

人生若只如初见,班婕妤便不会被汉成帝冷落抛弃,寂寥深宫中吟一曲《团扇诗》来自悲自恋。

人生若只如初见,那流水一般的日子,那风云变幻的人世,又岂能改变故人之心?我也不至于在此怨恨故人"心易变"。

人生若只如初见,唐明皇与杨玉环便可生生世世为夫妻,哪里会有马嵬魂断、夜雨霖铃的凄凉悲恸。

不过,与纳兰今日之境况相比,唐明皇待杨玉环之情或许还是好的。毕竟他也曾"排空驭气奔如电,升天入地求之遍"地去寻访杨玉环的精魂。"但教心似金钿坚,天上人间会相见",唐明皇与杨玉环终于在仙山重逢,没有辜负长生殿上"在天愿作比翼鸟,在地愿为连理枝"的旧约。

纳兰的字字句句,都在叩问人之负心薄幸,然而这阕词,却是寄给友人的。

纳兰同他道:"人生若只如初见。"可见,他们初见时是情谊深厚的。或许,这也是一个颇有才华的文人书生,与纳兰诗词唱和,十分投缘。或许,这也是一个心怀抱负的有志男儿,与纳兰相互鼓舞,要为家为国,建功立业。

可是,"等闲变却故人心",人人都争名夺利,蝇营狗苟,那友人终究为世道恶俗所沾染,与纳兰渐行渐远。纳兰对此唯有一叹,"却道故人心易变"。

爱情里,我们为唐明皇慨叹,然而他能守住初心也算可贵。可惜的是,纳兰的友人,却未能守住一颗初心。

道不同不相为谋,纳兰在一番挣扎犹豫后,决意写下绝交书。可是,纳兰也明白,这不是友人狠心无情,都是世道所迫。纳兰不愿太过直白,最终,他以这拟古决绝词的方式,将一纸信笺寄了过去。

而我们,也得以看到了一个不愿迁就世俗、不肯凑合感情的纳兰。

金缕曲

赠梁汾①

德②也狂生耳。偶然间、缁尘京国③,乌衣门第④。有酒惟浇赵州土⑤,谁会成生⑥此意。不信道⑦、遂成知己。青眼⑧高歌俱未老,向樽前、拭尽英雄泪⑨。君不见,月如水。

共君此夜须沉醉。且由他,蛾眉谣诼⑩,古今同忌。身世悠悠何足问,冷笑置之而已。寻思起、从头翻悔。一日心期⑪千劫在,后身缘⑫、恐结他生里。然诺重,君须记。

笺注

①梁汾:即顾贞观。顾贞观,原名华文,字远平、华峰,亦作华封,号梁汾。

②德:纳兰性德对自己的简称。开篇即写自己是狂生,这阕赠友人的词作,已然奠定情感基调。

③缁尘指黑色的灰尘,常比喻世俗污垢。南朝谢朓《酬王晋安》诗曰:"春草秋更绿,公子未西归。谁能久京洛,缁尘染素衣。"京国当指京城。

④乌衣门第:此典从南京乌衣巷而来。乌衣巷在今南京秦淮河岸。据传,三国东吴在此置乌衣营,士兵皆著乌衣。南朝时,乌衣巷多为世

族大家聚居之地，尤以东晋王谢两家为尊。又传，当时王谢子弟都喜穿乌衣，以显身份尊贵，因此得名乌衣巷。此后，凡世家望族皆以乌衣门第称之，世家子弟以乌衣郎称之。

⑤赵州土：此句直用唐·李贺《浩歌》诗"买丝绣作平原君，有酒惟浇赵州土"之句。平原君赵胜乃战国时赵国贵族，惠文王之弟，门下有食客数千人。赵孝成王七年（前259年），秦军围攻赵都邯郸，平原君领兵抗秦，坚守三年，后与楚魏联合，终于击败秦军。赵州土乃平原君故土之意。此句指男儿不能施展才华抱负，只剩下这酒浇赵州土的慨叹。

⑥成生：纳兰原名成德，康熙十三年（1674年），太子出生，乳名保成，纳兰因避讳而改命性德。一年后，太子更名胤礽，纳兰便又恢复本名成德。纳兰效仿汉人之法，常用成生、成容若等名自称。

⑦不信道：未曾想到之意。纳兰狂生却得遇知己，"有酒惟浇赵州土"的遗憾可以随风散矣。

⑧青眼：此处乃是用魏晋时竹林七贤之阮籍"青白眼"的典故。传说，阮籍能作"青白眼"，遇欣赏之人，便两眼正视，看得见黑眼珠，称"青眼"；若是不喜之人，便两眼斜视，以"白眼"看之。后世遂以"青眼"表示看重和喜爱。

⑨英雄泪：此处当用辛弃疾《水龙吟·登建康赏心亭》之"倩何人唤取，红巾翠袖，揾英雄泪"之句。

⑩蛾眉谣诼：典出《楚辞·离骚》："众女嫉余之蛾眉兮，谣诼谓余以善淫。"屈原因其品性高洁而为奸小造谣毁谤，故而作诗以抒悲愤。纳兰此处谓"古今同忌"，想必其于官场之中，常能体会屈原之悲。

⑪心期：即心中相许之意。

⑫后身缘：即来生情缘。

赏评

纳兰的这阕友情词，深得辛弃疾《贺新郎》词之意境：

> 甚矣吾衰矣。怅平生、交游零落,只今馀几!白发空垂三千丈,一笑人间万事。问何物、能令公喜?我见青山多妩媚,料青山、见我应如是。情与貌,略相似。
>
> 一尊搔首东窗里。想渊明、停云诗就,此时风味。江左沈酣求名者,岂识浊醪妙理。回首叫、云飞风起。不恨古人吾不见,恨古人、不见吾狂耳。知我者,二三子。

《金缕曲》与《贺新郎》本就是同一词牌的不同名称。纳兰好友姜宸英在《纳腊君墓表》里称纳兰善于填词,"小令取唐五代,宗晏氏父子;长调则推周、秦及稼轩诸家。"或许,纳兰此阕正是从辛稼轩那里得来的灵感。

他们一个"一笑人间万事",一个"冷笑置之而已",都是当时狂生。不同的是,辛弃疾乃是在老年衰朽时回忆平生,叹"交游零落",唯有青山"见我应如是",能知他者,"二三子"罢了。纳兰却是在青壮之时遇到知己,心生感念,写下此词,约定来生再结情缘的诺言。

而这个叫纳兰今生感念、来生亦不敢忘的友人,便是顾贞观。

说来也巧,顾贞观也有两阕《金缕曲》词,行文体式与纳兰之作如出一辙,然而词章却是写给他的好友吴兆骞吴季子的。

顺治十四年(1657年)八月,吴兆骞参加江南闱乡试,中为举人。孰料,十一月,科场案起,吴兆骞无辜遭累,功名被除,责四十板,家产籍没,同父母兄弟妻子一道流徙宁古塔。

康熙十五年(1676年),顾贞观结识了纳兰,引为知己。这年冬天,京城大雪,寄居千佛寺中的顾贞观以词代书,遥寄宁古塔,问候吴兆骞。纳兰得见此词,不觉泣下,当即答应顾贞观,五载之内,必接吴兆骞入关。据说,纳兰乃于书斋粉壁大书"顾梁汾为吴汉槎屈膝处",以时时提醒自己不忘当时诺言。

康熙二十年(1681年),经纳兰容若、徐乾学、顾贞观等诸多友人戮力营救，用两千两黄金为吴兆骞换得一个认修内务府工程的名目，终得圣上一旨还乡诏。饱受二十多年边塞风寒的吴兆骞回到了京城，成为了纳兰之弟揆方的教书先生。

可以想见，纳兰此等热肠乃是因为他早将顾贞观认作生死知己。或许，正是因为顾贞观待吴兆骞之情打动了纳兰，令他觉得：人生得知己如斯，足矣。

曾有人问，为何《木兰花·拟古决绝词柬友》里，纳兰对友人之情那样扭捏。想来，不正是因为纳兰对这"变心"的友人情意索然，故而言语收敛，担心伤了彼此颜面。再看纳兰待顾贞观之情，便截然不同：他也知"淄尘"太重，自己不为俗世所容；他也有满腔抱负，"有酒惟浇赵州土"；他也被"蛾眉谣诼"，心中愤愤；他也惧"一日心期千劫在"，不能与友人此生长聚，唯盼来生。但是，他却坦坦荡荡，毫不避讳"德也狂生"。他与顾贞观结为知己，把酒相对，一面"拭尽英雄泪"，一面仍能"冷笑置之"，只求"共君此夜须沉醉"。此情意，喷薄而出，恰如王国维所评："运笔如流水行云，一任真纯充沛的感情在笔端酣畅地抒发。"

金缕曲

慰西溟①

何事添凄咽?但由他、天公簸弄②,莫教磨涅③。失意每多如意少,终古几人称屈。须知道、福因才折。独卧藜床④看北斗⑤,背高城⑥、玉笛吹成血。听谯鼓,二更彻。

丈夫未肯因人热⑦。且乘闲,五湖⑧料理⑨,扁舟一叶。泪似秋霖⑩挥不尽,洒向野田黄蝶⑪。须不羡、承明班列⑫。马迹车尘忙未了,任西风、吹冷长安月。又萧寺⑬,花如雪。

笺注

① 西溟:即姜宸英,字西溟,号湛园,又号苇间,浙江慈溪人。擅词章,工书画。生性疏放,与朱彝尊、严绳孙并称"江南三布衣"。在京因得罪纳兰之父明珠而受冷遇,却为纳兰所敬重欣赏,将其留于家中居住,交游甚厚。著有《湛园集》《苇间集》《海防总论》。

② 簸弄:拨弄、玩弄之意。

③ 磨涅:典出《论语·阳货》:"不曰坚乎?磨而不磷;不曰白乎?涅而不缁。"乃磨砺之意。姜宸英得罪明珠,仕途不顺,纳兰却不在意高堂威严,相助姜宸英,可谓重情重义。

④ 藜床：即用藜草所制床榻。杜甫《寒雨朝行视园树》云："衰颜更觅藜床坐，缓步仍须竹杖扶。"苏轼《答周循州》云："蔬饭藜床破衲衣，扫除习气不吟诗。"

⑤ 北斗：即北斗七星，古人认为北斗绕北极旋转，乃有"帝王居中"之意，故而也以此比喻朝廷。此句当指归隐田园，卧于藜床之上，然仍要仰望朝廷，不忘君恩。

⑥ 背高城：此词写于康熙十八年（1679年），姜宸英因举荐不及，未能入选博学鸿儒科之试，寓居北城墙下千佛寺内，故而纳兰有此句。

⑦ 因人热：典出《东观汉记·梁鸿传》。梁鸿的邻居做好饭后唤梁鸿赶紧来煮饭，梁鸿却灭灶重新燃火，道："童子鸿不因人热者也。"意思是说，我梁鸿不会借用别人热的炉灶来做饭。后世以此形容为人独立，不倚仗他人。

⑧ 五湖：典出《史记·货殖列传》，言范蠡辅佐越王勾践灭吴后，"乘轻舟已浮于五湖"，由此归隐。

⑨ 料理：安排的意思。纳兰以范蠡之事劝慰姜宸英，虽然求官不得，却也可以消闲隐居，陶然自乐。

⑩ 秋霖：秋雨。

⑪ 野田黄蝶：此处当指田野之中最常见之菜粉蝶，杨万里《宿新市徐公店》诗云："儿童急走追黄蝶，飞入菜花无处寻。"

⑫ 承明即承明庐，乃古时宫廷侍臣值宿之所。班列即朝班位次之意。连同后句"马迹车尘""吹冷长安月"之句，可知纳兰一次又一次地劝慰姜宸英，盼其忘却功名之烦恼，寄情江湖。

⑬ 萧寺：南朝梁武帝萧衍崇佛，于国中各处兴建佛寺。唐·李肇《唐国史补》记载："梁武帝造寺，令萧子云飞白大书'萧'字，至今一'萧'字存焉。"此后，佛寺亦称作萧寺。因姜宸英寄居寺院，纳兰故有此说。

赏评

古来书生赤子中,几乎就没有那天性里便厌恶功名,不愿匡济天下苍生的。

纳兰不例外,姜宸英也不例外。

康熙十二年(1673年)的春天,纳兰会试中榜,然而,一场寒疾令他错过了廷试的机会。"万春园里误春机",纳兰懊恼不已。

康熙十八年(1679年),朝廷为广纳人才,开博学鸿儒科。年已五旬的姜宸英因举荐之人、侍读学士叶方蔼调任吏部,耽搁了时日,乃至错过了开科之期。

所以,此时此刻,纳兰全然了解姜宸英的心情。他深知姜宸英求功名之心太盛,担心他为此郁郁伤身,故而才会苦口婆心地写下这阕《金缕曲·慰西溟》。

纳兰丝毫不顾忌父亲明珠的颜面,将姜宸英接到家中居住,执礼相待。浙东学派文人全祖望为姜宸英撰写的墓表里说,纳兰也曾试图劝说姜宸英向明珠低头认错,以求仕途坦顺。谁知,倨傲的姜宸英大为恼火,"掷杯起绝",竟不再理睬纳兰,反逼得纳兰百般认错。

纳兰如此宽怀包容的友情,令姜宸英终身感念。故而纳兰离去时,姜宸英痛作诔文,悲叹道:"数兄知我,其端非一。我常箕踞,对客欠伸,兄不余傲,知我任真。我时嫚骂,无问高爵,兄不余狂,知余疾恶。激昂论事,眼睁舌挢,兄为抵掌,助之叫号。有时对酒,雪涕悲歌,谓余失志,孤愤则那?"

康熙三十六年(1697年),白发皓首的七旬老翁姜宸英终于考中了进士,然两年后便因科场案牵连入狱,自尽而亡。此时,纳兰辞世已有十四年。还有谁,能为姜宸英写下真切的安慰之词呢?

减字木兰花

花丛冷眼①，自惜寻春②来较晚。知道今生，知道今生那见卿？

天然绝代③，不信相思浑不解④。若解相思，定与韩凭⑤共一枝。

笺注

①冷眼：当指冷静理智的态度。纳兰好友顾贞观《烛影摇红·立春》一词有"负却韶光，十年眼冷花丛里"之句，纳兰此词，大约是因顾贞观之词有感而发。

②自惜寻春：此句词意浅白，其意境与杜牧《叹花》诗"自恨寻芳到已迟"十分相似。

③绝代：词意乃指冠于当代。杜甫《佳人》诗云："绝代有佳人，幽居在空谷。"故而此处"绝代"，当代指佳人。

④浑不解：即全不解之意。既为佳人，怎能无有相思；既有相思，又岂能不解？其实，此处乃是说相思太甚。

⑤韩凭：此为人名，亦为典故名。晋·干宝所著《搜神记》中记载了韩凭夫妇生死不渝的爱情故事，后为各类传说异志记载，乃有"青陵台""韩凭鸟"等各种附会之传说。

赏评

从开篇之句来看,这阕词或许是纳兰答复顾贞观《烛影摇红·立春》的唱和之作:

> 负却韶光,十年眼冷花丛里。玉笙寒彻梦惊回,著处东风矣。犹是当时春意。渐病酒,怀人天气。樊川愁寐,绕榻茶烟,鬓丝吹起。
>
> 残雪无多,莫教容易成流水。琼瑶留伴落梅魂,共作冰壶贮。再入茅堂燕子。应问我,别来何似。君看池畔,照影婆娑,树犹如此。

顾贞观写立春,而纳兰的词意亦是寻春,却"来较晚";顾贞观以"十年言冷花丛里"开篇,纳兰便借用词语,道是"花丛冷眼";顾贞观名为写立春,但处处都是写情,纳兰亦是写情,只不过,纳兰所写之情,与顾贞观略有不同。

顾贞观的词意,虽则含情却颇有淡然洒脱之气。唐·姚崇《冰壶诫序》云:"冰壶者,清洁之至也。君子对之,示不忘清也……内怀冰清,外涵玉润,此君子冰壶之德也。"明·孙梅锡《琴心记·王孙作醵》道:"官况托冰壶,友谊敦芳醑。数载梦中孤,今日樽前聚。"而顾贞观则称:"琼瑶留伴落梅魂,共作冰壶贮。"可见,此处所写乃是君子之德、君子之心。

然而,纳兰的词却换了另一种情,即韩凭夫妇相思情。

东周战国时,舍人韩凭之妻何贞夫有绝代风姿,宋康王一见,心生歹念,将何贞夫强抢入宫,并囚禁了韩凭,罚为苦役,命其修建青陵台。韩凭心念贞夫,悄悄传递书信,言明心志,未几而自尽。

贞夫知情,阴腐其衣。一日,宋康王携贞夫登青陵台,贞夫忽然纵身跃下,左右随从急忙拉住,怎奈衣服已经朽烂,贞夫坠台而死,衣带上留下遗言,恳请能与韩凭同葬。

宋康王大为恼怒,将二人分葬两处,遥遥相望。未几,坟上各长出一株梓树,枝干相向而生,树盖交错,树根相交。树上栖一对鸟儿,交颈悲鸣。于是后人唤此树为相思树,此鸟为韩凭夫妇所化韩凭鸟。

古来吟诵韩凭典故的诗作数不胜数,李白《白头吟》之"古来得意不相负,只今惟见青陵台",李商隐《青陵台》之"青陵台畔日光斜,万古贞魂倚暮霞",梅尧臣《咏苏子美庭中千叶菊树子》之"香随青陵蝶,色映黄金莺"等。纳兰亦有《清平乐·青陵蝶梦》之词:"青陵蝶梦,倒挂怜幺凤。退粉收香情一种,栖傍玉钗偷共。"

既是唱和,纳兰为何不写友情,偏写爱情呢?先道是"知道今生那见卿",又道是"若解相思,定与韩凭共一枝"。

想纳兰与顾贞观之情谊,本就似霁风朗月,不染尘埃。顾贞观兴之所至,写下了《烛影摇红》词,纳兰见之喜爱,意欲唱和。不过,纳兰虽借用顾贞观之开篇,却未必要沿着顾贞观的词意再续,他只须按着自己情思所想,才思所至,写出属于他的纳兰词罢了。

纳兰笔下,韩凭夫妇的爱情决绝而悲恸,但却又透出一种欣然来。纳兰以为,能拥有这种情,也是幸福的。就好像顾贞观之词意,认定君子之交能似冰心玉壶,也就足够了。

虞美人

为梁汾赋

凭君料理花间课①,莫负当初我。眼看鸡犬上天梯②,黄九自招秦七共泥犁③。

瘦狂那似痴肥好④?判任痴肥笑。笑他多病与长贫⑤,不及诸公衮衮⑥向风尘⑦。

笺注

① 花间课:指花间词作。纳兰因晚唐五代"花间词"音调铿锵,自然协律而深爱之,还曾将所居茅庐题名为花间草堂。康熙十七年(1678年),顾贞观南下料理《饮水词》刊刻之事,纳兰故而作此词,表示尽心托付之意。

② 鸡犬上天梯:晋·葛洪《神仙传·淮南王》中记载,八公为淮南王刘安煮仙药,刘安与家人饮后升天,而宅中鸡犬舔舐药罐,遂也登天而去。后世之"一人得道,鸡犬升天"即从此来。

③ 黄九指北宋诗人黄庭坚,因其排行第九,故有此称。秦七即北宋词人秦观,其排行第七。黄、秦二人词作婉约绮艳,纳兰此处当以此二人代指自己与顾贞观。泥犁亦作泥梨,泥黎。乃是梵语,意为地狱。

④ 瘦狂那似痴肥好:典出《南史·沈昭略传》。沈昭略,南朝刘宋时人,本性狂俊,不事公卿。一日醉遇重臣王彧之子王约,"张目视之

曰:'汝是王约邪?何乃肥而痴。'约曰:'汝沈昭略邪?何乃瘦而狂。'昭略抚掌大笑曰:'瘦已胜肥,狂又胜痴,奈何王约,奈汝痴何!'"纳兰此处恰是以自嘲之态反讽那等鸡犬升天之辈。

⑤笑他多病与长贫:纳兰《虞美人·黄昏又听城头角》中自称"多情自古原多病",而顾贞观自仕途折损,便成了"第一飘零词客",穷困书生。故而此处"多病"当指纳兰,"长贫"当是顾贞观。

⑥诸公衮衮:典出杜甫《醉时歌》:"诸公衮衮登台省,广文先生官独冷。"

⑦风尘:此处代指官场仕途。晋·葛洪《抱朴子·交际》云:"驰骋风尘者,不撇建德业,务本求己。"

赏评

纳兰对顾贞观是无限信任的。否则,他不会开篇即说"凭君料理"。而此种信任,除却性情相投的本心,更有文人相惜的情谊。

纳兰还是懵懂少年的时候,顾贞观便已是朝中文臣才子了,康熙六年(1667年)时,曾扈驾东巡。然顾贞观天性放荡不羁,难忍清廷对汉人仕子的轻视,不堪官员明争暗斗的污浊,终于康熙十一年(1672年)告归还乡。

大约正是这一段经历,令顾贞观之名得以传扬。康熙十五年(1676年),经国子监祭酒徐元文推荐,顾贞观重返京城,做了明珠府中的常住塾师。这一年,也正是纳兰性德金榜题名,受封御前侍卫之时。

风华正茂的相府公子与年已不惑的教书先生一见如故,相见恨晚。他二人谈诗论文,品古说今,由此成了忘年之交。《清稗类钞》中记载:"容若风雅好友,座客常满,与无锡顾梁汾舍人贞观尤契,旬日不见则不欢。"

纳兰请顾贞观刊刻词集时,想必已是二人结识多年,情意坚厚之时。而此时的纳兰也不再是当初春风正得意的少年了：爱妻卢氏亡故，侍卫生涯犹如牢笼，兼之为吴兆骞、姜宸英之事操持，更是看尽官场凄凉。

纳兰终于懂得顾贞观当日为何告归还乡，于是他用"鸡犬上天梯"狠狠地讽刺了那些一心官场的小人，又将自己与顾贞观比作"苏门四学士"之黄庭坚与秦观，旨在一生填词。

黄庭坚曾在《小山词序》中说，自己年少时玩世不恭，好作绮丽香艳之词，僧人法秀认为他这是以笔墨诱人犯淫罪，称黄庭坚"当下犁舌之狱"。

纳兰此处特用此典故，乃是决意，宁可与顾贞观一道"下地狱"，也不随波逐流。任凭那些痴肥者笑自己"多病与长贫"，再也不涉足滚滚风尘。

幸矣！纳兰没有看错人。顾贞观将《饮水词》刊刻问世，一时"家家争唱饮水词"，纳兰情词就此永远留了下来！

鹧鸪天

送梁汾南还①，为题小影

握手西风泪不干，年来多在别离间②。遥知独听灯前雨，转忆同看雪后山。

凭寄语，劝加餐③。桂花时节约重还④。分明小像沉香⑤缕，一片伤心欲画难⑥。

笺注

① 送梁汾南还：康熙二十年（1681年），顾贞观因母亲亡故，归乡守丧。纳兰西风之中送别友人，别是一番惆怅，唯有题画顾贞观的形影，留作纪念。

② 年来一句：康熙十五年（1676年），纳兰赴殿试，得中第二甲第七名，赐进士出身。康熙授其御前侍卫。此后，纳兰以侍卫身份，多次扈驾出巡，故而与友人常常别离。

③ 加餐：典出《古诗十九首·行行重行行》，其尾声是道："思君令人老，岁月忽已晚。弃捐勿复道，努力加餐饭。"乃是劝友人多加保重身体，以盼后会有期之意。

④ 约重还：这是说，纳兰与顾贞观约定了重聚之日，所谓"桂花时节"当在八月中秋的时候。

⑤沉香：古时药材名，可做香料使用。此处当是说用沉香供奉顾贞观之画像，以寄思念。

⑥一片一句：前篇纳兰《南乡子·为亡妇题照》词中有"凭仗丹青重省识，盈盈。一片伤心画不成"之句。一为亡妻题照，一为知己题小影，可见纳兰用情，并不因儿女之情、朋友之谊而做区分，都是一般情深情真。

赏评

为纳兰的一些友情词做赏评是有风险的。

当下之人对于各种情感的解读已经有了许多新的"花样"，尤其是同性之间的情意，明明冰心玉壶，偏要弄出些暧昧来。故而，这赏评文字若是描摹太过，就更容易令人生出多余的揣测。

与纳兰同为康熙御前侍卫的曹寅曾在其《题楝亭夜话图》中道："家家争唱饮水词，纳兰心事几曾知？斑丝廓落谁同在？岑寂名场尔许时。"

是啊，纳兰词传到今日，我们一番又一番地解读，可纳兰的心思究竟如何，我们是永远不能妄测的。所以，我们唯有不违本心地去理解纳兰的词作，也就足矣。而此阕词中，纳兰待顾贞观的情，是至真至纯的。

前番所言，纳兰自任御前侍卫，常与京中友人两相离别。这本就叫纳兰有些怅然。如今顾贞观因母丧而南归，按古时礼制，大孝三年。这一别，真个不知道何时还能再见。因此，纳兰送了一程又一程，填词作诗，依依不舍地送别顾贞观。

在纳兰的《木兰花慢·立秋夜雨，送梁汾南行》里有这样的词句："被风暗剪，问今宵、谁与盖鸳鸯。从此羁愁万叠，梦回分付啼螀。"这种意境情愫，若不是因为有副题，很容易就被人认作是思妇之言。然而,情意切切,纳兰对顾贞观的关怀和牵挂溢于言表。

此番分别后,纳兰与顾贞观常有鸿雁传书,纳兰更是时常以词代信,表达心意。如《金缕曲·寄梁汾》里道是:"别来我亦伤孤寄。更那堪、冰霜摧折,壮怀都废。"《金缕曲·再赠梁汾,用秋水轩旧韵》里则是:"多少殷勤红叶句,御沟深、不似天河浅。"

顾贞观归去的这年寒冬,除夕时节,他给纳兰寄来一纸问候书信,纳兰喜不自禁,忙作《凤凰台上忆吹箫·除夕得梁汾闽中信,因赋》词,描摹心情:

> 荔粉初装,桃符欲换,怀人拟赋然脂。喜螺江双鲤,忽展新词。稠叠频年离恨,匆匆里、一纸难题。分明见、临缄重发,欲寄迟迟。
>
> 心知。梅花佳句,待粉郎香令,再结相思。记画屏今夕,曾共题诗。独客料应无睡,慈恩梦、那值微之。重来日,梧桐夜雨,却话秋池。

单看"粉郎香令""再结相思""梧桐夜雨""却话秋池"这些词句,仿佛纳兰又把友情相思写作了恋人情思。只不过,纳兰这番比喻也是有典故的。

"慈恩梦"乃是从唐·元稹元微之《梁州梦》诗里所出:"梦君同绕曲江头,也向慈恩院院游。"据元稹诗前注解,乃是他夜宿汉川驿,梦见与好友李杓直、白居易同游曲江,入慈恩寺中,故而写下《梁州梦》。而与此同时,身在长安的白居易也写了《同李十一醉忆元九》诗:"忽忆故人天际去,计程今日到梁州。"

时人知之,大为慨然,以为这乃是友人之间的灵犀相通,白行简甚至还因此创作了唐传奇《三梦记》。纳兰用慈恩寺的典故，正是要说明他与顾贞观的灵犀相通。

康熙二十三年（1684年），顾贞观丧期将满。纳兰迫不及待地在京城修建了三间草庐，作诗《寄梁汾并葺茅屋以招之》、词《满江红·茅屋新成，却赋》传与顾贞观，盼其早日归来。

此种情深，难怪顾贞观在《祭纳兰容若文》中叹道："其敬我也不啻如兄，其爱我也不啻如弟……兹十年之中，聚而散，散而复聚，无一日不相忆，无一事不相体，无一念不相注。"

浣溪沙

寄严荪友①

藕荡桥②边理钓筒③,苎萝④西去五湖东。笔床⑤茶灶太从容。

况有短墙银杏雨,更兼高阁玉兰风⑥。画眉⑦闲了画芙蓉。

笺注

①严荪友:即严绳孙,字荪友,号秋水,晚年号藕荡渔人,江苏无锡人。顺治十一年(1654年),与邑中顾贞观、秦松龄等十人结云门社,时称"云门十子"。康熙十四年(1675年)与纳兰相识,遂成莫逆。康熙十八年(1679年),朝廷开博学鸿词科,严绳孙避而不试,却仍被选中,授翰林院检讨,参与《明史》编纂。后历任日讲起居注官、山西乡试正考官、右中允兼翰林院编修、承德郎等职。康熙二十四年(1685年)辞官,隐居故里,以书画著述终老。著有《秋水集》,其词小令尤佳,清逸幽婉而时见冷隽藏锋。

②藕荡桥:严绳孙因自号藕荡,故而将其宅第附近的一座桥唤作藕荡桥。

③钓筒:一种捕鱼的竹器,可以插在水中。

④苎萝：即苎萝山，在浙江省诸暨市南。此处传说为西施故里，清李渔《玉搔头·微行》云："常笑吴王非好色，不曾亲到苎萝村。"勾践灭吴后，西施随范蠡入五湖。

⑤笔床：用来放置毛笔的器具。南朝徐陵《玉台新咏序》中便有"琉璃砚盒，终日随身；翡翠笔床，无时离手"之句。

⑥银杏雨此处当指银杏叶落之景色。玉兰风当指散着玉兰香气的微风。这两句乃是从严绳孙《望江南》诗"暗绿扑帘银杏雨，昏黄扶袖玉兰东"中化用出。

⑦画眉：典出《汉书·张敞传》。张敞乃汉宣帝时京兆尹，为官正直，赏罚分明，功绩卓越。然而其举止却没有五公卿威仪，常常自己驱着马车奔走街市，闺阁之中还为爱妻画眉。后来，有司以此弹劾张敞，汉宣帝亲自寻问，张敞道："闺阁之中，夫妇之情，还有甚于画眉之事的呢！"似有不满有司多管闲事之意。此后，世人便以张敞画眉来形容夫妻恩爱。

赏评

纳兰初识严绳孙乃是康熙十二年（1673年），想必是严绳孙悠游天下，到京城寻访老友，却反被纳兰"套"住了。严绳孙与纳兰先是书信往来，称兄道弟，"闲与天下事，无所隐讳"。因为二人对世事时政之褒贬常常意见相合，渐成忘年之交。严绳孙便由此成了纳兰的座上宾，留居府中。

康熙十五年（1676年），严绳孙思乡南归。而当时的纳兰，刚刚做了御前侍卫。每日里，纳兰都过着茫然无趣的生活，于是他想起了严绳孙，便给这位远在江南的老哥哥写信。纳兰想象他在藕荡桥边垂钓的闲散，想象他读书烹茶的从容，想象他庭院短墙外的银杏叶雨与高阁旁的玉兰香风，想象他"画眉闲了画芙蓉"。

这，大约是严绳孙曾经向纳兰说起的山水田园的生活吧？这，也是纳兰心中长久渴望的生活吧？只可惜，他们两人的命运，都不能完全自主。

窃以为，纳兰所处的时代——清康熙初年乃是许多汉家文人极为尴尬的时代。

朝廷为了笼络人心，开科取士，大力招揽汉人才子；然而朝廷之中，汉人的地位却并未真正得到重视与提高。尤其是那些从王朝更迭中走过来的明朝的遗老遗少们，那感觉，想必与当时寡妇再醮是一样的。

严绳孙正是这样一个大才子。

大明亡国的时候，严绳孙正是二十多岁的少年书生。他的心底里，只想着他的大明，想着他的汉家衣冠。既然不能做大明的文臣，那就只有"优游环堵，终年笑傲，无动乎其中，而亦无玄乎其外"。

康熙十八年（1679年）的那次博学鸿词科考，严绳孙被地方官员举荐到了朝廷。他为此气得不行，甚至以为这是"滥及贱名"的事情。他向官府告假，不肯入京，却被驳回；无奈入京后，严绳孙几次三番跑去吏部告假，不愿参考，朝廷仍旧不准。

严绳孙一赌气，上考场后干脆什么策论也不写，只写了一首名叫《省耕诗》的打油诗，以为会触怒考官。可令他意想不到的是，考官竟然收了他的卷子，朝廷还给了他个翰林院检讨的官儿做。

至此，严绳孙也无他法，就此羁留京城六年有余。好在这座浩浩皇城里，还有纳兰这个小友，可以闲谈诗书，以作慰藉。

康熙二十四年（1685年）四月，年已花甲的严绳孙终于得以辞官归乡。纳兰作《送荪友》诗相送，道是"君今偃仰九龙间，吾欲从兹事耕稼"，期待着与严绳孙一样，过着闲适的归隐生活。

然而，仅仅一个月后，纳兰病中一醉，溘然离世。他说与严绳孙的愿望，再也不能实现了。

潇湘雨

送西溟归慈溪

长安一夜雨,便添了、几分秋色。奈此际萧条,无端又听,渭城①风笛。咫尺层城留不住,久相忘、到此偏相忆。依依白露丹枫②,渐行渐远,天涯南北。

凄寂。黔娄③当日事,总④名士如何消得⑤。只皂帽蹇驴⑥,西风残照,倦游踪迹。廿载⑦江南犹落拓,叹一人、知己终难觅。君须爱酒能诗⑧,鉴湖⑨无恙,一蓑一笠。

笺注

①渭城:当用王维《送元二使安西》之典:"渭城朝雨浥轻尘,客舍青青柳色新。劝君更进一杯酒,西出阳关无故人。"此诗乃经典送别之作,后世便常常以渭城指代送别之意。

②白露丹枫:白露过后,枫叶转红,正是深秋。

③黔娄:黔娄乃战国时齐国之隐士、道家学。虽然家徒四壁,却励志苦节,安贫乐道,为世人所敬仰。

④总:通"纵",纵然之意。

⑤消得:禁得起之意。

⑥皂帽即黑色的帽子。蹇驴指跛脚的驴。纳兰此处描写,旨在突出姜

宸英狂放不羁之性格，贫而不忘志之心境。

⑦ 廿载：指姜宸英声名远扬已有二十年之久。

⑧ 爱酒能诗：古来才子，常常诗酒相伴，尤显得潇洒风流。

⑨ 鉴湖：在今浙江绍兴西南，湖水清澈，所酿绍兴酒天下闻名。

赏评

这阕词是康熙十九年（1680年）姜宸英因母丧南归时，纳兰为其所作。彼时的姜宸英虽被荐入明史馆任纂修官，却仍是个落魄无功名的白衣。

在纳兰的诸多友人里，姜宸英似乎是最失落、最不得志的那一个。顾贞观也好，严绳孙也罢，虽是当世才子，有报国之心，却也懂得看清时事，知道官场宦海不可久留。所以，他们各自在适宜的时候，选择了离开，落得个风流潇洒。

姜宸英却恰恰相反。姜宸英的一颗功名之心是炽热的。这倒也不是他渴望名利，贪慕荣华，恰是因他满腹才华，不愿辜负了自己，只是，却无法摆脱书生的单纯与孤高。

纳兰深知姜宸英的苦处，对其百般体谅包容，值此分别之时，借着这手中寸管、纸上词章来劝慰姜宸英：从此天南地北，不知何时再见，唯有友情，不能相忘。如今功名不得，也无大碍，不若学学黔娄子，逍遥江湖，垂钓湖上，仍做那个落拓的江南书生。

可惜，姜宸英没有听从纳兰的劝诫，最终会试中榜，做了探花郎。两年后，他被任命为顺天乡试副考官，却因贿赂之事含冤入狱。案件尚未开审，便已于狱中自尽。

不知他与纳兰泉下相见，再吟这阕词时，这书生痴梦是否终究能醒？或许，这男儿壮志的痴梦，连纳兰也没真的清醒过。

菩萨蛮

为陈其年①题照

乌丝②曲倩红儿③谱，萧然④半壁⑤惊秋雨⑥。曲罢髻鬟偏，风姿真可怜。

须髯⑦浑似戟，时作簪花剧⑧。背立讶卿卿⑨，知卿无那⑩情。

笺注

① 陈其年：即陈维崧，字其年，号迦陵，江苏宜兴人。明末清初词坛第一人，阳羡词派领袖。康熙十七年（1678年）时，陈维崧在扬州，诗画僧大汕为其画成小像。是年秋，五十四岁的陈维崧入京应博学鸿词科试，亦将画像带到京中，时有才子名士三十余人为此图题咏，纳兰亦在其中。后来，陈维崧授翰林院检讨，纂修《明史》，与纳兰成为忘年之交。

② 乌丝：陈维崧将其顺治十三年（1656年）至康熙七年（1668年）间旅居京城时所填之词编撰为册，名曰《乌丝词》。

③ 红儿：此处当指歌伎。文人词作必有青楼楚馆之歌伎抚琴演唱，方能传遍天下。

④ 萧然：同"骚然"，乃是扰乱骚动的意思。《史记·酷吏列传》

记载:"及孝文帝欲事匈奴,北边萧然苦兵矣。"

⑤半壁:半边之意。如唐·刘沧《雨后游南门寺》诗云:"半壁楼台秋月过,一川烟水夕阳平。"

⑥惊秋雨:唐·李贺《李凭箜篌引》诗有"女娲炼石补天处,石破天惊逗秋雨"之句,乃是形容琴声高亢。纳兰此处或是用此典称赞歌伎的歌声。

⑦须髯:据《清史稿》中记载,陈维崧"清臞多髯",人人都称之为"陈髯公"。

⑧簪花剧:剧,游戏的意思。古人游乐时常有头上簪花的游戏。黄庭坚《鹧鸪天·黄菊枝头生晓寒》就有"风前横笛斜吹雨,醉里簪花倒著冠"之句。

⑨背立指背过身去。讶为惊诧之意。卿卿是男女间亲昵戏谑之称。

⑩无那:"那"乃"奈何"之合音,此处乃无限之意。李后主《一斛珠·晚妆初过》词:"绣床斜凭娇无那,烂嚼红茸,笑向檀郎唾。"

赏评

陈维崧其人,乃与严绳孙同代,亦是个不折不扣的明朝遗少,只是陈维崧的来历要比严绳孙有派头的多。

陈维崧之祖父陈于廷乃是明末东林党的中坚人物,其父正是与侯方域、冒襄、方以智并称"明末四公子"的陈贞慧。陈维崧年少时便已负盛名,被当时的大诗人吴梅村赞为"江左凤凰"。

清初之时,陈维崧与朱彝尊同为阳羡词派之领袖人物,与诸文人士子交游往来,名传四方。这就无怪乎陈维崧带着自家小像来至京城时,竟有才子名士三十余人为之题照,而纳兰的这阕词,只是其中之一。

不过,这应当不是纳兰与陈维崧的初会,因为纳兰的词意里带着一些老友间的熟识,甚至是调侃的闲趣。想来,陈维崧此番入京，故交们必然要为其接风洗尘。

宴席上，众人陪酒的歌伎献唱陈维崧《乌丝曲》中的词篇。大约是因为陈维崧词作风格本就豪放洒脱，有着一种咄咄逼人之霸气，那歌伎唱得更加高亢激昂，其声犹如石破惊天，秋雨萧瑟。一曲唱罢，乃至佳人鬓髻都偏了，那风姿模样，越发楚楚可怜。

于是，纳兰此时再看陈维崧，须髯似剑戟，与人嬉闹，簪花作剧，一派狂狷之像。于是一时兴起，于陈维崧的小像上，题写此篇，以描摹出一个不同俗人的陈维崧。

陈维崧曾有一阕《贺新郎·赠成容若》：

> 丹凤城南路。看纷纷、崔卢门第，邹枚诗赋。独炙鹅笙潜趁拍，花下酒边闲谱。已吟到、最销魂处。不值一钱张三影，尽旁人、拍手揶揄汝。何至作，温韦语。
>
> 总然不信填词误。忆平生、几枝红豆，江东春暮。昨夜知音才握手，笛里飘零曾诉。长太息、钟期难遇。斜插侍中貂更好，箭骨鸣、从猎回中去。堂堂甚，为君舞。

这阕词的主旨，乃是议论填词之技。显而易见，陈维崧在填词之道上，已将纳兰引为了知己。从古至今，词总被看作诗馀，"不值一钱"，然而陈维崧与纳兰两个却都不信服这歪理，偏要写出一些或是惊世骇俗，或是令人哀婉的传世词作来。

瑞鹤仙

丙辰生日①自寿，起用弹语②句，并呈见阳③

马齿④加长矣。枉碌碌乾坤，问汝⑤何事。浮名总如水。判尊前杯酒，一生长醉。残阳影里，问归鸿⑥、归来也未。且随缘、去住无心，冷眼华亭鹤唳⑦。

无寐。宿酲⑧犹在，小玉⑨来言，日高花睡。明月阑干，曾说与、应须记。是峨眉便自、供人嫉妒，风雨飘残花蕊。叹光阴、老我无能，长歌而已。

笺注

① 丙辰生日：此乃康熙十五年（1676年）纳兰二十二岁生日。

② 弹语：当指顾贞观《弹指词》。纳兰此词开篇之句"马齿加长矣"乃是从顾贞观《金缕曲·丙午生日自寿》中"长齿加长矣"化用而来。

③ 见阳：即张纯修，字子敏，号见阳，直隶丰润人，隶属汉军正白旗，内务府包衣，以进士第授江华县令，官至庐州知府。其人擅山水，尤妙临摹，书法精妙。

④ 马齿：即马之牙齿。因马齿随年龄而增，故以此比喻人的年龄增长。《穀梁传·僖公二年》云："荀息牵马操璧而前曰：'璧则犹是也，而马齿加长矣！'"

⑤ 汝：此处乃纳兰自指。

⑥ 归鸿：即飞回之大雁，诗词中常以此比喻离人归来。

⑦ 华亭鹤唳：典出南朝刘义庆《世说新语·尤悔》：陆机早年在洛阳与弟弟陆云常游华亭墅。后陆机河桥兵败，遭谗遇害，临死前悲叹："欲闻华亭鹤唳，可复得乎？"纳兰此处乃是以此作为警醒，功名利禄之事，须得冷眼相看。

⑧ 宿醒：即宿醉后将醒未醒之时。

⑨ 小玉：传说西王母身边有侍女小玉、双成。白居易《长恨歌》便有"金阙西厢叩玉扃，转教小玉报双成"之句。此处以小玉代指侍女。

赏评

综览以上纳兰之友情词，不难发现，与纳兰往来的文人雅士多是汉人才子，甚至是亡明之遗老遗少。这一则与纳兰之父明珠笼络汉官，培植自己势力的政治手段有关；一则，更与纳兰心慕汉家文化，以真切之心体谅汉人书生的情怀有关。

然而，这阕词中所提及的张见阳张纯修，却是一个特殊的人。他是纳兰所有往来密切的文友中唯一的旗人，被纳兰视作异姓兄弟。

纳兰待顾贞观、姜宸英等人，可谓是极尽柔和宽容。为着在姜宸英面前说错了一句话，竟能"百计请罪"。这当是纳兰本就同情这些汉家士子，能够体谅他们的孤傲与苦楚。

而张纯修却不同了。张纯修之父乃山西巡抚张滋德，原是内务府的包衣，故而入了汉军旗。所以，于仕途之上，张纯修与纳兰的境况、心态会更接近些。他不会有顾贞观、姜宸英这些明朝遗少背叛故国，侍奉满清的纠结尴尬，故而也会少些猖狂的气性。

所以，在张纯修面前，纳兰恐怕就要相对放松一些，他们可以像兄弟那般，时不时地发发牢骚，说说他们这不痛不痒的八旗子弟的生活。

于纳兰和张纯修而言，功名只是早晚的事。但是，有了功名却不能一展男儿壮怀，也成了他们共有的烦恼。

这阕词是纳兰在自己二十二岁生日当天所作。他正是在这年春天，金殿赴试，中了二甲第七名进士，授御前侍卫之职。若是在常人看来，这个生日，纳兰应当过得春风得意，可我们从这词中读解出的，却是一种牢骚，一种忧虑，一种苍凉。

又长了一岁，纳兰总也不高兴。别人道他新得功名，前程似锦，可他却觉得，这些都不过是浮名罢了。那御前侍卫的官职，在纳兰眼中不过如花瓶摆设一般，纳兰想要的男儿大业，哪里是这些扈驾随行的事情？

更痛苦的是，即便是这区区御前侍卫的官职，也令纳兰遭遇到官场险恶。蛾眉遭妒，小人猖狂，看来这一生，只能如此碌碌而过。光阴匆匆流逝，恐怕他们都会一事无成，唯有长歌当啸而已。

纳兰的这阕词是从顾贞观的《金缕曲·丙午生日自寿》词中得了灵感而作的，可他却将这阕词送给了张纯修。也许，在纳兰看来，他的这种表面风光、内里凄楚的痛苦，也只有张纯修能体会得更真切了。

纳兰还有一阕《菩萨蛮·过张见阳山居，赋赠》词：

> 车尘马迹纷如织，羡君筑处真幽僻。柿叶一林红，萧萧四面风。功名应看镜，明月秋河影。安得此山间，与君高卧闲。

纳兰见张纯修之山居幽僻清净，远离"车尘马迹纷如织"，故而有所慨然，生出与张纯修同归于此的心思来。然而，此刻联系这《瑞鹤仙》中"华亭鹤唳，岂可复闻"的典故，再想纳兰英年早逝的凄凉，叫人顿起一语成谶之长叹：华亭鹤唳不可闻，人间幸存纳兰词。

第四章 聒碎乡心梦不成

纳兰之词,被梁启超誉为"直追后主"。窃以为,在天赋才华之外,纳兰与后主之词境相似,或许与二人之经历相像有关。

后主李煜"生于深宫之中,长于妇人之手",前期词作多为爱情之歌咏,虽然情思真切,总有一些"为赋新词强说愁"的意味。然而"一旦归为臣虏,沈腰潘鬓消磨",后主之词,便有了一种深沉之情切。

"雕栏玉砌应犹在,只是朱颜改""小楼昨夜又东风,故国不堪回首月明中",读来情深切切,不再是一己私情的感悟。而是家国天下,塞北江南,天地之渺然,古今之沧桑,皆可入词。

至于纳兰,二十二岁金榜题名前,乃是深宅大院中的相国公子,纵然不曾懈怠满人骑射,却也终究是未经风波的少年。一旦为御前侍卫,扈驾随行,出塞北,下江南,纳兰词中离家去国之慨然就丰富了起来,其词境也稍稍开阔了些。

可见,古人"读万卷书,行万里路"的话,终究是不错的。只是后主之"万里路"走得极不情愿,而纳兰的"万里路"也走得有些不如意。所以,他才会有这般"聒碎乡心梦不成"的长叹。

长相思①

山一程②,水一程,身向榆关③那畔④行。夜深千帐灯⑤。
风一更⑥,雪一更,聒⑦碎乡心梦不成。故园无此声。

笺注

① 长相思:调名取自南朝乐府"上言长相思,下言久离别"之句,初为唐教坊乐曲,多写男女相思之情。如白居易之"汴水流,泗水流,流到瓜洲古渡头。吴山点点愁",李白之"天长路远魂飞苦,梦魂不到关山难。长相思,摧心肝"。

② 程:即路程之意。山一程,水一程,寓意山长水远,路程迢迢。

③ 榆关:古之榆关在今河北抚宁县,形势险要,因靠渝水,故名榆关。明洪武十四年(1381年),中山王徐达奉命修永平、界岭等关,带兵到此地,认为古渝关并非控扼之要塞,故而于榆关东六十里修建关隘。其新修关隘北倚燕山,南连渤海,故得名山海关,即纳兰词中之榆关。

④ 那畔:即那一边的意思。康熙二十一年(1682年)春,纳兰扈驾东巡,按日讲起居注官高士奇之《东巡日录》所记,此词当写于二月十八日将出山海关之前。

⑤ 千帐灯:此处指驻扎军营之灯火。此时此刻,纳兰对帐灯而似亲人,分外凄然。

⑥更：即更声。古时一夜分为五更，每更约两小时。纳兰此处乃指塞上风雪吹刮整夜。

⑦聒：即聒噪、嘈杂之意。风雪之声，呼啸飘摇，令纳兰难以安眠，实乃远离故园，心中愁烦之情。

赏评

据说，王国维深爱纳兰此作。

王国维以为，塞上之作，必有其"千古壮观"之境界。譬如明月照积雪、大江流日夜、中天悬明月、黄河落日圆种种。而纳兰塞上之词，便以此阕中的一句"夜深千帐灯"写尽苍茫。

康熙二十一年（1682年），圣驾出关东巡，前往奉天祖陵祭告。这并非是纳兰第一次随驾前往塞上，然而，他还是不能习惯这塞上风情。

山一程，水一程，路远迢迢，千里而行。每走一步，便离故园远去一分。纳兰之身迫不得已地随着圣驾往关外而去，可他的心，却只惦念着京城。

风一更，雪一更，塞上呼啸，风雪无情，只搅得纳兰一颗思乡之心不得安宁，夜梦难成。这里的一切，都不是故园所有的，这里的一切，也都不是纳兰心中想要的。他已然是疲惫无奈了，一个"聒"字，描摹得那样真切。

究竟是什么样的家园，能叫纳兰如此想念呢？

纳兰在《渌水亭宴集诗序》里说：

> 予家，象近魁三，天临尺五。墙依绣堞，云影周遭，门俯银塘，烟波混淆混漾。蛟潭雾尽，晴分太液池光，鹤渚秋清，翠写景山峰色。云兴霞蔚，芙蓉映碧叶田田，雁宿凫栖，秔稻动香风冉冉。设有乘搓使至，还同河汉之皋，倘闻鼓枻歌来，便是沧浪之澳。

这一派富贵荣华，确实是塞上萧瑟所不能比。可是，纳兰到底是堂堂男儿、八旗子弟。满人乃是马背上得的天下，向来以英豪自称。纳兰也是从小弓马骑射，样样娴熟，为何离了家，来到关外，就这样柔弱不堪了？

其实，令纳兰痛苦的不是塞上萧瑟。如若我们还记得前一章最末一篇《瑞鹤仙》，我们还能体会纳兰对自己无所事事的侍卫生涯的失望乃至绝望，便能明白：纳兰此时不是在思念那个富贵温柔之乡，而是他实在别无所恋。

纳兰曾有一首《送荪友》诗：

> 我今落拓何所止，一事无成已如此。平生纵有英雄血，无由一溅荆江水。荆江日落阵云低，横戈跃马今何时。忽忆去年风月夜，与君展卷论王霸。

这是纳兰为自己未能参加平定三藩之乱的悲叹。可见，他也是个渴望金戈铁马驰骋沙场的豪情男儿。若是此番塞上之行不是随从扈驾，而是叫他上阵杀敌，或许他自会策马向前，不肯回头。

可是，这些豪情只能在纳兰偶尔发牢骚的诗词中才能见到。大帐之内，圣君高高在上，与左右臣子商议家国大事。而纳兰虽然身穿一袭铠甲，却只能站立边角，默默无声。他最渴望的男儿壮志就在眼前，仿佛触手可及，他却只能束手站着。

豪情既不可得，纳兰心中仅存的安慰，便是故园乡情了。闺阁中有等待着他的妻子，书斋内有挂念着他的友人，这些，才是纳兰最后的依靠。

所以，当我们由此篇开始了纳兰塞上词章的品读时，便要时时记得，纳兰之哀怨，别有"深情"。

好事近

马首^①望青山,零落繁华如此。再向断烟衰草,认藓碑^②题字。

休寻折戟^③语当年,只洒悲秋泪。斜日十三陵^④下,过新丰^⑤猎骑^⑥。

笺注

①马首:即马头。此句乃指出人在马上,马头向处,乃是无尽青山,再不见京都皇城之繁华,唯有萧瑟零落景象。

②藓碑:即长满苔藓的碑石。此处当指明十三陵之残垣断碑,与前句"断烟衰草"相呼应,越显荒凉冷落。

③折戟:典出唐·杜牧《赤壁》诗:"折戟沉沙铁未销,自将磨洗认前朝。"纳兰此处之意乃是说,此时此刻,面对此景,也无须寻思那些古往今来的兴亡之事,但见悲秋如此,已然叫人垂泪。

④十三陵:即明朝帝王陵群,在今北京昌平天寿山一带。自明成祖朱棣至明思宗朱由检,共有十三位帝王葬于此,统称明十三陵。

⑤新丰:地名,在今陕西省临潼县东北。史载,汉高祖刘邦立国后,其父不愿久居长安皇城,思归故里丰邑。高祖便命人选址,按丰邑模样修建新丰城,迁家乡父老来此居住,以慰老父思乡之苦。后世常以"新丰"

代指皇亲国戚。

⑥猎骑：代指骑马打猎之人，此处当指跟随康熙帝行猎之人。

赏评

这阕词对于纳兰而言意义非凡。

康熙十五年（1676年）的十月，康熙帝前往十三陵一代行猎。纳兰初为御前侍卫，此番乃是第一次扈驾随行。除却此词，纳兰尚有《菩萨蛮·飘蓬只逐惊飙转》《虞美人·高峰独石当头起》等词作记述此行。

其实，细论起来，此阕词也算不得塞上词。十三陵天寿山距京城不过百余里的路程，策马扬鞭，半日可到。然而一出皇城，来至青山，那零落繁华的景象便陡然不同了。更何况，数十里外，即天下九塞之居庸关隘，而纳兰又是随圣驾狩猎而来，见此苍山皇陵，萧条秋色，那词中意境自会不同以往了。

作为皇亲国戚、御前侍卫，纳兰丝毫没有伴驾狩猎的激动与欢欣。他见"断烟衰草""藓碑题字"，只是生出一种悲叹来。

这里，是前明之帝王皇陵。遥想当年，明太祖朱元璋败陈友谅、灭张士诚、收方国珍；颁《谕中原檄》，"驱逐胡虏，恢复中华，立纲陈纪，救济斯民"，从而一统中原。此后，朱元璋坐镇金陵，命征虏大将军徐达驱兵北上，直逼得元顺帝带着后妃皇子、文武之臣自健德门出居庸关，逃奔上都。

明成祖朱棣，自为燕王，镇藩北平，亦是两度北征，招降元太尉乃儿不花，生擒大将索林帖木儿，战功赫赫。待其靖难起兵，登基称帝；营建京城，五次北伐，乃令蒙古残兵不敢进犯边界。那时节，大明盛世，何等辉煌！可如今，只余这荒山之中的残垣断碑了。

《菩萨蛮·飘蓬只逐惊飙转》里，纳兰说："寂寥行殿索，梵呗琉璃火。塞雁与宫鸦，山深日易斜。"《虞美人·峰高独石当头起》里，纳兰说："又将丝泪湿斜阳，回首十三陵树暮云黄。"《采桑子·㩳周声里严关峙》里，纳兰说："风雨诸陵，寂寞鱼灯。天寿山头冷月横。"

纳兰明明提醒自己"休寻折戟话当年"，可是，他却也止不住地想起当年，想起那些历史兴亡，"只洒悲秋泪"。当代清文学研究专家严迪昌在《清史词》中点评纳兰此篇："全是凭吊语，绝非新朝新贵的语气。"真是一点儿都不错。

忆古乃是为了思今，纳兰之凭吊，既是为了亡明，也是为了大清。想今时今日，大清圣君于此地驰马狩猎，焉知百年千年之后，有没有新的"新丰猎骑"过大清皇陵之下呢？

至此，我们不得不承认，纳兰之历史观是宏大的；也不得不承认，纳兰之心思情怀是辽阔的。无怪乎纳兰会看不上这个御前侍卫的官职，纳兰的心中，想的乃是真正的天下。这才是一个热血男儿的真正情怀。

只可惜，纳兰有其才，却不得其时。他那贵为宰辅的父亲明珠，在朝中固然赫赫扬扬，却也正因此，使得圣上时时戒疑纳兰门第，令纳兰一生都未得其位。

菩萨蛮

宿滦河①

玉绳②斜转疑清晓,凄凄月白渔阳道③。星影漾寒沙④,微茫⑤织浪花。

金笳⑥鸣故垒⑦,唤起人难睡。无数紫鸳鸯⑧,共嫌今夜凉。

笺注

① 滦河:在今河北省东北部。发源于河北省丰宁县骆驼沟乡东部的小梁山,后折向西北,流经坝上草原,称闪电河,至多伦大河口附近有吐里根河注入,始称大滦河,以下流经燕山山地,在乐亭、昌黎之间入渤海。

② 玉绳:星名。汉·张衡《西京赋》:"上飞闼而仰眺,正睹瑶光与玉绳。"按李善注引:"玉衡北两星为玉绳。"故而玉绳乃指北斗第五星之北两星,此处纳兰以玉绳代指北斗星。

③ 渔阳:古县名。今北京密云县西南处,因在渔水之北(北水为阳)而得名。后世诗词中常以"渔阳"指代征戍之地。如唐·张仲素《塞下曲》:"三戍渔阳再渡辽,驿弓在臂剑横腰。"王维《杂曲歌辞·少年行》:"出身仕汉羽林郎,初随骠骑战渔阳。"

④ 寒沙:即寒冷季节之沙地。南朝丘迟《旦发鱼浦潭》诗:"森森

荒树齐，析析寒沙涨。"陆游《枕上作》："唐安万里音尘绝，谁为寒沙问断鸿？"

⑤微茫：迷漫而模糊之意。李白《梦游天姥吟留别》诗曰："海客谈瀛洲，烟涛微茫信难求。"

⑥金笳：胡笳之雅称。古代北方民族的一种吹奏乐器，形似笛。初时卷芦叶为笳，吹以作乐；后在形制上有所变化，将芦叶制成的哨插入管中，遂成为管制的双簧乐器，形似筚篥。胡笳音色"刚柔待用，五音迭进"。唐·王昌龄《胡笳曲》："城南虏已合，一夜几重围。自有金笳引，能沾出塞衣。"李颀《塞下曲》："金笳吹朔雪，铁马嘶云水。帐下饮蒲萄，平生寸心是。"

⑦故垒：即过去遗留下来的营垒。唐·刘禹锡《西塞山怀古》："今逢四海为家日，故垒萧萧芦荻秋。"苏轼《念奴娇·赤壁怀古》："故垒西边，人道是，三国周郎赤壁。"

⑧紫鸳鸯：非鸳鸯，乃鸂鶒之俗名。因其形似鸳鸯而稍大，羽多紫色，亦好雌雄并游，故名紫鸳鸯。明、清两代，七品文官官服补子所绣即为鸂鶒。李白《拟古》诗："愿逢同心者，飞作紫鸳鸯。"

赏评

康熙往清东陵拜谒，多经滦河。按《康熙实录》与《康熙起居注》所载，明言驻跸滦河岸边的，只有两次。一次乃康熙十七年（1678年）十月二十日及二十二日，一次乃康熙二十年（1681年）十一月三十日。看纳兰词中之境，乃为清寒，而非严寒，故而可知，此阕词当是写于康熙十七年（1678年）十月间。

这一次，纳兰是真的出关了，来至长城之塞外，得见塞上风情。纳兰的第一印象，便是那北斗之星，高挂空中，缓缓斜转。可见塞上川原，苍穹茫茫，星斗之转移，都清晰可见。流光月色，洒满这渔阳大道，只是凄清寒凉。天上群星，地上寒沙，滦河茫茫，只见点点浪花。

不知何处故垒之上,隐隐似有胡笳之声,凄凄切切,叫这出塞之人,不惯久听,竟被生生从梦中唤醒,再难入睡。看那河面之上,紫鸳鸯双双并游,与这听笳人一样,只嫌今夜塞上悲凉。

细心之人从日期上当可发现端倪。康熙十七年(1678年)十月,距纳兰发妻卢氏亡故,方一年零五个月。想当时,纳兰心中伤痛尚未抚平,这大约就是他为什么会在词中流露鸳鸯双宿、爱侣分离的悲伤。

可是,若说纳兰因听胡笳而想起卢氏,故而哀叹,为何此词之情绪相对那些悼亡词、爱情词,都显得平静许多。"赢得更深哭一场""一片伤心画不成""此恨何时已"之类的哭诉全然不见,只是一句淡淡的"无数紫鸳鸯,共嫌今夜凉"。这种孤独之感,虽然有幽然不尽之意,却不会叫人心痛欲裂。

于是,不由遥想起唐·陈子昂《登幽州台歌》诗:"前不见古人,后不见来者。念天地之悠悠,独怆然而涕下。"陈子昂的泪,乃是一种登台远眺,只觉天地苍茫、人生渺小的孤独,是一种超越了单纯的爱恨情仇的悲怀。面对着苍茫宇宙,任凭谁,都是孤独的,都是凄惶的。

所以,纳兰在这塞上滦河边,看北斗挂空,星影摇摇,河浪渺茫,胡笳故垒,心底里生起的,乃是一种意境更为辽阔的悲怆。到此时,若再想起那儿女恩爱之情,那鸳鸯分离的悲痛,大约也如这秋夜之风光,只算得一阵寒凉了吧。

卜算子

塞梦

塞草晚才青,日落箫笳①动。戚戚②凄凄入夜分,催度星前③梦。

小语绿杨烟,怯踏银河④冻。行尽关山⑤到白狼⑥,相见唯珍重。

笺注

①箫笳:当是洞箫与胡笳的合称,此两种乐器,音色委婉哀怨,常用来形容悲怆场景。唐·卢纶《送张郎中还蜀歌》:"须臾醉起箫笳发,空见红旌入白云。"欧阳修《大行皇帝灵驾发引挽歌辞》:"霜清日薄箫笳咽,万国悲号惨澹中。"

②戚戚:形容悲伤的样子。此一句恐是化用李清照《声声慢》之"寻寻觅觅,冷冷清清,凄凄惨惨戚戚"之句。

③星前:当是星光之意,代指夜晚。汤显祖《牡丹亭·魂游》中有"生性独行无那,此夜星前一个。生生死死为情多"之句。

④银河:代指塞上河流。此处之意,当是指塞上夜来寒冷,河面已经开始结冰。

⑤关山:山名,在今甘肃天水张家川回族自治县境,为古时著名险

隘关口。诗词中常以关山比喻阻碍、阻隔之意。如杜甫《登岳阳楼》："戎马关山北，凭轩涕泗流。"温庭筠《菩萨蛮·满宫明月梨花白》："满宫明月梨花白，故人万里关山隔。"

⑥白狼：即白狼河，今辽宁省之大凌河，因其南源出建昌古白狼山，故而汉唐时将其称为白狼河。与关山一样，白狼河在诗词中也常作阻隔之意。唐·沈佺期《古意》："白狼河北音书断，丹凤城南秋夜长。"岑参《裴将军宅芦管歌》："白狼河北堪愁恨，玄兔城南皆断肠。"

赏评

比之前篇，这阕塞上词多了些清新之意，然而其主旨，仍是孤独相思。

离离塞上草，到晚间才越发青绿了。日头一落，便听见箫笳之声，凄凄戚戚的。又是入夜时候，这箫笳声催动人的思梦，便在梦中见到了你。

你也因思念我，魂梦关山，来至绿杨树下，与我窃窃私语。那塞上河流，已然结冰，你不敢踩踏。一路追随，走过关山，来到白浪河边，与我执手相见，千言万语，却只化作"珍重"二字。

这是一篇小令版的《离魂记》。

《离魂记》乃唐·陈玄祐所作传奇。张倩娘与表兄王宙青梅竹马，两情相投。谁知张父却将女儿另许他人，倩娘抑郁成病，王宙无奈与倩娘诀别，远赴长安。谁知，夜半之时，倩娘却追到船上，与王宙私奔蜀中。五年后，倩娘、王宙携两子归来。张家闻知，大为惊恐："倩娘病在闺中数年，何其诡说也！"原来，夜奔之倩娘乃病中离魂。至此，倩娘之肉身方与离魂"翕然而合为一体"。

康熙二十一年（1682年）的春天，纳兰随康熙圣驾巡视关外满族发祥之地。一路上拜谒东陵，过卢龙县范家庄，出山海关，过白狼河,至盛京祭太祖努尔哈赤福陵,又往吉林谒远祖永陵,再东北行至乌拉吉林、松花江等地。自出京到回京,历时五月,行走了万里之路程。而这段时间,也是纳兰塞上词的多产之期。

白浪河畔,纳兰还有《如梦令》词:"万帐穹庐人醉,星影摇摇欲坠,归梦隔狼河,又被河声搅碎。还睡、还睡,解道醒来无味。"其中情境,与这阕《卜算子》极为相似。从"归梦隔狼河"一句来看,或许正是纳兰梦中与相思之人相见,梦醒后寂寞无奈时的感慨。那么,这个叫纳兰相思入梦、梦中离魂的"倩女",该是谁呢?

我们若按时间推算,此时纳兰能够想念的闺中人,唯有继室官氏。

纳兰续娶官氏,至晚,当不超过康熙二十年(1681年)。而此后许多纳兰的塞上词中所写闺阁相思之人,均是官氏。

也许,这是那些总要把纳兰当作情圣的人不愿意看到的。但是,这才是最真实的纳兰。

纳兰固然将卢氏引为知己,此心不改。但从内阁学士韩菼的《纳兰君神道碑铭》中可以看出,纳兰是个"性至孝"的人。

古来夫妇人伦,是为大节,纳兰续娶官氏,乃是他作为家族长子之责任,亦是他作为男子汉大丈夫的责任。他对官氏确实没有对卢氏那般痴情,然而到底是夫妻,岂能一丝牵挂想念都没有?若真是如此,这样的纳兰,也不值得人敬重了。

百字令

宿汉儿村①

无情野火,趁西风烧遍、天涯芳草。榆塞②重来冰雪里,冷入鬓丝吹老。牧马长嘶,征笳乱动③,并入愁怀抱。定知今夕,庾郎④瘦损多少。

便是脑满肠肥⑤,尚难消受,此荒烟落照。何况文园憔悴⑥后,非复酒垆⑦风调。回乐峰⑧寒,受降城⑨远,梦向家山绕。茫茫百感,凭高唯有清啸。

笺注

①汉儿村:在永平府迁安县内,今河北迁西县。又称汉儿庄、汉儿城,乃长城关隘之城。康熙谒祖陵、巡边防时曾多次经汉儿村。

②榆塞:榆关,即山海关。《长相思·山一程》篇中已作注解。

③牧马二句:牧马嘶鸣,胡笳声声,都是哀怨凄凉之音。汉·李陵《答苏武书》中便有"胡笳互动,牧马悲鸣"之句。

④庾郎:即庾信。参照《点绛唇·一种蛾眉》篇中注解。

⑤脑满肠肥:典出《北齐书·琅邪王传》。北齐武成帝高湛三子琅邪王高俨意图夺取其兄后主高纬之位,高纬调兵捉拿,臣子替高俨开脱

道:"琅邪王年少,肠肥脑满,轻为举措,长大自不复然,愿宽其罪。"高纬听后便放了高俨,然而却在不久后,又派人暗杀了他。

⑥文园憔悴:司马相如曾任孝文园令,故而后世以文园代称之。因司马相如患有消渴病(即今糖尿病),口渴消瘦,故而后世有以文园憔悴比喻文人患病。宋·贺铸《采桑子》云:"河阳官罢文园病,触绪萧然。"此处,纳兰亦以司马相如自比。

⑦酒垆:即酒肆。此处乃用卓文君当垆卖酒之典故。《史记·司马相如传》记载,卓文君夜奔相如,后夫妇二人生活无计,便回到卓文君故里临邛,"尽卖其车骑,买一酒舍酤酒,而令文君当垆。相如身自著犊鼻,与保佣杂作,涤器于市中。"

⑧回乐峰:唐时地名,在今宁夏灵武境内。

⑨受降城:唐睿宗李旦时为防御突厥而修筑的城池,有三座,在今内蒙古黄河沿岸,此处泛指边塞。纳兰这两句当是从唐·李益《夜上受降城闻笛》诗中化出:"回乐峰前沙似雪,受降城下月如霜。"

赏评

野火无情,趁着西风,将那原野上的离草都烧尽了。再次来到这榆关要塞,已然是冰雪时节。寒气阵阵,吹入鬓丝,人亦老了。牧马长嘶,征笳乱动,更添愁烦心绪。想这一夜,不知又要瘦损多少容颜。

如此边塞之地,荒烟落照,想那脑满肠肥之人,哪里能够受得了?而我这里文园憔悴,亦没有那当垆卖酒之洒脱。回乐峰寒,受降城远,唯有在梦中思一思家乡。心中百感,对此茫茫,登高四望,也只有一声长啸。

纳兰词中写"榆塞重来冰雪里",可见这不是第一次到榆关了,而此次来,乃是寒冬天气,就更添萧瑟了。故而,纳兰的心境仍旧是苍老憔悴的。

纳兰以庾信自比。想庾信出身于"七世举秀才""五代有文集"的书香世家,父亲庾肩吾乃南梁中书令,文章辞赋,为当世大家。庾信自幼博览群书,通晓《春秋》《左传》,十五岁便入东宫,为昭明太子萧统之伴读。

萧统薨后,其同母弟、晋安王萧纲入主东宫,庾肩吾任太子中庶子,庾信为抄撰博士,父子二人之恩宠礼遇,无人可比。那时节,满朝文人皆以庾家父子马首是瞻,好不风光。

然而,侯景叛乱,兵向金陵。萧纲命庾信领宫中文武官员,于朱雀航外扎营御敌。岂料敌军刚至,庾信便胆怯了,率军撤离,乃至台城失陷。

庾信逃往江陵,时为江陵刺史的皇七子湘东王萧绎意欲自立,竟屈从于敌国西魏,要与萧纲一争天下。庾信奉命出使西魏,岂料西魏出尔反尔,派兵攻陷江陵,灭萧绎。庾信也从此留在了西魏都城长安。

此后,西魏、北周更迭。北周与南陈互通友好,许多羁留北方的南方臣子皆得归去,唯有庾信,终生未能南归,客死他乡。他只能在辞赋之中哀叹一句:"日暮途远,人间何世?将军一去,大树飘零;壮士不还,寒风萧瑟。"

其实,纳兰的境况比庾信要好得多。至少,他的国家没有亡,他也不会永远留在北方塞上。但是,纳兰有满腹才华不得所用,如今又见此苍凉,便也古今情同了。

由此看去,司马相如虽有文园憔悴,倒也可以当垆卖酒,寻得一时的潇洒。而纳兰呢,他却始终放不下心中愁结,茫茫百感,凭谁又能够消减呢?

浪淘沙

望海

蜃阙①半模糊，踏浪惊呼。任将蠡测②笑江湖。沐日光华还浴月，我欲乘桴③。

钓得六鳌④无，竿拂珊瑚⑤。桑田清浅问麻姑⑥。水气浮天天接水，那是蓬壶⑦？

笺注

① 蜃阙：即海市蜃楼。古人以海市蜃楼为仙境所在，不可达到，故而渐成虚无缥缈之意。

② 蠡测：蠡即勺，典出《汉书·东方朔传》："语曰'以管窥天，以蠡测海，以莛撞钟'，岂能通其条贯，考其文理，发其音声哉！"后世以管窥蠡测比喻见识浅短。

③ 乘桴：即乘坐竹木小筏之意。典出《论语·公冶长》："道不行，乘桴浮于海。"后世以"乘桴于海"指代避世隐居。王维《济上四贤咏》诗曰："已闻能狎鸟，余欲共乘桴。"王安石《次韵平甫金山会宿寄亲友》云："飘然欲作乘桴计，一到扶桑恨未能。"

④ 六鳌：典出《列子·汤问》，海上有五仙山，由十五只巨鳌"举首而戴之"。后，"龙伯之国有大人，举足不盈数步而暨五山之所，一

钓而连六鳌,合负而趣归其国"。后世遂以钓六鳌比喻气概非凡。

⑤竿拂珊瑚:此句乃从杜甫《送孔巢父谢病归游江东兼呈李白》"诗卷长留天地间,钓竿欲拂珊瑚树"中化出,意思是说孔巢父不恋富贵,归隐江湖,靠钓珊瑚树为生。纳兰此处遂以此表明心迹。

⑥桑田一句:典出葛洪《神仙传》:"麻姑自说云:'接侍以来,已见东海三为桑田。向到蓬莱,水又浅于往者会时略半也,岂将复还为陵陆乎?'"此言仙女麻姑长寿,见过东海三次化为桑田,而沧海桑田之典故亦由此来。

⑦蓬壶:乃指海上仙山。宋·李纲《减字木兰花·茫茫云海》:"茫茫云海。方丈蓬壶何处在。"

赏评

此阕词当写于康熙二十一年(1682年)东北之行的途中,即《长相思·山一程》所记出山海关之时。

一出山海关,渤海便在眼前,茫茫水天,浩森无穷。然而,纳兰却不渴望见到那传说中的海市蜃楼,他眼中所见,乃是那些踏浪惊呼的渔夫们。想那些终日不离书斋,空有高谈阔论,却是管窥蠡测的腐儒们,哪里能体会到这种笑傲江湖的畅快!

纳兰日日夜夜徘徊岸边,这无边无涯的海水,顿叫他生出乘桴于海、归隐苍茫的念头来。纳兰又忽然想起那传说中钓得六鳌的龙伯国大人,可是,这样的人又岂能有?倒是"钓竿欲拂珊瑚树"的话还可信些。至于沧海桑田之变化,只能去问麻姑了。然而这天接水水连天的,又去哪里寻得蓬岛仙山呢?

纳兰在写情词时,总是那么浪漫,叫人以为他是个不同俗尘的人。而这阕写塞外海关的词,亦充满了仙山典故,各种奇想。可若是细细品读,我们不难发现,纳兰所要表达的情愫,却不是虚无缥缈的。纳兰痛斥的,正是那些海市蜃楼、钓得六鳌的无端想象。

这世上,本没有海市蜃楼,也没有蓬壶仙山。这些仙幻之事,尚不及眼前踏浪之渔夫来得真实。而纳兰呢,面对着大海,他也不想寻访仙山,只想要乘桴归去,隐居江湖。

纳兰这种孤高而又无奈的心情,恐怕与当时时局有关。

按《康熙起居注》记载,康熙之所以有此东北之行,乃是因为"云南底定,海域荡平,前诣永陵、福陵、昭陵告祭。"而此处所言"云南底定"则是指康熙二十年(1681年)十月,定远平寇大将军赵良栋等人攻破昆明,所谓的吴周皇帝、吴三桂之孙吴世璠悬梁自尽,吴氏残部尽系归降。历时八年的三藩之乱,至此彻底平定。

故而,此一行,君与臣都是欢欣鼓舞的。尤其是见到这山海关边,愈发容易生出感慨来。这里自古便是兵家重地,征战杀戮之声,从未远去。当年,不就是因为吴三桂开了这山海关的门,大清铁骑才能长驱直入,得此锦绣江山吗!

可是,纳兰此时却无法高兴起来。纳兰想要的,是能够策马疆场,亲自参加那场平定三藩的大战。而不是在胜利之后,他以御前侍卫的身份,"侍陪巡幸扈宸旌"。

纳兰是多不情愿做一个所谓的御前侍卫,这种花瓶一般的职务,于纳兰而言只是羞辱,所以,无法实现理想的纳兰,唯有乘桴于海了。他这种求而不得,只好放手的幽怨,我们在《瑞鹤仙·丙辰生日自寿》中就已经看到了。而这样的情感,自纳兰得中进士,授为侍卫后,就一直郁结在他心间。

也许,这份郁结,才是纳兰不寿的真正原因。

临江仙

永平^①道中

独客单衾谁念我？晓来凉雨飕飕。缄书^②欲寄又还休。箇侬^③憔悴，禁得更添愁。

曾记年年三月病^④，而令病向深秋。卢龙^⑤风景白人头。药炉烟里，支枕听河流^⑥。

笺注

① 永平：清永平府，在今山海关西南一带，是康熙巡幸关外必经之地。

② 缄书：缄乃为书信封口之意。此处可知，书信已然写好封口，可待要寄出时，却又犹豫了。

③ 个侬：即那人的意思。联系上句，纳兰缄书却又不寄出，原来是担心那收信人见了自己信中所言，越发愁烦了。

④ 三月病：三月乃初春换季时节，容易染病，故而古来有"三月病"之说。欧阳修《定风波·过尽韶华不可添》："把酒送春惆怅甚。长恁。年年三月病厌厌。"明·王醇《花溪春暮》诗："他乡三月病，新绿几枝齐。"

⑤ 卢龙：永平府辖下县镇，滦河流经此地，康熙巡幸东北时曾驻跸于此。前篇《菩萨蛮·宿滦河》中对驻跸滦河的注解亦可作为印证。纳兰此句之意当是说秋末冬初，卢龙风景萧瑟，令人心中愁烦，几乎白头。

⑥ 听河流：此处所指，当为滦河波涛之声。

赏评

　　这亦是一阕满含着苍凉悲怆的塞上词,词之主旨仍旧是思念。
　　"独客单衾谁念我"开篇这一问,奠定凄凉基调。思念纳兰者还能有谁呢?妻子、故友,无论是谁,此时此刻,都不在他的身边。早起便听冷雨飕飕,越发生出思乡愁绪来。纳兰提笔修书,将这满腹的愁肠诉说了去,可待封好了信笺,却又犹豫着不肯寄出了。
　　纳兰此时憔悴思乡,家中人不是也会因为思念他而憔悴吗?如若纳兰只顾自己舒坦痛快,寄出信笺,反叫家里人看信后平添愁烦。
　　往昔里,年年三月都要愁病一场,谁曾想,今年这愁病竟拖到了深秋。如今驻扎在这山海关外、滦河水畔的卢龙县,满眼里都是塞上萧条景色,越发令人心绪烦闷,恨不能老了心情,白了青丝。可这又有什么法子,也只能在那药炉的烟气里,支起枕头,听那帐外流水之声。
　　纳兰填词,少有虚妄之作;内中情愫,皆为真情。若按纳兰所言,便可知,此番扈驾前往东北龙兴之地,纳兰乃是带病成行的。而这病,似是由来已久,是纳兰那久化不开的心病。
　　姜宸英在《纳腊君墓表》中道:

> 然视文章之士,较长挈短,放浪山水,跌宕诗酒,而无所羁束,长恨不得身于其间,一似以贫贱为可乐者。于世事如不经意,时时独处深念,则又愁然抱无穷之思。人问之,不答。以此竟死,其施不得见,其志未就也。

　　顾贞观在《祭纳兰容若文》里则悲叹:

> 人见其摄科名、擅文誉,少长华阀,出入禁御,无俟从容政事之堂,翱翔著作之署,固已气振夫寒儒,抑且身厝夫异数矣。而安知吾哥所欲试之才,百不一展;所欲建之业,百不一副;所

> 欲遂之愿,百不一酬;所欲言之情,百不一吐。实造物之有靳乎斯人,而并无由毕达之于君父者也!

姜宸英与顾贞观都看到了纳兰之心病,只是姜宸英不如顾贞观看得透彻。

姜宸英以为,纳兰之心病,是因其本属落拓书生,不愿受拘束,然而却身在宫墙之内,为侍卫之官,深感种种不如意。况且纳兰是个喜欢独处深念,忧思太甚之人,心中郁结从不肯轻易与人说,故而"以此竟死"。一生壮志,终究未成。

而顾贞观却看穿了纳兰落拓书生的躯壳下,实是一颗热情如火的赤子之心。世人都以为纳兰功名成就,文坛留名,出入宫禁,必为朝廷栋梁之才,可以指点朝堂大事。然而世人都不知道,纳兰渴望施展之才华,从未真正展现过;纳兰渴望建立之功业,从未真正实现过;纳兰之心愿,从未达成;纳兰之真情真话,从来未曾吐露。老天爷对纳兰实在太过吝啬,造就了纳兰,却不叫他的真实才能为君父所看见,乃至于辜负了他一腔热血!

也许,纳兰真的是被苍天辜负了。圣明的君父、一代大帝康熙,没有"看到"纳兰的才华;而世人从那些传世词篇里看到的多情缠绵、哀婉凄绝,也不是纳兰最想被人看到的。这,果然还是应了曹寅的那一句:"家家争唱饮水词,纳兰心事几曾知?"

在这苍凉孤寂的塞外关河上,带着几许孤臣孽子之心的纳兰,病势愈发沉重了。他其实是不愿轻易放弃的,可是他也不知道,这样的人生,究竟何处是尽头。

沁园春

试望阴山①,黯然销魂,无言徘徊。见青峰几簇,去天②才尺;黄沙一片,匝地③无埃。碎叶④城荒,拂云堆⑤远,雕外⑥寒烟惨不开。踟蹰久,忽砯崖转石⑦,万壑惊雷。

穷边⑧自足秋怀,又何必、平生多恨哉。只凄凉绝塞,蛾眉遗冢⑨;销沉腐草,骏骨⑩空台。北转河流,南横斗柄⑪,略点微霜鬓早衰。君不信,向西风回首,百事堪哀。

笺注

①阴山:乃今河套以北、大漠以南诸山的统称。《史记·秦始皇本纪》记载:"自榆中并河以东,属之阴山。"阴山自古便是汉族与北方游牧民族通商往来、征战杀戮的边塞地界,如北朝民歌《敕勒歌》:"敕勒川,阴山下,天似穹庐,笼盖四野。天苍苍,野茫茫,风吹草低见牛羊。"唐·王昌龄《出塞》诗:"但使龙城飞将在,不教胡马度阴山。"

②去天:去即距离之意,此处乃言阴山之高,与天只有几尺距离。

③匝地:即遍地的意思。宋·孔平仲《送登州太守出城马上作》诗云:"青嶂倚空先有雪,黄沙匝地半和云。"

④碎叶:唐代古城,在今吉尔吉斯斯坦共和国的托克马克附近。

⑤拂云堆：古地名，在今内蒙古包头西北。唐时，朔方军北与突厥以河为界，河北岸有拂云堆神祠，突厥如用兵，必先往祠祭酹求福。晚唐李益有《拂云堆》诗："汉将新从虏地来，旌旗半上拂云堆。单于每近沙场猎，南望阴山哭始回。"纳兰此处非指真实的碎叶城、拂云堆，乃是以此代指塞上边城。

⑥雕外：即大雕翱翔之天空。此处当是说塞上烟云茫茫，凄凉荒漠之景。

⑦砯崖转石：化用李白《蜀道难》"飞湍瀑流争喧豗，砯崖转石万壑雷"之句，形容阴山山崖深壑之景。

⑧穷边：荒僻穷困之地。宋·苏舜钦《己卯冬大寒有感》诗："穷边苦寒地，兵气相缠结。"张孝祥《鹧鸪天·人物风流册府仙》词："人物风流册府仙，谁教落魄到穷边。"

⑨蛾眉遗冢：乃是用汉王昭君出塞之典。《汉书·匈奴传下》记载："元帝以后宫良家子王嫱，字昭君，赐单于。"昭君死后葬于南匈奴之地，其坟谓之青冢。

⑩骏骨：即骏马之骨。此处用燕昭王求贤之典。《战国策·燕策》记载，燕昭王欲得天下贤者，郭隗以买马为喻，道有人以五百金买得千里马之骨，一年后便得三匹千里马。燕昭王听后，遂筑黄金台以招天下贤能。古黄金台在今日河北易县。

⑪斗柄：北斗七星中，玉衡、开阳、瑶光三星为斗柄。此句乃是说物换星移，时光流逝，可纳兰还是未能得到君王重用。

赏评

阴山二字，已然囊尽塞上之苍茫孤寂。无怪乎纳兰一开篇，便道"黯然销魂，无言徘徊"。仰望那山头巅峰，仿佛距天才几尺。茫茫大漠，黄沙一片，寻不见半点人迹。

塞上边城，尽是荒芜景象；古之拂云堆，也不知究竟在何方。

苍天之上，雄鹰翱翔，可满眼里却只是惨淡气象。勒马踟蹰，忽见砯崖转石，万壑惊雷，直教人心惊胆战。

在这荒僻之边城内，无须平生多恨，便也容易生出悲秋之情。昭君之青冢尚在，孤立于这绝塞之上；招贤之黄金台也已空了，腐草销沉。时光流转，物换星移，可惜作词的人已经两鬓微白，心亦老去。君若不信，只向西风回首，想平生之事，唯有哀叹。

纳兰的塞上词，几乎无有不悲叹、不哀伤、不沉郁的。若是换了寻常人，从中原繁华之地来至这天苍苍、野茫茫的塞外，多少都会觉得眼界开阔，心底敞亮，纵然生不出豪情万丈来，也觉得胸中为之一清。

然而纳兰，却始终没有。

看青冢犹存，想昭君一柔弱女子，尚能出塞和亲，为家为国，建立功业，而纳兰堂堂七尺男儿，却什么都做不了。这非是纳兰无用，只是那招贤的黄金台已然不复存在。人生就这样消磨殆尽，人未老，心已老，回首往事，仍旧是百事堪哀，哪里还有值得骄傲的地方？

纳兰这阕词，当是写于康熙二十一年（1682年）的初秋时节。而这一次塞上之行，纳兰并非是扈驾，乃是所谓的监军。

这年八月十五日，康熙因"罗刹犯我黑龙江一带"，便遣副都统郎坦、公彭春率兵往打虎儿、索伦等地剿灭贼人。

清朝每逢征战，军帐中其实并无监军一职，大多是皇帝派遣亲信侍卫随同出兵，负责了解行军之事。而这一次，这重担便交给了纳兰。

这不正是纳兰所渴望的金戈铁马的生活吗？这不正是他建功立业的绝佳机会吗？然而，事实并非如此。当时，纳兰这个所谓的监军，只是负责向康熙汇报军中诸事，而行军之决策指挥，他一概不得插手——只能默默无声地做康熙皇帝的两只眼睛罢了，果然连那出塞和亲的王昭君都不如！这也就无怪乎纳兰悲叹了。

浣溪沙

万里阴山①万里沙,谁将绿鬓斗霜华②。年来强半③在天涯。

魂梦不离金屈戍④,画图重展玉鸦叉⑤。生怜⑥瘦减一分花。

笺注

① 万里阴山:从词意来看,此阕词与前阕乃是同时所作,皆是纳兰前往索伦监军之时。

② 古时常以绿、翠等形容头发乌黑之色,青丝绿鬓,皆指乌黑的头发。斗在此处乃相争之意思。霜华即霜花,代指白发。此句乃是说发丝由黑转白,人将老去。

③ 强半:即大半、过半的意思。杜牧《池州贵池亭》:"蜀江雪浪西江满,强半春寒去却来。"由此可知,纳兰自八月中下旬出京,至少有半年光景。

④ 屈戍:指门窗上的环钮、搭扣。因此物多用铜制成,故谓金屈戍,亦是一种雅称。明·陶宗仪《辍耕录·屈戍》记载:"今人家窗户设铰具,或铁国铜,名曰环纽,即古金铺之遗意,北方谓之屈戍,其称甚古。"纳兰此处乃是以金屈戍指代故家。

⑤玉鸦叉：即玉丫叉，乃是首饰的一种，因其形貌似树杈分枝，故而有此称。此处当是以玉丫叉指代闺中佳人。

⑥生怜：即可怜之意。纳兰身在阴山，心念家中，看着画图里佳人形容，仿佛见她日夜消瘦，不觉心中生怜。

赏评

韩菼的《纳兰君神碑道》里明确记载了纳兰的此次监军之行："康熙二十一年秋，奉使觇唆龙羌。道险远，君间行，疾抵其界，劳苦万状，卒得其要领还报。后唆龙输款而君已殁。上时出关，遣宫使拊其几筵，哭而告之，重悯其劳也。"

这里所说的唆龙即索伦的另一音译。单从韩菼的叙述来看，康熙似乎是十分看重纳兰此次出行的。此后索伦族归顺朝廷，然而纳兰已逝，康熙特命宫使前往哭告，以彰显纳兰之功。甚至将纳兰此行看作是安定西域，为东北收复雅克萨城、抗击沙俄入侵以及此后平定准噶尔的先期准备，是大大的功劳。

纳兰的许多友人也在其逝后作挽诗而哀悼。譬如朱彝尊称纳兰："出塞同都护，论功过贰师。"此处之都护，乃汉宣帝时始设的西域都护，专使西域三十六国，抚辑诸番。而贰师便是汉武帝时的贰师将军李广利。当时，大宛贰师有善马，却不肯献于大汉朝廷。汉武帝拜李广利为贰师将军，发兵征讨，凯旋而归。

翰林学士沈朝初有挽词《满江红》，赞纳兰："羡禁中颇牧，风消沙碛，玉塞功名追定远，金城方略思充国。"这是将纳兰比作战国名将廉颇、李牧，其功劳甚至超过了汉明帝时通疏勒、降莎车、走龟兹、斩焉耆王广的班固。

这叫人有些不解。若是纳兰真有如此功劳，为何他自己一言不提呢？就算不为自夸，如此功业，纳兰也该一舒豪气，可他为何依旧郁郁寡欢呢?

其实,这并不难解释。

古时为官为宰的人死了,都要有身后功名。尤其是纳兰这样的世家子弟,在朝廷多少有个一官半职的人,无论如何,都是会有追赠的。

那些生前不能妄加的功名业绩,死后追赠,于君王,是恩泽似海;于逝者,是身后荣耀。总之,都光彩体面,活着的人又何乐而不为呢?至于纳兰的真正心情,那些被他明明白白写在诗词中的失落和悲伤,都被大家暂时忽略了。

前往索伦监军之行,纳兰是不快乐的。他想要的男儿功业,终究未能得到。既然如此,久居这塞上边城,凄凉景致越发勾起思乡之情。

按《康熙起居注》记载,纳兰此行,当是于康熙二十二年(1683年)四月春初时节归来的。纳兰有一阕《采桑子》:

> 白衣裳凭朱栏立,凉月趖西,点鬓霜微,岁晏知君归不归?
> 残更目断传书雁,尺素还稀,一味相思,准拟相看似旧时。

词中关切纳兰岁末时节能否归来,一味相思的白衣佳人,想必就是官氏了。而远在塞上的纳兰也在思念她,怜惜她"瘦减一分花"。

至此,我们当更加容易理解《临江仙·永平道中》里纳兰"缄书欲寄又还休"的心情。身在军营,却无事可做,只能思念家人。功业不成本是愁,相思不得又是愁,这愁上作愁的纳兰,只怕是世上最苦的人。

清平乐

烟轻雨小,望里青难了①。一缕断虹②垂树杪③,又是乱山残照。

凭高目断④征途,暮云千里平芜。日夜河流东下,锦书应托双鱼⑤。

笺注

① 青难了:即青色看不尽之意。杜甫《望岳》诗:"岱宗夫如何,齐鲁青未了。"

② 断虹:即残缺的彩虹。想当时烟雨蒙蒙,故而彩虹不能全见。

③ 树杪:即树梢。王维《送梓州李使君》诗:"山中一夜雨,树杪百重泉。"

④ 凭高目断:即登高望断之意,极尽相思。宋·晏殊《诉衷情》词云:"凭高目断,鸿雁来时,无限思量。"

⑤ 锦书、双鱼皆是指书信,第一章《金缕曲·亡妇忌日有感》中已作注解。

赏评

这阕《清平乐》并不算纳兰塞上词中的佳作。

按纳兰平日里塞上词之文风,若是赶上边城风雨,必然要写其萧萧瑟瑟。然而此时却是细雨微微,犹如陌上轻烟。放眼望去,无涯之草原,皆是青绿之色,多少令人心情舒畅。树梢之上隐隐垂挂着半边虹桥,乱山残照,看去萧然,然心情却并非那般沉重。登高远望,不知征途何方,唯有千里暮云之下的茫茫芜草。流水日夜不息,向东而去,正是传寄家书的时候了。

自"烟轻雨小"四字开端抒情,这阕词便沾染上了一丝丝清新的气息。这在纳兰的塞上词里是极少见的。尽管词作的最后,纳兰还是有些乱山残照、望断征途的惆怅,却不能动摇那点清新之感,甚至还透着些难以察觉的喜悦。

也许,这阕词是纳兰写于出塞的归途之中,因为将要归家,所以愁思便减轻许多,不再是一味的凄凉悲怆。又或者,这阕词是写于刚刚出京不久,眼前景致还存着一些关内的柔和,不至于全是塞上荒凉。不管怎样,纳兰写这阕词时,心情多少是相对轻松的。这在他的塞上词中,很是难得。

这不由叫人猜测,这是否是纳兰前往索伦监军之时的词作,是否他心中还抱着一丝希冀,希望自己的人生能够借此有所转机?

往日里,纳兰这御前侍卫只是一件摆设,终日只能站立檐下,不可过问朝事。如今,监军营帐之中,虽不能干涉军事,却也比往日的境况要好得多。何况,能担任监军之职的乃是天子亲信,可见康熙还是看得见纳兰的。也许,只要纳兰用心办事,归去之后,便可真的得到重用,一展男儿抱负。

纳兰的好友、翰林院检讨秦松龄有十首《哭一等侍卫成容若七绝》诗,其中叹道:

> 争说新恩宠赉频，八年宿卫一亲臣，朋游聚散寻常事，端为朝廷惜此人。
>
> 奉使龙沙路几千，归来身在属车边，平隄夜试桃花马，明日君王幸玉泉。

纳兰自金榜题名，整整八年的光阴，只做了御前侍卫，乃至于身边友人们，都为朝廷感到惋惜：如此人才，竟不得用！终于，纳兰得到了奉使龙沙的机会，千里路程，风沙雨雪，终于归来。然而归来之后，又能怎样？

按《康熙起居录》，康熙二十二年（1683年）四月下旬，康熙皇帝曾三幸玉泉，那正是纳兰从索伦归来后不久。六月，康熙又同太皇太后往古北口避暑；七月，圣驾前往胡图克图；九月，康熙又巡幸五台山。

这接连不断的帝王出行，纳兰都扈从在侧。他仍旧是那个"身在属车边"的御前侍卫，是那个扈驾随行的跟班，他的人生轨道没有因为索伦之行而有任何改变。

所以，即使纳兰的塞上词里有少许的欢欣，那也只是一时的。其实，纳兰的词作里，本就很少有愉悦之情。我们所见之纳兰，似乎总是那个被颓唐与烦愁包围着的多情公子，是那个郁郁不得志的文人书生。纳兰似乎更愿意用词作来发泄他内心里的苦楚，那哀婉的词篇，一字一句，都是他的倾诉。也只有这样的倾诉，才能叫他的心里痛快一点。

台城路

塞外七夕

白狼河北①秋偏早,星桥②又迎河鼓③。清漏④频移,微云欲湿,正是金风玉露⑤。两眉愁聚⑥。待归踏榆花⑦,那时才诉。只恐重逢,明明相视更无语。

人间别离无数,向瓜果筵⑧前,碧天凝伫。连理千花,相思一叶,毕竟随风何处?羁栖⑨良苦。算未抵空房,冷香⑩啼曙。今夜天孙⑪,笑人愁似许⑫。

笺注

① 白狼河北:白狼河的北岸,这里代指塞上。白狼河,即大凌河。前篇《卜算子·塞梦》中已作注解。

② 星桥:即鹊桥。七夕传说中,喜鹊搭天桥,使牛郎织女得以相会。李商隐《七夕》诗:"鸾扇斜分凤幄开,星桥横过鹊飞回。"李清照《行香子·草际鸣蛩》词:"星桥鹊驾,经年才见。"

③ 河鼓:星名。古时称之为黄姑。《史记·天官书》中道:"河鼓三星,在牵牛北,自昔传牵牛织女七月七日相会,此星也。"由此可知,河鼓乃是牵牛星。

④ 清漏:指清晰的滴漏声。王昌龄《长信秋词》云:"熏笼玉枕无

颜色，卧听南宫清漏长。"

⑤ 金风玉露：典出秦观《鹊桥仙》："金风玉露一相逢，便胜却人间无数。"金风，即秋风。玉露，指白露。此处乃指秋天已到。

⑥ 两眉愁聚：此处或用柳永《甘草子》词："中酒残妆慵整顿，聚两眉离恨。"

⑦ 榆花：即榆树的花。唐·曹唐《织女怀牵牛》诗云："欲将心向仙郎说，借问榆花早晚秋。"

⑧ 瓜果筵：《荆楚岁时记》记载七夕风俗："妇女结彩缕，穿七空针，陈瓜果于庭中，以乞巧。"故而又称瓜果筵。

⑨ 羁栖：淹留他乡之意。白居易《送客春游岭南二十韵》诗云："路足羁栖客，官多谪逐臣。"

⑩ 冷香：指清香的花。宋·曾巩《忆越中梅》诗："今日旧林冰雪地，冷香幽绝向谁开？"李清照《念奴娇·萧条庭院》词："被冷香消新梦觉，不许愁人不起。"后世亦以冷香代指女子，纳兰此处当指闺中妻子。

⑪ 天孙：即织女星。《史记·天官书》："河鼓大星……其北织女。织女者，天孙也。"

⑫ 笑人一句：此处当化用李商隐《马嵬》诗之典故："此日六军同驻马，当时七夕笑牵牛。"李商隐此处乃是讽刺李隆基与杨玉环七夕密誓，笑看天上织女牵牛星不得终生相守，却未能料到今日六军不发、生死离别的大祸。而纳兰用此典，亦是自我嘲讽，意思是那天上织女牛郎正笑看他人间爱侣不能团圆。

赏评

关于这阕词的创作年代有两种说法。康熙二十二年（1683年）和二十三（1684年）年，康熙都曾在夏天前往古北口避暑，都在那里过了七夕。不同的是，二十二年（1683年）的七夕，康熙驻跸于鲜流河边，而二十三年（1684年）的七夕，则驻跸于松林。

有学者认为，松林一代海拔较高，故而物候要更寒冷一些，不该是"金风玉露一相逢"的初秋时节，因此，这阕《台城路·塞外七夕》乃是纳兰作于康熙二十二年（1683年）的七夕。

从词意而言，这阕词究竟写于什么时候，似乎并不重要了。纳兰的凄苦哀伤，一如既往地呈现在眼前。七夕之夜，那一年只能相会一次的牛郎织女都可鹊桥相见，而纳兰，却在这塞上孤寂冷落，无人相陪。他羁栖良苦，却也比不上闺中空房里"冷香啼曙"。

想来，纳兰的同僚们几乎没有谁会像他这样，把御前侍卫的名衔看作无物，把扈驾随从的重任看作苦差。

姜宸英的《纳腊君墓表》里说：

> 自上所巡幸西苑、南海子、沙河及医巫闾山，东出关玉乌喇，南巡上泰岱，过祀阙里，渡江以临吴会，君鲜不左櫜鞬右櫜笔以从。遇上射猎，兽起于前，以属君，发辄命中，惊其老宿将。所得白金绮绣、中衣袍帽、法帖佩刀、名马香扇之赐，前后委属。间令赋诗，奉诏即奏稿，上每称善。

这里的纳兰，"左櫜鞬右櫜笔"，文武双全：骑射能叫老将惊叹，诗文能得圣君称赞。然而，这些所谓的功绩，却从不入纳兰真性情的诗词，也未曾令他欢喜。或许，纳兰眼中，自己不过就是君王的笼中金丝雀，供人玩赏罢了。

徐乾学的《纳兰君墓志铭》里说："其扈跸时，毡帐内雕弓书卷，错杂左右，日则校猎，夜必读书，书声与他人鼾声相和。"如此看来，在纳兰愁苦难耐的扈驾生涯里，能令他心境平和下来的，也只有读书了。

第五章 立马江山千里目

有时觉得,纳兰的一生是不自由的。

从出生到死亡,纳兰的人生大事,几乎都是安排好的,且最终结果都是不如意的:好容易得到了闺中知己,卢氏却又早早亡故;好容易得中了功名,却替康熙看了一辈子的门。

纳兰十年御前侍卫生涯里,纵然游览江山,也只是跟随着康熙的脚步。尤其是巡边出塞时,那边城景致,只让纳兰沉郁的心越发悲凉,塞上词篇,篇篇令人心碎。直到康熙二十三年(1684年)九月,圣驾南巡。

山温水软的江南,自古便是文人向往之地。何况,那里还是纳兰许多老友的故乡。往日,纳兰只能从顾贞观、姜宸英的口中听取江南风貌,只能从他们的诗词里,猜一猜江南美景。而今,这镜花水月的江南,终于就要成为现实了。

立马江山,遥望千里。此生得去江南,终于令纳兰的心情稍稍振奋。故而,相对于塞上词,纳兰的江南词便明媚清朗多了。纵然是怅然咏史,也显得心境开阔些。苍天或许是知道纳兰命将不久,故而让他一生中最后一次的扈驾随行,有了一点点可以描摹的色彩。

梦江南

江南好,铁瓮①古南徐②。立马江山千里目,射蛟③风雨百灵④趋。北顾⑤更踌躇。

江南好,一片妙高⑥云。砚北⑦峰峦米外史⑧,屏间楼阁李将军⑨。金碧矗斜曛⑩。

笺注

①铁瓮:即铁瓮城,乃京口北固山前的一座古城,乃东吴孙权所建,在今江苏镇江。南朝顾野王《舆地志》中描述铁瓮城:"吴大帝孙权所筑,周回六百三十步,开南、西二门,内外皆固以砖壁。"唐·杜牧《润州》诗云:"城高铁瓮横强弩,柳暗朱楼多梦云。"

②南徐:镇江市古时名称。东晋时衣冠南渡,朝廷于京口侨置徐州。南朝宋元嘉八年,以江南晋陵地为南徐州,故称南徐。

③射蛟:典出《汉书·武帝纪》:"五年冬,行南巡狩……自寻阳浮江,亲射蛟江中,获之。"后世以射蛟来形容帝王勇武。

④百灵:灵即神的意思,百灵乃指众神仙。陆机《太山吟》云:"幽涂延万鬼,神房集百灵。"

⑤北顾:即北固山。此山北临长江,形势险固,故名北固。相传,山上甘露寺乃三国时孙权招亲刘备之地。又传说南朝梁武帝登高远眺,

见山河形势,蔚为壮观,曾亲题"天下第一江山",并改名北顾。宋·辛弃疾有《南乡子·登京口北固亭有怀》《永遇乐·京口北固亭怀古》词,皆是咏史名篇。

⑥ 妙高:即妙高山。镇江三山之金山的最高峰,形势极胜。上有妙高台,常有浮云缭绕,景观绝妙。

⑦ 砚北:古时桌案面南,人坐砚北,故而以"砚北"指代从事著作。宋晁说之《感事》诗云:"干戈难作墙东客,疾病犹存砚北身。"

⑧ 米外史:宋代画家米芾,字元章,号鬻熊后人、火正后人,又号海岳外史。其山水画远宗王洽,近师董源,别出新意,自成一派。此句乃是说妙高峰景色如米芾之山水画。

⑨ 李将军:唐代画家李思训,字建睍,乃李唐宗室,曾以战功闻名于时,任武卫大将军,故世称"大李将军"。明代画家董其昌推其为"北宗"之祖,善画山水树石,笔力遒劲,金碧辉映,自成家法。

⑩ 斜曛:即落日余晖。此处正是形容妙高山落日景象与李思训的画一般无二。

赏评

康熙二十三年(1684年)九月二十八日,天子南巡的车马,浩浩荡荡地离开了北京城。

这几年内,朝廷平了吴三桂,收复了台湾,正值青壮年的康熙皇帝,必然是意气风发的。圣驾过霸州,入济南,登泰山极顶,察黄河水情,随后便乘着龙舟,沿京杭大运河一路南下,直到京口。

古人认为,"丘绝高曰京"。京口这里有北固山、金山与焦山,起伏连绵;那山下,便是滚滚东流的长江与贯通南北的大运河交汇之口。这里是长江天堑上的水运重镇,亦是自古以来兵家必争之地。

东汉建安十三年(208年),也就是赤壁大战的那一年,年仅二十六岁东吴之主孙权将都城从苏州迁至京口,筑造了铁瓮城。从此之后,每一个到过京口的壮志男儿,都要登北固山而瞭望,千里江山,都在眼底。那时节,必然是豪情万丈!

> 何处望神州?满眼风光北固楼。千古兴亡多少事?悠悠。不尽长江滚滚流。年少万兜鍪,坐断东南战未休。天下英雄谁敌手?曹刘!生子当如孙仲谋。

辛弃疾的《永遇乐》词,乃是他报国壮志不得实现的呼号。按寻常之理,仕途不得意的纳兰若是到了京口,立马北固山上,也该有一腔豪情。可是纳兰看到、想到的,却是另一番景象。

立马江山千里目,纳兰看到的是当年东吴、东晋、南朝乃至南宋的半壁江山,是"北顾更踌躇"的忧虑。这京口山形水势虽然壮观,然而,若是只守着半壁江南,就算登得上这北固山,北望之时,难道不该忧虑彷徨吗?

史载,金废帝完颜亮曾在正隆四年(1159年)的冬天遣使入宋,后来,使团中的画工将临安城图献给完颜亮。完颜亮一看便坚定了起兵南下之心,并题诗《南征至维扬望江左》曰:

> 万里车书一混同,江南岂有别疆封。拥兵百万西湖侧,立马吴山第一峰。

两年后,完颜亮果然率兵攻宋,一路打至长江北岸。可正当他要"立马吴山第一峰"时,却因北方完颜雍的自立而内外交困,最后竟被部将射死在营帐之中,他的脚步永远留在了江北瓜洲。

当日,康熙登北固山,称"半面烟岚雄北固,一方形势控东吴"。在这样一个人人都盛赞江山形势的地方,纳兰却看到了历史兴亡的另一面。纳兰于历史、国政上的忧虑,便已经露出端倪。

梦江南

江南好,佳丽数维扬[①]。自是琼花[②]偏得月[③],那应金粉[④]不兼香。谁与话清凉。

笺注

①维扬:即今江苏扬州市。《尚书·禹贡》云:"淮海惟扬州。"后毛苌所注《诗经》中,将"惟"字写作"维",后人便以"维扬"作为扬州之别称。

②琼花:扬州琼花最为美妙,自古以来就有"维扬一株花,四海无同类"之美誉。《清统一志》中记载,汉元延中,扬州即建有琼花观。扬州后土祠中有一唐时琼花,叶柔平莹泽,花大瓣厚,色泽淡黄,清香异常。清·王士禛《香祖笔记》中道:"世言琼花,天下惟扬州蕃厘观一株。"

③偏得月:此处或化用唐诗人徐凝《忆扬州》诗:"天下三分明月夜,二分无赖是扬州。"乃言扬州月色最佳,琼花开时,更得月色之美。

④金粉:一说为黄色的花粉。李白《酬殷明佐见赠五云裘歌》诗云:"轻如松花落金粉,浓以锦苔含碧滋。"一说为菊花。欧阳修《渔家傲》词:"唯有东篱黄菊盛,遗金粉。"不管怎样,纳兰此处当以金粉指代琼花,又以琼花指代维扬佳丽。

赏评

在江南诸城里,扬州是个很别致的地方。

扬州在长江北岸,其诸多美景却天然具备江南岸的韵致,甚至比江左古都南京城更显妩媚。

扬州古来多佳丽。南朝鲍照专为扬州而写的《芜城赋》里称:"东都妙姬,南国佳人,蕙心纨质,玉貌绛唇。"这就无怪乎隋炀帝登基后,一心想要回到这座佳丽之城,回到这个他帝王大业开始的地方,甚至不惜倾尽举国财力、人力,开凿运河。

《炀帝开河记》里称,隋炀帝圣驾出巡时,"舳舻相接二百余里,照耀川陆,骑兵翊两岸而行,旌旗蔽野"。宋朝时,有好事者假托唐颜师古之名撰写了一部名叫《大业拾遗记》的传奇,道隋炀帝"每舟择妙丽长白女子千人,执雕板缕金楫"牵挽龙舟,号为"殿脚女"。从此之后,世人便为隋炀帝下扬州编排了无数香艳故事,隋炀帝也彻头彻尾地成了一个荒淫无道的昏君。

在扬州,还有好些关于隋炀帝与琼花的故事。一则是说,扬州有位名叫观郎的少年,偶然救助了一只受伤的白鹤。那白鹤在观郎成亲之日衔来一粒种子,以示祝贺。这粒种子后来长成一株琼花,花瓣会时时变换颜色,极为华美。隋炀帝听说了,便来扬州看琼花,谁知琼花耻于见昏君,立即凋零。隋炀帝大怒,拔出剑来砍断花树,琼花便化作一道金光,随着白鹤飞走了。

其实,琼花真正被培育出来,乃是在隋炀帝死后三百多年的北宋时代。所以,隋炀帝是一辈子不曾见过琼花的。倒是他开凿的大运河,百代以来,流淌至今,让后世的帝王康熙,可以乘着龙舟,一路南下,在扬州看到了琼花。

真实的历史上,隋炀帝下扬州,乃是为安抚江南士族,亦是为了炫耀其帝王功业。而康熙南巡至江宁府南京城时,登紫金山,祭明孝陵,不也是为了安抚江南遗老遗少?不也是为了炫耀其平云南、收台湾之功业吗?

纳兰笔下的琼花是美丽的,可是纳兰偏偏要问她:"谁与话凄凉?"可见,纳兰此时想的,果然也不是什么古来历史,帝王功业;他感慨的只是一朵琼花,是那些被时光消磨了青春的江南佳丽们,还有江南美景。也许,还有他自己。

梦江南

江南好,虎阜①晚秋天。山水总归诗格②秀,笙箫恰称语音圆③。谁在木兰船④。

笺注

①虎阜:即虎丘,在苏州西北门外,一名海涌山。相传春秋时吴王夫差葬其父阖闾于此,葬后三日有白虎踞其上,故名虎丘。北宋理学家朱长文认为"丘如蹲虎,以形名"。《吴地记》载:"虎丘山绝岩纵壑,茂林深篁,为江左丘壑之表。"

②诗格:指诗之风格。此句意思是说,姑苏山水清幽秀丽,极富诗情画意。

③语音圆:姑苏方言柔润甜美,素有吴侬软语之说。不过,纳兰此处所指当是昆曲水磨腔。明·魏良辅将昆山腔改革,以箫、笛、拍板、琵琶、锣鼓等乐器为伴奏,使唱腔变得委婉细腻、流利悠远,世称水磨腔。明·袁宏道《虎丘记》里写虎丘赛曲:"一箫,一寸管,一人缓板而歌,竹肉相发,清声亮彻,听者魂销。"

④木兰船:即木兰舟。典出南朝任昉《述异记》卷下:"木兰洲在浔阳江中,多木兰树。昔吴王阖闾植木兰于此,用构宫殿也。七里洲中,有鲁般刻木兰为舟,舟至今在洲中。诗家云木兰舟,出于此。"由此可知,木兰舟乃是对船只的美称。

赏评

《梦江南》的词牌名,有许多别名。

按《乐府杂录》中记载,这词牌乃是唐朝金陵名妓谢秋娘所创,故而原名叫做《谢秋娘》。后来,白居易用此词牌填了三阕词:

> 江南好,风景旧曾谙;日出江花红胜火,春来江水绿如蓝。能不忆江南?

> 江南忆,最忆是杭州;山寺月中寻桂子,郡亭枕上看潮头。何日更重游!

> 江南忆,其次忆吴宫;吴酒一杯春竹叶,吴娃双舞醉芙蓉。早晚复相逢。

白居易曾任杭州刺史与苏州刺史,晚年归居洛阳后便时时思念江南风景。这三阕词里,只见他不停地唠叨"江南好""江南忆",于是《谢秋娘》的词牌名便干脆被改作了《忆江南》。此后,无论是《望江南》《江南好》,还是《梦江南》,这一词牌总是脱不了江南的气息。

纳兰以《梦江南》为词牌名而填词,显然是有的放矢的。想必从康熙圣驾舟马南下的那一刻起,纳兰就盼着见到他梦中的江南了。所以,每至一处,纳兰便要填词一阕,以记录他在江南的足迹。

康熙二十三年(1684年)十月二十四日,在游览了京口北固山、金山之后,康熙帝便一篙南下,直奔着人间天堂姑苏城去了。

康熙没有去白居易词中所写、住过越女西施的灵岩山馆娃宫,也没有去尽人皆知的寒山寺、拙政园,而是去了"吴中第一胜景"虎丘山。

据说,在远古时代,虎丘山乃是海湾中的一座小岛。潮起潮落,虎丘时隐时现,宛若仙山,故而世人又称之为"海涌山"。待经历了沧海桑田之变后,海水退去,虎丘山却留了下来,但是虎丘山上的景致,无一不与大海有关:海涌桥、望海楼、海泉亭……

但是,于帝王康熙而言,这虎丘山最吸引他的,恐怕是对吴王阖闾、春秋争霸的遥想。前496年,阖闾死于吴越樵李之战,夫差将其安葬在虎丘,以鱼肠宝剑陪葬。其后,夫差励精图治,大败越国,这才有了卧薪尝胆、勾践灭吴的历史。

一代霸主,千秋功业,虽然最终化作山土,但虎丘盛名,仍旧长存。

这大概也是康熙皇帝想要的吧?

不过,令人好奇的是,素来喜欢评史的纳兰,此时却没有考虑这些。他的眼里没有虎丘的沧桑,也没有吴越争霸的激昂。纳兰似乎与白居易想的一样,只在乎那些纯情柔美的事物。虎丘山的晚秋风景,已然不可用画卷形容,而是一首灵秀的诗篇。

不知何处,遥遥传来歌声,吴侬软语,和着笙箫管笛,那般圆润甜美,令人心醉。看湖山之间,轻舟飘荡,也不知那木兰船上,坐着的是谁。

梦江南

　　江南好,真个到梁溪①。一幅云林②高士画,数行泉石故人题③。还似梦游非?

　　江南好,水是二泉④清。味永出山⑤那得浊,名高有锡⑥更谁争。何必让中泠⑦。

笺注

　　①梁溪:水名,在无锡西门外。源出惠山,流入太湖,初时水道极窄,南梁时得到疏浚,故称梁溪。一说乃是东汉高士梁鸿隐居于此,故名梁溪。纳兰此处以梁溪代指无锡城。

　　②云林:即倪瓒,字元镇,号云林居士,元末画家,山水画自成一格。纳兰于书画上亦有造诣,前篇以米芾、李思训之画比妙高山,此处又以倪瓒之画比无锡景致,可见其用心独到。

　　③故人题:乃指泉石边上多是故人题诗。纳兰交往友人中,江浙名士居多,故而有此一说。

　　④二泉:即无锡西郊惠山泉。此泉水质极佳,最宜煎茶。相传茶圣陆羽品天下水,谓此泉第二,故而又名"陆子泉",后世亦称之为"二泉"。

　　⑤出山:此处当化用杜甫《佳人》诗句:"在山泉水清,出山泉水浊。"

⑥有锡：惠山之侧有锡山，因山中多锡矿而得名。据《锡金县志》记载，周秦时代，锡山发现铅锡，百姓竞相开采。故此地原名"有锡"。至西汉初年，锡矿挖掘殆尽，就被命名为"无锡"。《东周列国志》中有一民谣："有锡兵，天下争；无锡宁，天下清。"意思是说，有锡矿制造兵器，天下便要战乱，没有锡矿，天下便安宁了。由此可知无锡城名之历史深意。

⑦中泠：即中泠泉，在镇江金山下，今已不存。据宋·王十朋《东坡诗集注·游金山寺》中注解："扬子江有中泠水，为天下点茶第一。"

赏评

读罢此词，叫人不由遐想：纳兰在泉石上见到的故人题词，该是谁的字迹呢？

纳兰友人中，江南名士居多，而顾贞观、严绳孙二位至交，恰都是无锡人。纳兰扈驾南行，来至无锡时，顾贞观恰好已经离开了江南，领着沈宛前往京城。而彼时的严绳孙正在顺天府的乡试上做副考官，也不在江南。若是纳兰能在千里之外，在顾贞观与严绳孙的故园看到他二人留下的石上题字，那心情，真个就如他自己所说："还似梦游非。"

大约正是因为纳兰想到了老友，所以在见到无锡惠山泉时便不由想到了杜工部《佳人》里的那句"在山泉水清，出山泉水浊"。

杜工部之诗，乃是以绝代佳人自比，表达他纵然遭君王遗弃，为俗世所轻视嘲讽，亦不肯轻易更改"矜持慷慨，修洁端丽"的本性，不愿与浊世同流合污的决心。

第一阕词所说的高士倪瓒倪云林，也是这样一个人。

倪瓒生活在元末明初的战乱时代，便避居乡里，不愿沾染俗尘。那时，吴王张士诚之弟张士信差人拿了画绢去寻倪瓒，出高价请其作画。谁料，倪瓒怒火冲天，将金银扔出门外，撕碎了画绢,道:"我岂能为王门画师!"后来,倪瓒出门游湖恰遇张士信。张士信命人痛打了倪瓒一顿,倪瓒却咬紧牙关,不出一声。友人听了,便问他为何,倪瓒不屑道:"一出声便俗了。"

纳兰此时想起辞官不做的顾贞观,想起避试不考的严绳孙,便越发理解了他们的想法。泉水在山仍可清澈见底,一旦出山便容易沾染污垢。高洁如顾贞观、严绳孙之辈,若是真个沦落于宦海风尘,岂非就是那出山泉水,再难明澈了?

然而,《渔父》歌里却也唱道:"沧浪之水清兮,可以濯我缨;沧浪之水浊兮,可以濯我足。"孔子便曾以此教训弟子们:"小子听之!清斯濯缨,浊斯濯足矣。自取之也。"也就是说,人之高贵明澈,不在水清水浊,而在心。

《诗经·四月》篇里也说:"相彼泉水,载清载浊。"由此可知,做官的未必就浊,不做官的未必就清。只要心如明镜,情志如一,便可不惧世人之评论。

于是,纳兰再看眼前之惠山泉,这因陆羽品评就被认作"天下第二泉"的泉水当真就不如那第一泉中泠泉吗?前明文坛领袖王世贞曾为惠山泉题诗:"一勺清泠下九咽,分明仙掌露珠圆;空劳陆羽轻题品,天下谁当第一泉?"

可见,这世上总是有慧眼的,不因外物议论而改变初衷。如此说来,无论顾贞观、严绳孙他们做不做官,出不出仕,只要心纯净,便足够了。

那么,纳兰呢?他是否也在这一瞬间想通了呢?

梦江南

江南好,建业①旧长安。紫盖②忽临双鹢③渡,翠华④争拥六龙⑤看。雄丽却高寒⑥。

江南好,城阙尚嵯峨⑦。故物陵前唯石马⑧,遗踪陌上有铜驼⑨。玉树⑩夜深歌。

江南好,怀古意谁传。燕子矶⑪头红蓼⑫月,乌衣巷⑬口绿杨烟。风景忆当年。

笺注

① 建业:古都南京之旧称。东汉建安十六年(211年),吴主孙权将治所从京口迁往秣陵,次年改秣陵为建业,修筑石头城。黄龙元年(229年),孙权在武昌称帝,九月即迁都于此,南京六朝古都之历史,由此开始。纳兰此处的长安乃是都城的代称,李白《金陵》诗中便有"晋家南渡日,此地旧长安"之句。

② 紫盖:盖为古时遮阳避雨之物,平顶而垂幔,曲柄或直柄。古人认为,紫色乃帝王专属颜色,故而紫盖便成了帝王仪仗的一种。南朝沈约《齐故安陆昭王碑》中道:"陪龙驾于伊洛,侍紫盖于咸阳。"

③ 双鹢：鹢乃是一种水鸟。古时常将鹢鸟绘于船头，以震慑江神。《太平御览》中引晋朝吕静《韵集》道："鹢首，天子舟也。"可知此处乃是康熙之龙舟。

④ 翠华：一种用翠鸟羽毛作装饰的旗子。司马相如《上林赋》云："建翠华之旗，树灵鼍之鼓。"此处代指皇帝之车驾。

⑤ 六龙：亦指皇帝车驾。因古时帝王车驾用马六匹，所以六龙也是帝王的代称。杜牧《长安晴望》诗云："回识六龙巡幸处，飞烟闲绕望春台。"纳兰此处乃是形容康熙巡幸至南京时的盛况，据《熙朝新语》所载，康熙行至南京，"父老从观者数万人"，乃"古今未有之盛举"。

⑥ 雄丽句：当时化用宋张孝祥《水调歌头·金山观月》词："江山自雄丽，风露与高寒。"

⑦ 嵯峨：形容城墙高峻。李商隐《咸阳》诗："咸阳宫阙郁嵯峨，六国楼台艳绮罗。"

⑧ 石马：古时帝王陵墓前之神道石刻。杜甫《玉华宫》诗："当时侍金舆，故物独石马。"

⑨ 铜驼：即铜铸的骆驼，古时以此置于宫门外，后铜驼亦代指宫廷。《晋书·索靖传》记载："靖有先识远量，知天下将乱，指洛阳宫门铜驼，叹曰：'会见汝在荆棘中耳！'"故而铜驼亦有兴亡之意，纳兰此处正是用此典感慨历史。

⑩ 玉树：即陈后主《玉树后庭花》之典故。"后庭花"本为花名，生长于江南，多种植于庭院中，花开白色，宛如美玉，故而称作"玉树后庭花"。南朝陈后主陈叔宝贪恋声色，却精于词赋。他作《玉树后庭花》之曲，常与张贵妃、孔贵嫔后宫歌舞宴饮，终于亡国。故而后世以《玉树后庭花》为亡国之音。

⑪ 燕子矶：在今南京栖霞区观音门外。矶岩峭绝，三面临江，状如飞燕，故得名。燕子矶乃长江三大名矶之首，有"万里长江第一矶"之称。

⑫ 红蓼：一种水草，高数尺，秋日生红穗，故得名。古来诗词中，红蓼多有离愁之寓意。

⑬ 乌衣巷：在今秦淮河畔。《金缕曲·赠梁汾》篇中已作注解。

赏评

南京城，江宁府。这是康熙第一次南巡的目的地。他在这里待了四天。

十一月初一登雨花台，观古都之山川形势。初二，谒明太祖朱元璋之孝陵，访明故宫旧院，作《过金陵论》，意在"取前代废兴之迹，日加儆惕焉"，并下旨地方官，用心护卫孝陵。初三，至江宁教场，观各将军、副都统、总兵等官及内大臣、侍卫等骑射，并亲自弯弓射箭，十发九中，围观之士民数万人无不踊跃欢呼。初四，因江宁知府于成龙居官廉洁，遂令大学士明珠传谕于成龙，赐御书手卷一轴，以示旌扬，并嘱其善始善终，毋改操守。随后圣驾启程，离宁返京。

看康熙在南京之行踪，便知纳兰词中所写，句句属实。

第一阕，纳兰只写江宁百姓，万众围观，恭迎圣驾之喧闹。"紫盖忽临双鹢渡，翠华争拥六龙看"之句，虽然合情合理，却意境平平，叫人差点误以为这是御前粉饰之作。但看那结句，"雄丽却高寒"五个字，一下将词境翻转，似是在说这圣驾南巡之繁华背后的凄凉，又似在诉纳兰心中的孤冷，甚至将南京这六朝古都、偏安之城的历史沧桑都说尽了。

待至第二阕，纳兰随驾前往明孝陵、明故宫，那悲凉之意就愈发浓烈了。明太祖朱元璋所修之南京城阙尚还嵯峨雄壮，可是那山陵之上唯有石马相伴，旧宫门前夜只剩铜驼。其实，大明朝并非真的因那《玉树后庭花》的歌声而亡国。但朝代之更迭，历史之轮回，虽不全然相似，却都有值得后人警醒之处。

燕子矶旁蓼花正红，乌衣巷口杨树尚绿，这城中风景，大约也同往昔一样吧？叫人无限感慨。只是，纳兰的这番怀古之意，又能够向谁倾诉呢？

梦江南

江南好,何处异京华。香散①翠帘多在水,绿残②红叶胜于花。无事③避风沙。

笺注

① 香散:指花朵的清香之气散开。此句当化用白居易《阶下莲》"叶展影翻当砌月,花开香散入帘风"之句。

② 绿残:即绿色渐渐消退之意。纳兰至江南时乃是深秋时节,此时江南的草木虽也有凋零,却不似北方尽是枯枝,仍旧带着或金或红的叶子,故而才有胜于春花之美。

③ 无事:即无须之意。纳兰此处乃是说江南山温水软,气候宜人,不似北方风沙漫天。

赏评

纳兰的《梦江南》词,在这里终于结束了。

这一阕,是最后的结语。纳兰在看过京口的山河形胜,维扬的佳丽金粉,姑苏的山水诗格秀,无锡的泉石故人题,以及金陵旧时王城之风貌后,纳兰将江南的好,都总结在这里了。

江南不似京城,那馨香的花草多生在水中,那秋日红叶更胜于春花。江南最好之处，便是那山温水软的气候，毫无塞上的风沙之苦。

记得当年，纳兰因思念南归故里的严绳孙，特意作了一阕《浣溪沙》寄去，猜测遥想着严绳孙在江南"笔床茶灶太从容""画眉闲了画芙蓉"的闲淡生活。如今，纳兰自己真个去了江南，见到了江南之柔美，便一下子心动了。

那样美丽的江南，正可远离尘嚣，或是闭门读书，或是知己相聚，过着自在舒适的日子。何苦在这京城之中，蒙受宦海风尘之苦。纳兰之爱江南，非是只爱风景，而是在那里更容易寻得一份宁静。

这是纳兰最想得到的，却也是他始终得不到的。

纳兰至纯的性情使他无法承受官场之风波，他不是太柔弱，而是太纯粹。他只想着报效家国，却不愿去想那些官场沉浮之道，他不愿自己的真心蒙垢，故而时时痛苦纠结。

这样的心情，若是放在纳兰的塞上词里，那西风冰河、残阳荒山的景致，必然叫他更加悲苦，故而词境凄凉。然而，值得庆幸的是，纳兰见到了江南，纵然有历史沧桑之叹，可那多情柔美的山山水水、花花草草，总能缓解心中之悲。

所以，纳兰用一句"无事避风沙"记住了江南的好。

康熙圣驾于十一月初四自江宁府起驾返京，二十八日抵达京城南苑，二十九日回到紫禁城中。康熙的第一次南巡结束了，纳兰的江南之行也随之结束了。

纳兰知道，他御前侍卫的生涯还得继续，这宦海的风沙，总要承受。但是，心中若能持一份美好的念想，多少也可安慰。只是可惜，纳兰不知道，这一次江南之行，竟是他最后的扈驾随行。

纳兰那些对现实的失落与失望，如果能因一丝从江南带回来的怡然而稍稍减淡，那么，他生命的最后一段，也算值得了。

浣溪沙

红桥①怀古,和王阮亭②韵

无恙年年汴水③流。一声水调④短亭秋。旧时明月照扬州。

曾是长堤⑤牵锦缆⑥,绿杨清瘦至今愁。玉钩斜⑦路近迷楼⑧。

笺注

①红桥:古时扬州北门外的一处景致。清初吴绮《扬州鼓吹词序》中记载:"红桥在城西北二里。崇祯间形家设以锁水口者,朱栏数丈,远通两岸。而荷香柳色。雕楹曲槛,鳞次环绕,绵亘十余里。春夏之交,繁弦急管,金勒画船,掩映出没于其间,诚一郡之丽观也。"纳兰好友陈维崧也曾作《扬州红桥》诗:"轻红桥上立逡巡,绿水微波渐作鳞。手把柳丝无一语,十年春恨细如尘。"

②王阮亭:即王士祯。原名王士禛,字子真,号阮亭,又号渔洋山人,人称王渔洋。后世文学史中,"王士禛"与"王士祯"两名常常通用。王士祯乃山东新城人,博学好古,能鉴书画鼎彝之属,精金石篆刻,诗为一代宗匠,与朱彝尊并称"南朱北王"。康熙时主盟诗坛,主"神韵说"。早年,王士祯与陈维崧等人游红桥,赋《浣溪沙》词三阕,纳兰所和之词,

乃是第一阕《浣溪沙·北郭清溪一带流》。

③ 汴水：古河名。京杭大运河自荥阳至盱眙，连接黄河与淮河的河段，古称汴渠，今已不存。白居易《长相思》词有"汴水流，泗水流，流到瓜洲古渡头"之句，颇为伤感。

④ 水调：此为曲调名，与平常所知词牌名《水调歌头》并不同。传说为隋炀帝为开凿运河所创，后成为宫廷大曲。唐·杜牧《扬州》中道："谁家唱水调，明月满扬州。"

⑤ 长堤：此处指隋堤。隋炀帝曾于通济渠、邗沟筑堤植柳，后人将此一带称作隋堤。白居易有《隋堤柳》诗："隋堤柳，岁久年深尽衰朽，风飘飘兮雨萧萧，三株两株汴河口。"

⑥ 锦缆：出自《大业拾遗记》中隋炀帝以"锦帆彩缆"拉纤龙舟的故事。

⑦ 玉钩斜：即隋炀帝时埋葬宫人之处。第一章《青衫湿遍》词中已作注解。

⑧ 迷楼：相传为隋炀帝所建之楼，在扬州西北郊。唐·冯贽《南部烟花记》中道："迷楼凡役夫数万，经岁而成……帝大喜，顾左右曰：'使真仙游其中，亦当自迷也。'故云。"

赏评

文人雅聚，常有和韵诗词。

何为和韵？就是依照原诗所押韵脚而作新诗。最难的一种便是全用原诗之韵脚原字，翻作新篇。

王士禛原词如下：

> 北郭清溪一带流，红桥风物眼中秋，绿杨城郭是扬州。
> 西望雷塘何处是？香魂零落使人愁，淡烟芳草旧迷楼。

康熙元年（1662年），在扬州任推官的王士禛与陈维崧等友人游赏红桥，慨叹历史，写下了这阕词。那时节，京城内务府郎中明珠府上，大公子纳兰性德，年方八岁。

康熙四年（1665年），王士禛升任户部郎中，来至京城，而他的那一句"绿杨城郭是扬州"，为时人吟诵不绝，更有画者以此为题，作画数篇。大约就是那时，少年的纳兰便对王士禛的这阕《浣溪沙》埋下了深深的情结。

康熙十五年（1676年）的春天，纳兰金榜题名。随后不久，其诗词才藻之名，传遍京城。在翰林修撰陆肯堂为纳兰所作的挽诗里有这样一句："例从文选起，语自衍波传。"衍波，即王士禛之《衍波词》。可见，纳兰之才名远扬，是得益于王士禛的推荐。

王士禛与陈维崧等人交好，纳兰早年亦有《为王阮亭题戴务旃画》诗一首。可知当时，王士禛也是纳兰座上嘉宾；而纳兰待王士禛，自然是恭敬有加，谦卑虔诚。然而，在今日所见王士禛之诗词文集中，我们却看不到半点纳兰的影子。康熙三十九年（1700年）进士陈聂恒曾自刻其词集《栩园词弃稿》，求得顾贞观为之作序，题为《顾梁汾先生书》。在这篇论词的文章里，顾贞观这样写道："吾友容若，其门地才华，直越晏小山而上之，欲尽招海内词人，毕出其奇……渔洋复位高望重，绝口不谈。"

究竟是什么事，竟使得王士禛对纳兰"绝口不谈"？清同治年间陈康祺的《郎潜纪闻》里记载说，有一年，明珠做寿，徐乾学请王士禛作诗一首，以为宴席助兴。岂料素来孤傲的王士禛不肯"曲笔以媚权贵"，坚决不从。故而后世都以为，王士禛与纳兰绝交，其实是因王士禛与明珠生出嫌隙。

这样的传言究竟是否属实，我们已无从考证。康熙二十三年

（1684年），在王士祯作《浣溪沙·北郭清溪一带流》一词整整二十三年后，纳兰亦于扬州红桥，酬和了这阕词。至少，纳兰的心，至此是真诚的。

至此，忽然想到那阕《木兰花·拟古决绝词柬友》：

> 人生若只如初见，何事秋风悲画扇。等闲变却故人心，却道故人心易变。

莫非纳兰此词，正是为王士祯所作？

满江红

为曹子清①题其先人所构楝亭②,亭在金陵署中

籍甚平阳③,羡奕叶④、流传芳誉。君不见、山龙⑤补衮⑥,昔时兰署⑦。饮罢石头城⑧下水,移来燕子矶边树。倩一茎、黄楝⑨作三槐⑩,趋庭⑪处。

延⑫夕月,承晨露;看手泽⑬,深馀慕。更凤毛⑭才思,登高能赋⑮。入梦凭将图绘写,留题合遣纱笼⑯护。正绿阴⑰、青子⑱盼乌衣⑲,来非暮⑳。

笺注

①曹子清:即曹寅,字子清,号楝亭。满洲正白旗内务府包衣,康熙十一年(1672年)与纳兰同登顺天府乡试之榜,后亦入宫为侍卫,与纳兰同在御前。康熙二十三年(1684年),因其父曹玺病逝于江宁织造任上,曹寅奉旨"协理江宁织造事务"。

②楝亭:曹玺在江宁时,曾于署衙内手植楝树一株,筑亭于侧。曹玺逝后,曹寅重修此亭,题名楝亭,邀友人绘图题咏以纪念,严绳孙、纳兰、姜宸英等俱留下手迹。《楝亭图卷》共四卷十幅,今尚存。

③平阳:古地名,在今山西临汾一带。此处当是指汉时平阳侯曹参。

纳兰以曹参之姓切曹寅之姓，以显其家门。

④ 奕叶：累世、代代之意。此处乃是称颂曹家世代功勋，家声显赫。

⑤ 山龙：古时衮服或旌旗上的山、龙图案。《晋书·舆服志》："王公衣山龙以下九章，卿衣华虫以下九章。"

⑥ 补衮：指补救规谏帝王过失。《诗经·烝民》云："衮职有阙，维仲山甫补之。"此处乃是说曹家得到君王重用。

⑦ 兰署：即兰台。汉时，皇宫内建有藏书的石室，作为中央档案典籍库，称为兰台。唐卢照邻《山庄休沐》诗："兰署乘闲日，蓬扉狎遁栖。"至此处，纳兰一直在铺陈曹家之高官厚爵，门庭显耀。

⑧ 石头城：即江宁府南京城。三国东吴时，孙权于城西石头山修筑石头城，以作军事防御之所，后世便以此作为南京别称。

⑨ 黄楝：即楝树。树高丈余，叶如槐而尖，三四月开红紫色花，有馨香。

⑩ 三槐：典出《周礼·秋官·朝士》："面三槐，三公位焉。"传说周朝宫廷外种有三棵槐树，三公朝天子时，面向三槐而立，后世便以三槐喻三公。

⑪ 趋庭：即走过厅堂的意思。典出《论语·季氏》，孔鲤因敬畏父亲孔子，每每经过厅堂必快步而行，而后承受孔子的教导。后世便以趋庭代指承受父教。纳兰此处乃是点名曹寅为其父曹玺所植楝树修亭台，作画题咏，又一次称颂了曹家之门风家声。

⑫ 延：邀请之意。

⑫ 手泽：原意是手汗，后代指先人、前辈之遗墨。《礼记·玉藻》云："父没而不能读父之书，手泽存焉尔。"此处乃是指康熙南巡至江宁，曹家接驾，得君王御赐墨宝。

⑭ 凤毛：典出南朝刘义庆《世说新语·容止》："王敬伦风姿似父，作侍中，加授桓公公服，从大门入。桓公望之，曰：'大奴固自有凤毛。'"后世以此比喻子孙之才华有父辈遗风。纳兰此处乃是称赞曹寅之才能。

⑮ 登高能赋：典出《汉书·艺文志》："传曰：不歌而诵谓之赋，

登高能赋可以为大夫。"毛传《诗经》中列出大夫九种才能,其中便有登高能赋。纳兰这是称赞曹寅的诗赋才华。

⑯纱笼:典出《唐摭言》,王播少年孤贫,寄居扬州惠昭寺中,为僧人厌弃。后王播富贵,出镇扬州,故地重游,见当年壁上题诗已用碧纱罩上,于是作诗叹曰:"上堂已了各西东,惭愧阇黎饭后钟。二十年来尘扑面,如今始得碧纱笼。"纳兰此处乃是说曹寅的《楝亭图卷》值得用心保存。

⑰绿阴:此处是指楝树枝叶茂盛,绿荫满地,比喻曹家正是辉煌繁盛之时。

⑱青子:指新生的果实。纳兰以此指代曹寅已然可以独撑门庭。

⑲乌衣:此处当用乌衣郎典故,见《金缕曲·赠梁汾》篇,纳兰乃是形容曹寅子承父业,仕宦门第。

⑳来非暮:典出《后汉书·廉范传》。廉范字叔度,任蜀郡太守,政治清明,百姓做歌称颂曰:"廉叔度,来何暮。不禁火,民安作。"纳兰这是期望曹寅能够功业有成,不负厚望。

赏评

这阕词是一道人情世故的命题作文,纳兰却也是按人情世故的法则去做的。堆起典故,极尽颂扬,一阕长调竟写出了几分短赋的意思。

曹家自上虽是包衣奴才出身,门第不及纳兰门庭,然而到了曹寅与纳兰时代,两家在朝中的地位已十分相近了。

曹玺于康熙二年(1663年)监理江宁织造,乃是一等一的肥差;其妻孙氏乃是康熙的奶娘,一品诰命夫人;其长子曹寅乃是康熙的伴读。

康熙十一年(1672年),年仅十四岁的曹寅与纳兰同登乡试之榜,也算得少年才子。此后,曹寅与纳兰皆入宫为御前侍卫。

家庭出身、生长教育乃至仕宦之途的相似,令纳兰与曹寅成为了故交。只不过,比起纳兰,曹寅要幸运得多。

康熙二十三年(1684年)的六月,曹玺病逝于江宁织造的任上。康熙下旨,命曹寅协理江宁织造事务,曹寅便从一个御前侍卫华丽转身,成为一方要员。这时的他,年方二十六岁。

这年十一月,纳兰扈从圣驾南巡,来至江宁府。康熙特遣内侍致祭曹玺灵前,想必纳兰也得与曹寅一叙。只是,此时年已而立的纳兰,仍旧是跟随圣驾左右奔走如牛马的御前侍卫。纵然他努力完成了索伦之行,亦未能得到提拔。他一直可望而不可即的功名事业,眼前这个与他出身相似,同在御前扈驾,比他还年轻四岁的曹寅却已经得到了。

康熙二十四年(1685年)的五月初,曹寅携《楝亭图卷》返京,纳兰与顾贞观等人均有题咏。对于曹寅的青云直上,纳兰自然不会妒忌,这从他最后的那句祝福便可看出。然而,对此境地,纳兰心中多少也会有些失落吧?

纳兰一生的痛苦,是因为这御前侍卫的虚衔,是因为才华不得施展。这并非纳兰才力不及,我们早已能够感觉到,康熙皇帝对纳兰是有所戒备的。这只怕与明珠在朝中与索额图各自结党,相互倾轧的权力争夺有着密切的关系。

卷二 别裁伪体亲风雅

>《书》曰："诗言志。"
>
>虞挚曰："诗发乎情，止乎礼义。"
>
>此为诗之本也，未闻有临摹仿效之习也。
>
>人必有好奇缒险、伐山通道之事，而后有谢诗；
>
>人必有北窗高卧、不肯折腰乡里小儿之意，而后有陶诗；
>
>人必有流离道路、每饭不忘君之心，而后有杜诗；
>
>人必有放浪江湖、骑鲸捉月之气，而后有李诗。
>
>然则，诗可无师承乎？
>
>何可无也。杜老不云乎：
>
>"别裁伪体亲风雅，转益多师是汝师。"
>
>——纳兰性德《原诗》

纳兰爱填词，也因填词而传名于世。因为世人从纳兰的词中，看到了一种"清丽婉约，哀感顽艳"的美，便以为纳兰是个哀婉沉郁、柔情似水的男子。

然而，康熙三十年（1691年），纳兰去世后，徐乾学、顾贞观等师长好友为其整理刻印的《通志堂集》里，收录了纳兰词作三百四十八阕，诗作三百五十四首。可知，纳兰从不因喜好填词而废弃诗道。

纳兰曾言："唐人诗宗《风》《骚》，多比、兴；宋诗比、兴已少，明人诗皆赋也，便觉版腐少味……自五代兵革，中原文献凋落，诗道失传，而小词大盛。宋人专意于词，实为精绝；诗其尘饭涂羹，故远不及唐人。"

所以，纳兰作诗，更看重唐人风范，发乎性情，止乎礼义，不虚薄杜撰，不逞才逞学。而我们，也得以从这些诗作里，看到一个转益多师而学文的纳兰，看到了一个为人生功名而困苦的纳兰，一个时而任性，时而洒脱，又时而隐忍的，更真实的纳兰。

第一章 风雅亦吾事

我们今日将古代的诗作都称作古诗,然而从文学角度而言,我们日常所说的律诗、绝句,其实是近体诗。真正意义上的古体诗,乃是大唐之前的古风,其本源,正是《诗经》"风雅"。

古风与近体诗之不同,在于格律自由,不拘对仗、平仄,押韵亦较宽,篇幅长短也不限。虽然自大唐诗歌盛世开启后,古风式微,但是历朝历代的诗人均有古风之作。

这,就是文学的溯源。如同今日,我们也愿意去读唐诗宋词一样。那唐宋之人要学诗,必要先读《诗经》,亲风雅。那些古朴的诗句明晰地表达了古代士子的临履之忧与志趣所在。那是一个看来明白,想来却又十分隐秘的心灵世界。

纳兰学诗,所取的乃是"转益多师"之法。古风,自然是不可避开的。而纳兰似乎也很喜欢古风之作,此系列拟古诗共有四十首,另有杂言诗十数首。纳兰同古人一样,借着这些诗作,倾吐自己的心怀。

拟古（其一）

煌煌古京洛①，昭代②盛文治。

曰予餐霞③人，簪绂④忽如寄。

微尚⑤竟莫宣⑥，修名⑦期自致。

荣华及三春⑧，常恐秋节至⑨。

学仙既蹉跎，风雅⑩亦吾事。

笺注

①京洛：原为"京城洛阳"的专用名词。自夏朝始，洛阳为多朝之都城，故而以京洛称之。东汉班彪《冀州赋》云："遂发轸于京洛，临孟津而北厉。"班固《东都赋》云："子徒习秦阿房之造天，不知京洛之有制也。"西晋·陆机《为顾彦先赠妇》诗云："京洛多风尘，素衣化为缁。"后世因此以京洛代指国都，如唐·卢照邻《送梓州高参军还京》"京洛风尘远，褒斜烟露深"中乃指长安，宋·王安石《次韵酬宋中散》"超然京洛谅难双，处在家庭誉在邦"中乃指汴京，陆游《寓叹》"旧时京洛尘埃面，今作江湖风月民"则指临安杭州城。故而，纳兰此处的京洛当指北京。

②昭代：昭即光明、显著之意。古时常用昭代形容政治清明，称颂当今。唐·崔涂《问卜》诗："不拟逢昭代，悠悠过此生。"宋·陆游《朝饥示子聿》诗："生逢昭代虽虚过，死见先亲幸有辞。"纳兰此处当指

康熙朝盛世清明,文学昌盛。

③餐霞:典出《汉书·司马相如传》:"呼吸沆瀣兮餐朝霞。"三国曹植《驱车篇》云:"封者七十帝,轩皇元独灵。餐霞漱沆瀣,毛羽被身形。"后世均以餐霞比喻修仙学道。

④簪绂:古时官员服饰上的冠簪和缨带,用以比喻仕宦显贵。唐·李颀《裴尹东溪别业》诗:"始知物外情,簪绂同刍狗。"宋·范仲淹《奏上时务书》:"凡居近位,岁进子孙,簪绂盈门,冠盖塞路。"

⑤微尚:指微小的志趣、志向。南朝谢灵运《初去郡》诗:"伊余秉微尚,拙讷谢浮名。"唐·白居易《闻崔十八宿予新昌弊宅》诗:"平生有微尚,彼此多幽独。"

⑥莫宣:未曾向外人提及。

⑦修名:即美好的名声。屈原《离骚》云:"恐修名之不立,朝饮木兰之坠露兮。"《隋书·列女传序》道:"其修名彰於既往,徽音传於不朽,不亦休乎!"

⑧三春:有多种解释。或指春季的三个月,或指春季的第三个月,又或指三个春天,即三年。联系后句,此处当是指春季的三个月之意。

⑨常恐秋节至:此句出自汉乐府《长歌行》诗:"青青园中葵,朝露待日晞。阳春布德泽,万物生光辉。常恐秋节至,焜黄华叶衰。百川东到海,何时复西归?少壮不努力,老大徒伤悲!"乃光阴流逝,功名不成之悲叹。

⑩风雅:此处乃指诗文之事。古人学文,以《诗经》为先。因《诗经》有《国风》《大雅》《小雅》之分,故而后世用风雅泛指诗文之事。杜甫《戏为六绝句》"别裁伪体亲风雅,转益多师是汝师"中,即以"风雅"指《诗经》。南朝萧统《文选序》中道:"故风雅之道,粲然可观。"

赏评

这是一首言志古诗,纳兰一生的志趣和理想都在这里面。

纳兰生在煌煌京都,而这,亦是一个煌煌盛世。昌明文治,正是文士施展抱负的时候。然而，纳兰却有些与众不同，他与生俱来的真性情似乎很适合去做一个餐霞吸露的修道之人。但他还是去考了功名做了官。

然而，功名利禄都如过眼云烟，转瞬即逝。纳兰心中的那点微小的志向也不曾向他人倾诉过，只期望能用点点滴滴的作为修成自己的声名，从而流芳百世。

可是光阴那样容易逝去，犹如春花惧怕秋日的到来一样，纳兰也害怕生命太过短暂，终究不能得偿所愿，功成名就。在这种愁思中，纳兰辗转反侧，觉得如果功名不成，学仙也究竟不是出路，只能蹉跎岁月。到最后，唯有诗词风雅之事，才是他最终的归宿。

这似乎是纳兰决意一生致力于诗文创作的宣言，却也流露着淡淡的无奈。在这昭代盛世里，依然时时都有"簪绂忽如寄"的慨叹，纳兰正是因为功名之事不可求，只余下这纯粹的文学世界的一方净土。他也最终依靠这一篇篇诗词佳作，换得了百代修名。

拟古(其二)

客从东方来①,叩之非常流②。

自云发扶桑③,期到海西头④。

白日当中天,浩荡三山⑤秋。

回风忽不见,去逐灵光游⑥。

烛龙⑦莫掩照⑧,使我心中愁。

笺注

① 客从东方来:唐·韦应物《长安遇冯著》诗云:"客从东方来,衣上灞陵雨。"然而,此处非是纳兰借用韦应物,乃是二人皆是以《古诗十九首》"客从远方来"之句起兴。

② 非常流:指不同于常人。

③ 扶桑:古地名。古时托名东方朔所著的《十洲记》中记载:"扶桑在东海之东岸,岸直。陆行登岸一万里,东复有碧海,海广狭浩汗,与东海等。"通常而言,扶桑即为今天的日本。然近来或提出,古时日本为倭国,而扶桑乃是"在大汉国东二万余里"的墨西哥。诗词中常用扶桑指代日出之处,或是形容地方偏远。

④ 海西头:隋炀帝《泛龙舟歌》云:"借问扬州在何处,淮南江北海西头。"古时扬州幅员辽阔,东临大海,恰是东海之西头,故称。唐·孟

浩然《宿桐庐江寄广陵旧游》诗云:"还将两行泪,遥寄海西头。"纳兰此处未必实指扬州,只是形容"来客"行程之远。

⑤三山:指神话传说中的海上三神山。

⑥回风二句:回风指回旋的风。灵光指神异的光。这两句具是形容"来客"之神异,营造了一种神秘玄幻的气氛。

⑦烛龙:中国古代神话中的钟山之神。据《山海经》中记载:"钟山之神,名曰烛阴,视为昼,瞑为夜,吹为冬,呼为夏。不饮,不食,不息,息为风。身长千里,在无启之东。"

⑧掩照:指遮光蔽日。

赏评

这是一个从遥远东方而来的客人,他是那样的不同寻常。他从扶桑之地出发,以期走到海的西头。白日悬挂中天,海上仙山之秋色他曾亲眼见过。然而,一阵回旋之风忽起,也不知将他吹到何处,索性便追逐那海上的神异之光游荡而去,竟见到了传说中的烛龙。如此,他只求烛龙不要遮掩了日光,叫人心中忧愁。

纳兰的这首古风,可算是最简洁的科幻文章了。这个神秘的客人,或许是以纳兰某个游三山走五岳的故交为原型,又或者只是纳兰突发奇想,构造了这么个人物。总之,这个神秘的客人有着远大的志向。

他不惧路途艰险,要从那日出之地,走到海之西头。他见到过各种神奇的景象,看到了大千世界的繁华,而这些都如梦似幻,在一阵风中就不见了。但是他仍旧追逐着内心里的信念,勇往直前,只求烛龙不要闭上眼睛,以免使这光明的世界失色。

纳兰就是在这个神秘的客人身上寄托着自己心中对盛世光明的渴望,对美好世界的期待,还有那颗追求自由的心。

尽管纳兰知道,现实总是令人失望的。他只能用这奇异的想象来弥补心中的缺憾。但是，纳兰却仍旧不愿放弃。所以，这首充满光明的诗歌里，传达出的那点"心中愁"是微茫的，我们感受到的更多的还是纳兰坚持如一，追逐"灵光"的心意。

这心意，是为纳兰自己，是为他的朋友们，是为了大清朝廷，也是为了所有世人。

拟古（其三）

天门^①洪荡荡^②，翕赩^③罗星躔^④。

白日瞩微躬^⑤，假翼^⑥令飞搴^⑦。

平生紫霞^⑧心，翻然向凌烟^⑨。

双吹凤笙^⑩歇，宛转辞群仙。

越影籋浮云^⑪，横出天驷^⑫前。

玉绳^⑬耿中夜，斗勺^⑭何时旋。

笺注

① 天门：神话传说中天宫大门。《楚辞·九歌·大司命》云："广开兮天门，纷吾乘兮玄云。"

② 洪荡荡：指浩大空旷的样子，出自《汉书·礼乐志》："天门开，洪荡荡。"

③ 翕赩：指繁盛的样子。晋·嵇康《琴赋》云："珍怪琅玕，瑶瑾翕赩。"李白《君子有所思行》云："朝野盛文物，衣冠何翕赩？"

④ 星躔：指日月星辰运行的度次。南朝梁武帝萧衍《阊阖篇》云："长旗扫月窟，凤迹辗星躔。"宋·辛弃疾《归朝欢》词："有时光彩射星躔，何人汗简仇天禄？"

⑤ 微躬：指卑贱的身躯。古人常以此作为自身的谦称。如南朝沈约《郊居赋》："绵四代于兹日，盈百祀于微躬。"白居易《寒食》："但

恐优稳多，微躬销不得。"

⑥ 假翼：即假的翅膀。

⑦ 飞骞：即飞行的意思。陆游《赠宋道人》诗云："鸟道悬崖忽飞骞，戏掷短剑声铿然。"

⑧ 紫霞：紫色烟云，传说中仙山之气。此处当是纳兰表白自己修仙学道之心意。

⑨ 凌烟：此处当指凌烟阁。凌烟阁是唐太宗李世民为表彰与之一同打天下的功臣而设，内有二十四功臣像。诗词中常以此形容功业之事。如唐·骆宾王《送王赞府上京参选赋得鹤》诗："虚心恒警露，孤影尚凌烟。"杜甫《丹青引赠曹将军霸》诗："凌烟功臣少颜色，将军下笔开生面。"

⑩ 凤笙：笙的美称。《风俗通·声音》形容笙："长四寸，十二簧，像凤之身，正月之音也。"故而有此称。唐·韩愈《谁氏子》诗："或云欲学吹凤笙，所慕灵妃媲萧史。"宋·张先《虞美人》词："凤笙何处高楼月，幽怨凭谁说。"《神仙传》中记载，周宣王史官萧史善吹笙，娶秦穆公之女弄玉。夫妇二人吹箫似凤鸣，果然引来凤凰，终得飞升。

⑪ 籋浮云：籋同"蹑"，追踪浮云之意。典出《汉书·礼乐志·郊祀歌》："太乙况，天马下……籋浮云，晻上驰。"

⑫ 天驷：星宿名，即房宿、房星。《国语·周语下》云："昔武王伐殷，岁在鹑火，月在天驷。"杜甫《魏将军歌》云："星躔宝校金盘陀，夜骑天驷超天河。"

⑬ 玉绳：星名。《菩萨蛮·宿滦河》篇已作注解。

⑭ 斗勺：北斗七星中天枢、天璇、天玑、天权四星组成勺状，故名。此处代指北斗七星。参见《沁园春·试望阴山》篇"斗柄"注解。

赏评

有人说，这是一首言志诗。可是，纳兰于诗中所流露出的志向，是那样隐晦，那样婉转，甚至带着些小心翼翼。

开篇四句，借着神话里的天门星辰，描绘了纳兰现实中所处的境地。他，不正是那个守卫在浩浩宫门之外，为帝王扈驾的御前侍卫吗？殿堂之下，文武群臣如星辰罗列，那高高在上的君王，恰似中天金轮。

纳兰感激君王能垂爱他，能够让他守卫在这里。可是，正因为已经得到了君王的瞩目，纳兰更希望能够借此振翅高飞，做出一番功业来。所以，纵然纳兰平生心愿是学仙学道，至此也全部翻作热烈的报国之心，渴望成就凌烟阁功臣那般的功名大业。

于是，"双吹凤笙歇，宛转辞群仙"，纳兰下定决心，不做那隐修之人，要"横出天驷前"，同两班文武一样，挣一份仕途功名。他的忠义报效之心，犹如玉绳之星芒，终夜向着北斗，闪烁不息。只是，他却不知道，北斗何时能旋转过来，看他一眼。

纳兰的这最后一句问，是那样战战兢兢，如履薄冰。这是他对君王的恳切，还有一丝丝不易察觉的幽怨。

风雅之事与功名大业都是纳兰的志向。然而，每当纳兰在诉说对功名的渴望时，总是怀着一种无奈，带着一些叹息，想要高声呼喊，却终又悄悄吞忍下去。思及纳兰在《拟古·其一》中"风雅亦吾事"的宣言，可知他心里是极其明白的：他满腹才华，无论是风雅之事还是功名之路，都可轻易成就。然而，风雅之事他可以自主，功名之路却由不得他掌控！

拟古(其四)

天地忽如寄^①,人生多苦辛。

何如但饮酒,邈然^②怀古人。

南山^③有闲田,不治委荆榛^④。

今年适种豆^⑤,枝叶何莘莘^⑥。

豆实既可采,豆秸^⑦亦可薪。

笺注

① 忽如寄:此语出自《古诗十九首·驱车上东门》:"人生忽如寄,寿无金石固。万岁更相迭,圣贤莫能度。"

② 邈然:形容遥远、茫然的样子。

③ 南山:古来南山所指甚多,终南山、祁连山、南屏山各个不一。纳兰此处当是引用晋·陶渊明《归田园居》中"种豆南山下,草盛豆苗稀"的典故,又有"采菊东篱下,悠然见南山""去去欲何之,南山有旧宅"等句。

④ 荆榛:泛指丛生灌木,多用来形容荒芜,又指艰难险境。三国·曹植《归思赋》云:"城邑寂以空虚,草木秽而荆榛。"李白《古风》诗云:"王风委蔓草,战国多荆榛。"

⑤ 种豆:即陶渊明"种豆南山下"之典故。

⑥ 莘莘:形容众多、茂盛的意思。汉·班固《东都赋》云:"献酬

交错,俎豆莘莘。"

⑦豆秸:豆类作物脱粒后的茎。宋·苏轼《岐亭道上见梅花戏赠季常》诗:"野店初尝竹叶酒,江雪欲落豆秸灰。"陆游《宿村舍》诗:"土榻围炉豆秸暖,荻帘当户布机鸣。"

赏评

历朝历代的文人们,一旦于宦海仕途中受了挫,心中有点苦闷,往往就会搬出靖节先生陶渊明的那一组《归田园居》诗:

> 少无适俗韵,性本爱丘山。误落尘网中,一去三十年。
> ……
> 户庭无尘杂,虚室有余闲。久在樊笼里,复得返自然。
>
> 道狭草木长,夕露沾我衣。衣沾不足惜,但使愿无违。

陶渊明二十九岁出仕,此后几番辞官不做,又几番被官府招揽。三十年风尘沾染,他终于在做了八十多天的彭泽县令后甩甩袖子离开了,临去前还留下了一句千古名言:"吾不能为五斗米折腰!"从此以后,他种豆南山,悠然采菊,做回一个穷困潦倒却心中自在的读书人。

仔细想来,这是陶渊明性格使然。若不是他骨子里存着清高孤傲、不同俗流的心思,也不能屡屡做官又屡屡辞官。而辞官之后,纵然困窘,陶渊明亦未曾后悔,就算是要去邻居家讨一把米下锅,也再不肯重回官场。

所以,陶渊明是可爱的,可敬的,而那些拿陶渊明说事儿,却又割舍不下功名的人,有些是真矫情,有些是真无奈!

纳兰,自然是属于真无奈这一类的。

功名可分两种,一为身家性命、稻粱之谋,一为志向怀抱、治国理想。纳兰生在贵胄之家,无须为生计发愁,纵然做一辈子富贵闲人,也是可以的。然而,纳兰却苦心求学,经史子集,诗词文赋,无所不通,他那二甲第七名的进士身份,也是凭实力得来的。

纳兰的功名之心,从一开始便不在一己之富贵上,他是真的想为家国效力,要做一个真正的士子。

可是,世事往往不遂人心。纳兰心地越纯净,反而越难成大事。因为他顾忌太多,牵挂太多,他不能面对那些污浊丑恶;待要放弃,他又心中不甘,毕竟自己问心无愧,却反被人误解。于是,在这种挣扎纠结中,纳兰只得怀想先贤,借旧时典故,诉一诉自己的心境。

所以,纳兰的这首古风,无须在意"南山有闲田""今年适种豆"的词句,只需解得他"天地忽如寄,人生多苦辛"的无奈悲凉即可。

拟古(其五)

宇宙何荡荡,彼苍①亦安知。

屈平②放江潭③,子胥④乃鸱夷⑤。

升沉⑥本偶然,遇合⑦宁有时。

千古恨如此,徒为吊者悲⑧。

微生⑨一何幸,勖⑩哉遵昌期⑪。

笺注

①彼苍:指苍天。《诗经·黄鸟》篇云:"彼苍者天,歼我良人!"杜甫《遣闷》诗云:"馀力浮于海,端忧问彼苍。"

②屈平:即屈原,名平,字原。

③江潭:江边之意。《楚辞·渔父》云:"屈原既放,游于江潭,行吟泽畔。"

④子胥:即伍子胥,名员,字子胥。

⑤鸱夷:指革囊。《史记·伍子胥列传》记载,伍子胥进谏武王夫差反遭诬陷,被赐死,愤而留下遗言:"抉吾眼县吴东门之上,以观越寇之入灭吴也。"夫差闻之大怒,便命人以鸱夷裹伍子胥尸首,浮于江中。后世亦以鸱夷指代伍子胥。

⑥升沉:指仕途上的升进或黜退。李白《送友人入蜀》诗云:"升沉应已定,不必问君平。"元稹《酬乐天》诗云:"升沉或异势,同谓

非所宜。"

⑦遇合：典出《吕氏春秋·遇合》："凡遇合也时，时不合，必待合而后行。"指人际相遇而彼此投合。宋·苏辙《徐孺亭》诗云："人生遇合何必同，一朝利尽更相攻。"

⑧吊者悲：即凭吊者的悲伤。

⑨微生：指微小的生命与人生。唐·骆宾王《萤火赋》："何微生之多蹇，独宛颈以触笼。"唐·李商隐《过楚宫》诗："微生尽恋人间乐，只有襄王忆梦中。"

⑩勖：古时为勉励的意思。《诗经·燕燕》云："先君之思，以勖寡人。"

⑪《说文》记载："遘，遇也。"遘即相遇的意思。昌期即兴隆昌盛时期的意思。《乐府诗集·郊庙歌辞七·周郊祀乐章》云："高明祚德，永致昌期。"唐·卢照邻《登封大酺歌》："千年圣主应昌期，万国淳风王化基。"

赏评

诚如诗中所言，仕途之上的纳兰是辛苦的。而纳兰不得康熙重用的缘故，想必他自己心里也明白。

纳兰初登仕途时，正是明珠与索额图两党开战之际。虽然此时的明珠权倾朝中，依旧是风口刀尖一般的日子。纳兰那样聪明的人，读书观史，自然早已明白其中的利害。

若论真心，纳兰当然不愿意看着自己的父亲、族人乃至朋友陷在这杀人不见血的漩涡里。可是，作为人子，他岂敢担下"不孝"二字。韩菼在《纳兰君神道碑》中称纳兰："其志尤在于守身不辱，保家亢宗，不仅以承颜色、娱口体为孝也。"

所以，纳兰知道，自己所承受的一切都是命运使然。他无法打破这命运的枷锁，只有在极度痛苦无奈时，仰天长啸，看似悼念那些历史先贤，却是在安慰自己的心。

　　这首诗里所写的两位——屈原与伍子胥，皆是秉持忠信却反遭君王鄙弃的贤臣。屈原"蛾眉遭妒"，被楚怀王放逐至江南，唯借《离骚》《渔父》倾吐悲愤。至秦兵南下，郢都陷落，屈原高歌着"知死不可让，原勿爱兮。明告君子，吾将以为类兮"自沉汨罗江。

　　伍子胥则比屈原更冤，吴王夫差不听信他的劝谏也就罢了，竟赐下长剑，命其自尽。伍子胥虽然含恨悲号，要将自己的双眼剜出，悬在城门上，好亲眼看着勾践灭吴。可是，他还是忠于君王的命令，自刎身亡。哪怕死后被夫差鸱夷裹尸，抛入江中，随波逐流。

　　信而见疑，忠而被谤，死而不得其所。古来贤臣尚且有此不公命运，千古遗恨，相较之下，纳兰这点儿委屈与痛哭，又算得了什么呢？

拟古(其六)

予生未三十,忧愁居其半。

心事如落花,春风吹已断。

行当适远道,作计①殊汗漫②。

寒食③青草多,薄暮烟冥冥。

山桃一夜雨,茵箔④随飘零。

愿餐玉红草⑤,一醉不复醒。

笺注

①作计:谋划、考虑的意思。《孔雀东南飞》云:"阿兄得闻之,怅然心中烦。举言谓阿妹:'作计何不量!'"

②汗漫:形容漫无边际。唐陈陶《谪仙吟赠赵道士》:"汗漫东游黄鹤雏,缙云仙子住清都。"

③寒食:农历节日之一,亦是传统节日。寒食节,在农历冬至后一百零五日,清明节前一二日。西汉·桓谭《新论·卷十一·离事》记载,春秋时期,介子推辅佐晋文公重耳复国后隐居介休绵山,重耳放火烧山逼介子推出来,介子推宁死不出,隐迹焚身。重耳为悼念介子推,下令在其忌日禁烟火,吃冷食,为寒食节。

④茵箔:茵指铺垫的褥子、毯子等,箔指用苇子、秫秸等做成的帘子。

⑤玉红草:传说中的异草,生于昆仑山,食后可醉卧三百年。"唐·孟浩然《襄阳公宅饮》诗云:"手拨金翠花,心迷玉红草。谈笑光六义,发论明三倒。"

赏评

这首诗有些怪异。前三句所用乃是"去声十五翰"的韵脚,后半句却又是"下平九青"的韵脚。虽然古风于声韵平仄上并不严苛,但这般转韵读起来确实有些拗口,仿佛是两首不同的诗。

或许纳兰作诗时,心情是寥落的,故而断了思绪。因为这首诗应当是纳兰写于索伦之行的路途中。

索伦之行在康熙二十一年(1682年)的岁末至二十二年(1683年)的春四月,而纳兰诗中称"寒食青草多",下笔作诗时正该是归途之中。彼时,纳兰恰是二十九岁。

夫子说,三十而立。纳兰年将三十,却自认并无什么可立足的功绩,所以才会"忧愁居其半"。他似乎已经对自己的人生不抱希望了,才会有"心事如落花,春风吹已断"的伤感哀叹。此番出行之地乃是汗漫无边的远方,纳兰希望这一次远行能够改变他的现状,让他的人生真正有些盼头。

可惜,他的愿望终究还是落空了。"寒食青草多,薄暮烟冥冥",一夜风雨,吹落山桃红,只余飘零。至此,纳兰不得不放弃了,他所渴望的功业显然是不可能实现了。这叫他还能怎样?真不如食一株玉红草,长醉不醒,也免得心中饱受煎熬。

《朝鲜王朝实录》中曾记载了纳兰的索伦之行,道是:"遣大学士明珠之子,领数千兵马往战,如不讲和,期于剿灭之。"许多人以为纳兰的索伦之行本是一场军事行动,然而这场战斗并没有发生；纵然双方讲和了，也不会真的是纳兰的功劳。否则，纳兰这颗期盼成就功名大业的心早就得到了宽慰，他在索伦之行中写下的诗与词，就不会是那样的"百事堪哀"。

拟古（其七）

安石^①负盛名，乃在衡门^②初。

名僧既接席^③，妙伎^④亦同车。

仕进^⑤良偶然，年已四十余。

军国事方棘，围棋看捷书^⑥。

所以丝竹欢，陶写待桑榆^⑦。

晚造泛海装，始志终不渝。

马策西州门^⑧，想像生存居。

君看早达^⑨者，怀抱^⑩竟何如。

笺注

① 安石：即谢安，字安石。东晋著名政治家，少以清谈知名，隐居会稽山阴之东山，与王羲之、许询等交游往来，不入朝为仕。后因谢氏门庭衰微，东山再起，任桓温征西司马。后指挥了名垂青史的淝水之战，被南齐卫军将军王俭称作"江左风流宰相"。

② 衡门：《营造法式》记载："横一木作门，而上无屋，谓之衡门。"后世以此形容房屋之简陋。

③ 接席：指坐席相接，形容彼此关系亲近。三国·曹丕《与吴质书》云："行则连舆，止则接席。"

④ 妙伎：指容颜美丽、技艺精妙的歌伎。这两句乃是形容谢安交游

往来皆是名僧妙伎，风流落拓。

⑤ 仕进：指入仕做官。白居易《题座隅》云："幸因笔砚功，得升仕进途。"苏轼《寄傲轩》云："仕进固有余，不肯践场屋。"

⑥ 军国二句：此处当指淝水之战典故。东晋太元八年（383年），前秦苻坚率百万大军南下，欲吞灭东晋。谢安出任征讨大都督，命谢石、谢玄等率兵八万前去御敌，自己却在建康城外小东山别墅中布局督战。彼时人人惶恐，唯有谢安气定神闲。两军于淝水决战，苻坚大败而归。捷报送至别墅时，谢安正与友人张玄弈棋，泰然自若道："小儿辈大破贼。"

⑦ 所以二句：典出南朝刘义庆《世说新语·言语》。谢安与王羲之闲谈，道："中年伤于哀乐，与亲友别，辄作数日恶。"王羲之答曰："年在桑榆，自然至此，正赖丝竹陶写。恒恐儿辈觉，损欣乐之趣。"可知，丝竹陶写是怡悦情性、消愁解闷之意。桑榆指夕阳的余晖照在桑榆树梢上，意为傍晚，后以此代指人生晚年。

⑧ 西州门：典出《晋书·谢安传》。谢安生前颇为器重外甥羊昙。谢安亡故后，羊昙偶过西州城门，悲感不已，吟曹子建诗曰："生存华屋处，零落归山丘。"恸哭而去。后世便以西州门作为感旧兴悲、悼亡故人的典故。苏轼《八声甘州·寄参寥子》词曰："西州路，不应回首，为我沾衣。"后句"生存居"当是从曹子建诗中化用出。

⑨ 早达：指年少显达。《梁书·张缵传》记载："缵时年二十三……俄为长史兼侍中，时人以为早达。"

⑩ 怀抱：指胸襟、抱负。王昌龄《长歌行》云："旷野饶悲风，飕飕黄蒿草。系马停白杨，谁知我怀抱。"

赏评

泱泱历史之长河，有多少忠烈英魂湮没于尘埃，不为人知；纵有些声名得以传扬的，久而久之，也很容易被人忘却。故而，那些真正名垂千古、为人颂扬的贤者，便可算得大浪淘沙后的真金。

谢安，一个"东山再起"的传奇，一个"风声鹤唳"的神话，是后世许多文人士子心目中的偶像。

再看纳兰诗中所评之谢安,皆是世人论述过的观点,可却又处处印刻着纳兰自己的影子:纳兰同谢安一样,少年时代便久负盛名,文人雅士,往来不绝。纳兰希望自己的才华能有所用,可以像谢安那样,一局弈棋中便可平定战事。待到功成名就之时,便情属丝竹,陶写桑榆,安度晚年。

"君看早达者,怀抱竟何如"。大约也正是如此,四十岁方才东山再起的谢安足以安慰年方三十的纳兰,让纳兰觉得,纵然是大器晚成,也会教这不得志的人生有些期盼。

拟古（其八）

世运倏代谢①，风节弃已久。

磬折②投朱门，高谈尽畎亩。

言行清浊③间，术工乃逾丑④。

人生若草露，营营苦奔走。

为问身后名，何如一杯酒。

行当向酒泉⑤，竹林呼某某⑥。

时有西风来，吹香满罂缶⑦。

不问今何时，仰天但搔首。

笺注

① 世运指时代盛衰治乱的气运。汉·班彪《王命论》："验行事之成败，稽帝王之世运。"代谢即更替之意。

② 磬折：指弯腰，谦恭之意，后亦指卑躬屈膝。杜甫《遣遇》诗："磬折辞主人，开帆驾洪涛。"联系下句，乃是说投向仕途官宦之道的人都卑躬屈膝，而真正有见解的人都在山野之中。

③ 清浊：此处乃是比喻人事的优劣、善恶、高下等。《史记·吴太伯世家》云："延陵季子之仁心，慕义无穷，见微而知清浊。"

④ 术工指术士之工巧。逾丑形容极丑的败类。

⑤ 酒泉：传说酒圣杜康酿酒之处，南有九皋山，北对龙门山，东有凤山，西有虎山。四山之中点缀六泉，上曰古泉，中曰酒泉，下曰龙泉，左谓凤泉，右谓虎泉，西谓平泉。今洛阳杜康村酒泉沟仍存杜康酿酒遗迹。

⑥ 竹林当指魏末晋初竹林七贤。典出《世说新语·任诞》："陈留阮籍、谯国嵇康、河内山涛，三人年皆相比，康年少亚之。预此契者：沛国刘伶、陈留阮咸、河内向秀、琅邪王戎。七人常集于竹林之下，肆意酣畅，故世谓竹林七贤。"后世以竹林七贤比喻落拓潇洒之人物。某某当是指七贤中"唯酒是务，焉知其余"的酒狂刘伶。

⑦ 罍缶：一种大腹小口的瓶子。此处当是指酒瓶。

赏评

毫无疑问，写这首诗时，纳兰有些不耐烦了。想必是他御前侍卫的生涯又遇到了不快，又或者是从父亲明珠那里听到了什么朝中争斗的事情。总之，这个风尘滚滚的世道让纳兰烦透了！

韩菼《纳兰君神道碑铭》里说纳兰：

> 客来上谒，非其愿交，屏不肯一觌面，尤不喜接软熟人。所相知心，款款吐心腑，倒囷囊，与为酬酢不厌。

可知，纳兰于人情世故上是个任性的人。可这种性情到了官场上，必然是行不通的。所以，纳兰平日里入宫任职，自然有种种不遂心之处，却又不能轻易发作，只能在忍无可忍的时候，诉诸笔端，发出呼号。

纳兰悲叹世道更替，风骨不存，这个世界已然没什么可以期盼的了。朱门广厦之中，巍巍朝堂之上，站立的尽都是些折腰献媚的小人，而那些真正能够齐家治国平天下的高士，却都在山野田垄之间。

从古至今，人之清浊高低皆从言行中看出，那些蝇营狗苟、谋取名利的术士们更是不堪。想人生短暂，若是如此匆匆而过，可真是太没有意义了。

没奈何，纳兰又只得向古人风范里寻找安慰了：与其挣一份身后之名，还不如换得生前酒一杯。学一学竹林七贤的潇洒落拓，想一想刘伶纵酒放诞之豪迈，真该求得一醉，忘却这些世俗烦恼，再也不必为此忧心。

然而，在这一连串的愤怒和发泄之后，纳兰忽然笔锋一转，拷问起自己来："不问今何时？"是啊，竹林七贤所处之时乃是一个生死难料的乱世，他们放浪形骸是有理由的。可纳兰所处的当下，正是康熙圣君兴盛大清的时代，哪里还有什么污浊不堪之事？纳兰这种"仰天但搔首"的做法，不过是自己的牢骚罢了，究竟有何意义呢？

第二章 千秋名分绝君臣

言情咏志,是诗之本性。而咏史诗,更是诗歌类别中不可或缺的。

咏史诗发端于秦汉时期,至盛唐时代而成熟繁荣。此后的文人诗客,常以古来人物事件为题,抒情咏怀,或是凭吊,或是颂扬。总之,都要从历史之点评中生发出一些个人的看法来,这才不枉咏史之意义。

纳兰是个好评史的人。他的《渌水亭杂识》里便有许多褒贬历史朝政的评述,纳兰自己也在小序里说:"癸丑病起,披读经史。偶有管见,书之别简,或良朋止,传述异闻,客去辄录而藏焉。逾之四年,遂成。"

而对于咏史诗,纳兰则认为:"咏史只可用本事中事,用他事中事,须宾主历然,若只作古事用之,便不当行……以其意在文中,更不出意也,乃为高手。"

所谓"以古为鉴,可知兴替;以人为鉴,可明得失"。纳兰读书读史之时,所想的,自然不仅仅是"前代兴亡理乱"。这些简短精炼的七言绝句咏史诗,是纳兰"忧危明盛"的精诚,是纳兰,亦是古来文人士子"千秋名分绝君臣"的赤子之心。

咏史（其一）

千秋名分①绝君臣，司马编年继获麟②。
莫倚区区周鼎③在，已教俱酒作家人④。

笺注

① 千秋名分：在传统儒家关系里，君臣、父子、夫妻的关系称为"名"。而相对应的责任义务则是"分"。这些名分是当时不可动摇的价值观，亦是中国人最根本的思想基础，故而是"千秋名分"。纳兰这里将君臣的名分提出，乃是咏史的第一要素。

② 获麟：麒麟是古人想象出的一种神兽，象征着祥瑞，只在太平盛世或世有圣人时才会出现。

③ 周鼎：传说大禹筑造九鼎，传夏、商、周三代，为王权象征。

④ 俱酒：当指晋静公，姬姓，名俱酒，是战国时期晋国最后一位君主。家人，即平民之意。

赏评

纳兰咏史诗共二十首，此为开篇。

故而，这首诗既可看作是纳兰对"司马编年""俱酒亡国"的慨叹，亦可看作这二十首咏史诗的基调之作。纳兰的大历史观皆在其中。

"千秋名分绝君臣",这是亘古不变的法则。无论是纳兰咏史,还是太史公司马迁著史书,其基本思想都是这一句话。

《太史公自序》里说:

> 拨乱世反之正,莫近于《春秋》。《春秋》文成数万,其指数千。万物之散聚皆在《春秋》……故有国者不可以不知《春秋》,前有谗而弗见,后有贼而不知。为人臣者不可以不知《春秋》,守经事而不知其宜,遭变事而不知其权。为人君父而不通于《春秋》之义者,必蒙首恶之名。为人臣子而不通于《春秋》之义者,必陷篡弑之诛,死罪之名。其实皆以为善,为之不知其义,被之空言而不敢辞。夫不通礼义之旨,至于君不君,臣不臣,父不父,子不子。夫君不君则犯,臣不臣则诛,父不父则无道,子不子则不孝。此四行者,天下之大过也。以天下之大过予之,则受而弗敢辞。故《春秋》者,礼义之大宗也。

可知,太史公著《史记》,不敢违夫子作《春秋》之根本:王道礼乐,不可轻易断绝。而纳兰称"司马编年继获麟",又可知他明白太史公的意思,不敢违背这"千秋名分绝君臣"的大道理。

但是,太史公深知《春秋》之中,尚有"弑君三十六,亡国五十二,诸侯奔走不得保其社稷者不可胜数"。纳兰于今日读《史记·晋世家第九》,亦惊心于"六卿专权,晋国以耗"。

原来,这千古的君臣之道,不单单是看臣子,也须看君王。若是君王无道,"已教俱酒作家人"的历史仍会重演!

咏史（其二）

一死难酬国士①知，漆身吞炭②只增悲。

英雄定有全身策，狙击君看博浪椎③。

笺注

① 国士：古时指一国之中最具才华的文士或是最勇猛的战将。后世以此指代对国家和君主死忠的人。

② 漆身吞炭：豫让刺韩之典故。豫让，春秋战国时期晋国人，为晋国卿大夫智伯的家臣，受智伯厚待。此后，赵、韩、魏三家分晋，灭智氏。豫让用漆涂身，使肌肤溃烂，又吞下热炭使声音嘶哑，令亲友无法相认，暗中谋划刺杀赵襄子。岂料事败，豫让因叹"士为知己者死，女为悦己者容"，伏剑自杀。

③ 博浪椎：张良刺秦之典故。张良本韩国贵族世家，然而韩亡于秦，门庭由此衰落。张良散尽家财，寻得一大力士，造百斤铁椎，于秦始皇东巡至博浪沙时行刺。然而，铁椎击中副车，秦始皇得以幸免。

赏评

豫让为替智伯报仇，潜入赵襄子家宅之中，欲行刺赵襄子却被抓住。赵襄子怜他是义士，放其归去。豫让却不死心，于是漆身吞炭，准备于赤桥伏击赵襄子。

岂料，赵襄子再度察觉，命士兵围住豫让，问他为何如此固执。豫让直言道："智伯以国士待我，故而我以国士报之。"至此，豫让知道他再无机会杀掉赵襄子，便请求赵襄子脱下外袍，以长剑刺袍，仰天大呼道："吾可以下报智伯矣！"而后伏剑自杀。

太史公写《刺客列传》，曹沫、专诸、豫让、聂政与荆轲，"其义或成或不成，然其立意较然，不欺其志，名垂后世，岂妄也哉"！故而后世亦常常颂扬这些舍生取义的侠客。

但是，纳兰却不认同。在纳兰看来，"士为知己者死"这句话固然悲壮，但是为酬知己而报私仇，哪里算得上是国士？豫让的"漆身吞炭"只不过是徒增悲伤。真正的国士英雄，就该像张良那般，有勇有谋有策略。

张良刺秦，其初衷确实是为报亡国灭家之仇，但是张良并未因此失了理智。他花重金收买大力士，博浪沙椎击秦始皇，若成了，是男儿功业；若不成，亦有保全之法。故而，失败后张良得以全身而退，才会遇着黄石公，研习《太公兵法》。此后，张良投入刘邦帐中，左策入关、鸿门赴宴、暗度陈仓、下邑奇谋，不但亡了大秦，报了一己之仇，更开创大汉，成就千古功业！

最令人敬服的是张良在刘邦天下初定之时，便开始渐次隐退。刘邦要将齐国的三万户赐予张良为食邑，张良坚决请辞，"愿封留足矣，不敢当三万户"。所以，当那些早年辅佐刘邦成就霸业的彭越、韩信与英布先后被杀时，唯有张良明哲保身，得以享尽天年。

读纳兰此诗，便可知其志向：他忠于君上家国，却不会愚忠；他敬重侠义国士，却不会逞匹夫之勇；他渴望成就功业，却不欲贪恋权位。成为一个有勇有谋，文武双全，既能锐意进取，又懂急流勇退的士子，才是纳兰一生的理想。

咏史(其三)

诸葛^①垂名各古今,三分鼎足势浸淫^②。

蜀龙吴虎^③真无愧,谁解公休^④事魏心。

笺注

① 诸葛:此处乃是指诸葛氏三兄弟,即诸葛瑾、诸葛亮以及二人堂弟诸葛诞。

② 浸淫:指三国鼎立,各自势力逐渐蔓延、扩展。

③ 蜀龙吴虎:此处指诸葛亮、诸葛瑾。诸葛亮号卧龙,事刘备,后为蜀国丞相;诸葛瑾入吴为官,得孙权信赖,官至大将军。

④ 公休:即诸葛诞,字公休。诸葛诞为曹魏之武将,官至征东大将军。后司马氏篡权,诸葛诞不附逆,司马氏派兵征讨。诸葛诞无法,转向东吴求援,却最终兵败身死。

赏评

有学者认为,纳兰的这首诗是为诸葛诞鸣不平的。

《世说新语》里将诸葛亮比作龙,诸葛瑾比作虎,诸葛诞比作狗。虽然此"狗"为"功狗"非贬义,但是与龙虎相比,终究是低一等的。况且,《史记》所记汉高祖刘邦之言,其深意本也是指武将不如谋臣。所以说,时人对诸葛诞的评议显然要低于诸葛亮、诸葛瑾兄弟的。故而纳兰深感不平,要替诸葛诞翻案,以"谁解公休事魏心"来表达对诸葛诞不附逆司马氏的敬仰。

可事实上,史上诸家对诸葛诞的评价并非那样看低。

《三国志·魏书》中记载,诸葛诞为司马氏所迫,于寿春起兵讨伐。他兵败身死后,其麾下数百人虽然被俘,却都认为"为诸葛公死,不恨",故而无人肯降,皆被司马氏屠杀。

宋代史学家郑樵评道:"凡忠于魏者,目为叛臣,王凌、诸葛诞、毌丘俭之徒,抱屈黄壤。"修纂《续后汉书》的萧常则说:"凌俭钦诞数子,不附司马氏而甘于一死,可谓忠于所事者。"

元初名儒郝经云:"诞之得士,至麾下数百人拱手待斩以尽,不为司马氏屈,义烈挺然,未之前闻也。"

既然古来之人从未看轻过诸葛诞,纳兰又何必特意作诗一首,来为他翻案呢?纳兰"谁解公休事魏心"的疑问,究竟是一种什么样的语气呢?

或许,我们看一看纳兰好友姜宸英对诸葛诞的评议就明白了:"诸葛诞以见疑谋叛,其死宜矣。若果忠于魏室,则不首发俭、钦之谋,坐成司马之势。魏之忠臣,惟毌丘仲恭一人而已。"

原来,早在诸葛诞被迫起兵之前,便有荆州刺史毌丘俭与扬州刺史文钦主动勤王。这二人派使者联络诸葛诞,欲一同谋划。不料,诸葛诞反将二人之事布告天下,更趁司马氏与文钦对阵时偷袭寿春,乃至毌丘俭兵败身死,文钦奔逃入吴,诸葛诞自己成了寿春之主,当上了征东大将军。

所以,姜宸英认为,诸葛诞为的也不过是一己之私。他起兵勤王,是不得已而为之。他投靠东吴,左顾右盼,却白白误了时机,送了性命,诛灭三族。这样首鼠两端的人也算不得英雄。

姜宸英是个倨傲狂放的文人,唯有纳兰待他格外宽容情重。姜宸英的《祭纳兰成德文》里曾说:"激昂论事,眼睁舌抦,兄为抵掌，助之叫号。"可知，纳兰取中姜宸英，除了对落魄文人的怜惜，更有志趣相投的豪迈。故而，纳兰应当是赞同姜宸英对诸葛诞的看法的。

纳兰认为，"蜀得其龙，吴得其虎"都是当之无愧的，可"魏得其狗"到底公不公正呢？诸葛诞担得起功狗之名吗？纳兰"谁解公休事魏心"的这一问，大概恰是对历史的疑问。

咏史（其四）

痛哭难为入庙身^①，谯周^②本意劝称臣。
市桥^③旗帜咸阳战，不及成家^④尚有人。

笺注

① 痛哭一句：此处乃指蜀汉昭烈帝刘备之孙，后主刘禅第五子，北地王刘谌。蜀汉景耀六年，曹魏南攻，兵临城下，刘禅决意投降。刘谌竭力劝阻却无力回天，于亡国之日前往昭烈帝陵哭祖庙，杀死妻与子，而后自尽殉国。

② 谯周：蜀汉文臣。幼贫丧父，少读典籍，精研六经，颇晓天文，为蜀国大儒。建兴年间，诸葛亮为丞相，命谯周为劝学从事。诸葛亮逝后，谯周转任典学从事，为益州学者之首，因不满姜维北伐虚耗国力而著《仇国论》。曹魏兵马来攻之时，刘禅召群臣商议对策，谯周力排众议，劝刘禅投降。入魏后，谯周被封为阳城亭侯，老病而死。

③ 市桥：又称金花桥、石牛门，在今四川成都之西，史载为"藏卫要冲，休憩之所"。

④ 成家：史上又称"大成""成"，是公元25年至36年间存在于四川地区的政权。西汉王莽篡位，建立"新"朝，任中散大夫公孙述为导江（蜀郡）卒正，公孙述由此在蜀地发展壮大。后新朝覆灭，时局混乱，公孙述在成都称帝，国号"成家"。后刘秀建立东汉，剑指成都。公孙述率死士五千人出城迎战，被敌军刺死，成家遂灭。

赏评

"此间乐,不思蜀"一句话,让刘禅成了历史的大笑柄。历朝历代,上至君臣士子,下至平头百姓,或是论史,或是闲谈,总会提及这个扶不起的阿斗。

蜀汉亡国之时,诸葛亮之子诸葛瞻、孙诸葛尚战死,张飞之孙张遵、赵云次子赵广皆战死,北地王刘谌哭祖庙而一家殉国,就连刘禅的妃子李昭仪也因为不愿入魏受辱而自杀,所以,宋末诗人陈世崇评价刘禅说:"禅不特愧于将士,亦且愧于妇人矣。"

正所谓"万方有罪,罪在朕躬"。刘禅既为一国之主,必当担起这家国天下的责任,所以,无论后人如何评论,刘禅就是蜀汉亡国的第一罪人。

曹魏兵临城下,有臣子提议投奔东吴。谯周进谏,认为"自古已来,无寄他国为天子者也,今若入吴,固当臣服",也是谯周信誓旦旦地向刘禅保证"若陛下降魏,魏不裂土以封陛下者,周请身诣京都,以古义争之"。于是,刘禅决意降魏。

北地王刘谌苦谏刘禅,请求亲自领兵,背城一战,谁知刘禅却坚决不同意。于是,刘谌痛哭一场殉国了,刘禅打着白旗投降了。

在纳兰看来,都是守着天府之国,蜀地江山,当年成家公孙述尚且有五千死士随之最后一战。而刘谌既有死志,却不能死战;既知刘禅昏庸,却不肯果断独行,只落得长剑刎颈,空抛头颅,实在可惜。

"痛哭难为入庙身"之"难为"二字,已然流露出纳兰隐隐的悲叹。或许,在纳兰看来,无论刘禅同意与否,刘谌这样的热血男儿都该拼死一战,方不辜负这壮志豪情。

咏史（其五）

零落金莲帖地①灰，练儿②顾盼自雄才。

三千宫女同时出，也爱潘妃国色来③。

笺注

① 金莲帖地：此乃指南齐东昏侯萧宝卷"步步生莲花"之事。萧宝卷乃齐明帝萧鸾次子，十六岁登基称帝。然而，他荒淫无道，猜忌朝臣，令朝局不安。他有宠妃潘玉儿，美艳动人，步态轻盈，他因命人凿金箔为莲花，贴于地上，令潘玉儿行走其上，称之为"步步生莲花"。

② 练儿：即梁武帝萧衍，字叔达，小字练儿。萧衍乃南齐萧氏皇族，曾助齐明帝萧鸾夺取帝位，任雍州刺史，由此壮大。后因萧宝卷无道，冤杀萧衍长兄萧懿，萧衍自雍州起兵，夺取帝位，开创南梁。

③ 也爱一句：据《南史·列传第四十五》记载，梁武帝萧衍攻下建康皇城后，因听闻潘玉儿有国色，意欲留下。但是，领军将军王茂却道："亡齐者此物，留之恐贻外议。"于是命人将潘玉儿缢死。

赏评

南朝四代，宋齐梁陈。梁武帝萧衍是南梁的开国之君。南梁，兴于萧衍之手，亦亡于萧衍之手。当他挥兵东进、剑指金陵时，南朝烟雨正是朦胧；当他信道佞佛、饿死台城时，南梁便也告终了。

这大起大落的人生与历史，堪称传奇，亦是英豪，然其称帝之后，却将前齐后宫中的阮令嬴、吴景晖纳为侍妾，而《南史》所载那段欲纳潘玉儿之事，想必也确有其情。

常言道：英雄难过美人关。萧衍这样的人物，在谋取王权的最后关头，也还要惦念美色，无怪乎后世的纳兰忍不住要作诗调侃一番。而在纳兰眼里，这也爱潘妃美色的萧衍，是注定要亡国的，那也算不得真正的英豪了。

咏史（其六）

名士^①何曾忘义熙^②，故将山水托游嬉^③。

韩亡秦帝^④浑闲事，谁续临川内史诗^⑤。

笺注

① 名士：此处乃是指谢灵运。谢灵运，名公义，字灵运，小名客儿。出身陈郡谢氏门阀，东晋名将谢玄之孙、秘书郎谢瑍之子，其母为王羲之的外孙女。谢灵运世袭康乐公，故而世称谢康乐。东晋时曾出任大司马行军参军、太尉参军等职。刘宋代晋后，降封为康乐侯，历任永嘉太守、秘书监、临川内史。

② 义熙：东晋安帝司马德宗的第四个年号。谢灵运于义熙元年出仕，任琅玡王司马德文的行军参军。义熙十九年（423年），刘裕在彭城建宋国，受封为宋公，随后毒杀晋安帝，立晋恭帝司马德文为帝，随后又废之，由此创立南朝刘宋。

③ 故将一句：谢灵运才情出众，性情落拓，喜好游山玩水。曾自制一种"上山则去前齿，下山去其后齿"的木屐，后人称之为"谢公屐"。唐·李白《梦游天姥吟留别》诗云："脚著谢公屐，身登青云梯。"

④ 韩亡秦帝：元嘉八年（431年），宋文帝刘义隆任谢灵运为临川内史。然而谢灵运不理政务，为有司弹劾。朝廷遣使前往拘捕谢灵运，谢灵运兴兵拒捕，宋文帝将其流放广州。谁知谢灵运密谋逃亡，宋文帝闻知，以"叛逆"之罪名，赐死谢灵运。据载，谢灵运曾有诗云："韩

亡子房奋,秦帝鲁连耻。本自江海人,忠义感君子。"谢灵运此处用韩人张良锤击秦始皇、魏人鲁连不肯屈从于秦昭王、主张联合抗秦的典故,表达自己不甘亡国的怨恨,故而遭到宋文帝忌惮。

⑤谁续一句:谢灵运乃我国山水诗派的奠基人,不但一改南朝绮靡诗风,更影响了大唐诗风之形成。故而纳兰认为,谢灵运之枉死实乃诗坛之憾事。

赏评

纳兰的这首诗是写给一位伟大诗人的挽歌。无尽的叹息与遗憾都在这区区二十八个字里了。

魏晋南北朝时代,琅琊王氏与陈郡谢氏两家几乎囊括了江左五代朝廷的高官爵位,"旧时王谢"四个字在青史上堪称举足轻重。

如此门阀世家,谢灵运自出生时起,就不必为功名利禄而发愁。他放任性情,才思斐然。谢灵运自己也以为:"天下才共一石,曹子建独得八斗,我得一斗,自古及今共用一斗。"

谢灵运在任永嘉太守后,创作了大量的山水诗。江南的青山碧水,草木灵秀,皆入其诗中。将魏晋以来"淡乎寡味"的玄理诗冲散而去,为后世的诗人们铺开了一条只须抒写性灵的诗歌创作的道路。

如此看来,"以自然之眼观物,以自然之舌言情"的纳兰,必然是深爱谢诗的,所以他才会对谢灵运之最终归宿耿耿于怀。纳兰以为,谢灵运不忘前朝之恩固然是忠义,却何苦掺和朝政之事;就算掺和了朝政,也不该做什么"韩亡秦帝"的诗,遭帝王忌恨,终落得身首异处,以致"秾丽之极,而反若淡琢磨之极,而更似天然"的临川内史诗,再也寻不着了。

咏史（其七）

中允^①功名洗马^②才，旧僚陪送有谁哀^③。

临湖殿^④里弯弓客，却向宜秋^⑤洒涕回。

笺注

①中允：本为官名。《汉书·百官公卿表》记载，詹事掌皇后、太子之事，属官有太子率更、家令丞、仆、中盾。中盾后改称中允。此处乃指唐初四大名相之一的王珪。王珪，字叔玠，南梁尚书令王僧辩之孙。隋文帝开皇十三年（593年）入召秘书内省，授为太常治礼郎。入唐后历任世子府咨议参军、太子中舍人、太子中允，成为太子李建成的心腹。

②洗马：即太子洗马。《汉书·百官公卿表》记载，太子太傅、少傅的属官有洗马之官。此处乃是指魏徵。魏徵在窦建德帐下为起居舍人，后窦建德为李世民所败，魏徵入唐，李建成授其洗马之职，礼遇甚厚。

③旧僚一句：当指武德七年（624年）的杨文干事件。杨文干原为太子李建成宿卫，后任庆州都督，私募壮士送入长安东宫。后李建成派人送铠甲到庆州，为李渊所知，认为杨文干与李建成密谋，有叛乱之心，遂将李建成软禁。杨文干闻知果然起兵，为李世民所灭。李渊认为王珪身为中允，未能劝导太子，致使其兄弟失和，将他流放巂州。

④临湖殿：唐初宫殿之名。因李建成与李世民间的斗争不断恶化，李建成设法使李渊逐走了秦王府的房玄龄、杜如晦等文武官员。李世民

为情势所迫，决意采取行动，除李建成，逼李渊退位。武德九年（626年）六月初四，李世民率领秦琼、尉迟恭等人于玄武门设伏，李建成和李元吉奉召入宫，行至临湖殿，察觉不妥，转身逃走。李世民张弓搭箭，射杀了李建成。故而纳兰将其称作"弯弓客"。

⑤ 宜秋：李建成死后，其五子俱坐罪诛死，夺皇室属籍。李世民继位后，王珪与魏徵皆被其招入朝中，任谏议大夫。后李世民追封李建成为息王，谥号隐，按王礼改葬，命王珪、魏徵等原东宫属官一同送葬，李世民亲临宜秋门哭悼，将皇子李福过继为李建成之后。贞观十六年（642年）时，李世民又追赠李建成为皇太子，世称隐太子。

赏评

读纳兰的咏史诗，时时能感到他与众不同的感悟。想来从古至今做文章的人，都有标新立异的意识，若是没有自己的独家观点，人云亦云，那读书读史也就没什么意思了。

虽然对玄武门之变古来争议颇多，但从没有谁能够抹杀唐太宗之雄才伟略。所以纳兰也不愿意在这一问题上耗费工夫，他将目光转向了王珪、魏徵这些东宫旧臣们。

玄武门之变后，太子李建成的东宫旧僚魏徵、王珪等人不但没丢了命，反而成了新太子李世民的帐下良臣。李世民登基了，竟还让王珪、魏徵这些旧臣去为李建成送葬。可是，这些旧臣们该是什么样的心情呢？是悲是恨，还是心无所愧？反倒是李世民自己在宜秋门痛哭流涕。这就是现实的可笑与残酷吧？

咏史(其八)

羽衣木鹤①想前身,不到升仙到奉宸②。
自是平章③曾入奏,在廷何限赋诗人④。

笺注

① 羽衣木鹤:乃指武则天面首张昌宗。张昌宗容颜俊美,被太平公主荐入宫中。当时宫中之人为讨好张昌宗,称其乃是周灵王太子王子晋转世。因传说王子晋乘鹤羽化升仙,故而武则天便命张昌宗穿羽衣,骑木鹤,效仿升仙的样子。

② 奉宸:武则天于圣历二年(699年)为张昌宗及其哥哥张易之所设的控鹤府,次年改称奉宸府。以张易之为奉宸令,引名士阎朝隐、薛谡、员半千等为奉宸供奉。神龙元年(705年),宰相张柬之发动政变,逼武则天退位,迎立皇太子李显。张昌宗兄弟被诛,奉宸府遂废。

③ 平章:典出《千字文》:"坐朝问道,垂拱平章。"意思是君王坐朝临政,与群臣共商国是,垂衣拱手,无为而治,天下太平,政绩彰明。唐时以尚书、中书、门下三省长官为宰相,但并不常设此位,而是选任官员加同中书门下平章事之名参与国事。故而平章之位犹如宰相。纳兰此处所指乃是狄仁杰。狄仁杰,字怀英,早年以明经科取士,历任汴州判佐、并州都督府法曹、大理丞等官职。天授二年(691年)九月,任同凤阁鸾台平章事,为宰相。后遭来俊臣诬陷入狱,于神功元年再次拜相。

狄仁杰直言敢谏，力劝武则天立庐陵王李显为太子，深得武则天信任。

④ 赋诗人：唐时科考，明经、进士两科为主要科目。进士科须考时务策、诗赋、文章，明经科则考时务策、经义。可见，进士科较难，明经科较易，故而当时有"三十老明经，五十少进士"的说法，而考取进士科的人通常都被认为才华更高。狄仁杰以明经科取士，此后，他多次向武则天举荐人才，武则天几乎都有所任用，并不在意是否经过务策、诗赋等进士科考，所以纳兰以"在廷何限赋诗人"来形容武则天对狄仁杰的器重。

赏评

写这首诗时，纳兰是极为冷静的。他以一分为二的态度去看待一代女皇武则天，也是以一分为二的态度去看历史。故而这首诗，我们也要一分为二地去看。

首先，纳兰的诗中没有将武则天当作女皇帝来看待，只将她看作一个皇帝。这是一件很了不得的事情。

古往今来，武则天遭人非议的根源，便是因为她是个女人，却当了皇帝。所以，无论是敬佩颂扬武则天的人，还是唾弃憎恶武则天的人，都要拿她是个女人来说事。

而纳兰偏偏没有。纳兰议论的，是武则天作为帝王的用人之道。他以为，武则天宠信张昌宗兄弟二人确实不应该，但武则天也肯重用狄仁杰、张柬之。如此看来，武则天虽然是个任性的皇帝，却也是个明智的皇帝，所以纳兰不作讽刺，也不加颂扬，他只是在一首诗的起承转合之间，坦荡荡地表达了自己的历史观点。

第三章 豹尾叼陪须献颂

或许,很多人觉得御前侍卫是武功高强的大侠。又或许,大家被影视剧里的"东西厂锦衣卫"几个字吓住了,以为皇帝贴身的亲信都是手段非常的间谍特工。然而,无论是御前侍卫还是锦衣卫,他们中的许多人其实都做着最无聊的事情:每天穿着铠甲佩着长剑,傻傻地站在殿宇栏杆檐角之下发呆。逢着天子出巡狩猎,大宴群臣的时候,懂文的要去作诗写赋,歌颂盛世;会武的则要演练骑射,彰显圣德,都是为帝王臣子佐兴罢了。

所以,纳兰固然文武皆备,有着一等一的才华,但这些却也是刺伤他的利刃。他有武艺,却不能为国杀敌;他有文才,却不能为君献策。他只能在帝王兴致所起时,听从旨意,以生花妙笔去写那些无法抒发自己灵魂的献颂诗。

纵然如此,纳兰那颗蠢蠢欲动的心是藏不住的。

兴京①陪祭福陵②

龙盘凤翥③气佳哉,东指斋宫④御辇来。

影入松楸⑤仙仗远,香升俎豆⑥晓云开。

盛仪备处千官肃,神贶⑦承时万马回。

豹尾⑧叨陪⑨须献颂,小臣惭愧展微才。

笺注

①兴京:原名赫图阿拉,满语为横岗之意,在今辽宁省新宾县西老城村。万历四十四年(1616年),清太祖努尔哈赤称帝,以赫图阿拉为都城。清太宗皇太极于天聪八年(1634年)时,改赫图阿拉为兴京。

②福陵:清太祖努尔哈赤的陵墓,位于沈阳东郊,又称东陵,乃盛京三陵之一。初建时,只称作"先汗陵"或"太祖陵",皇太极崇德元年(1636年)定名为"福陵",寓意大清江山福运长久。

③龙盘凤翥:形容山势雄壮蜿蜒,常指王者气象。后晋刘昫《旧唐书·玄宗纪》云:"初,上皇亲拜五陵,至桥陵,见金粟山有龙盘凤翥之势。"

④斋宫:指供斋戒所用的宫殿。《国语·周语》记载:"王即斋宫,百官御事,各即其斋三日。"古时,凡祭天祀地及祈谷、常雩等大祀前,皇帝、臣子须在斋宫内致斋。斋戒日,皇帝与陪祀大臣佩戴斋戒牌,各宫悬斋戒木牌于帘额。此期间,不作乐,不饮酒,忌辛辣。

⑤松楸：指松树与楸树，因墓地多植，以此代称坟墓。唐·刘禹锡《酬乐天见寄》诗："若使吾徒还早达，亦应箫鼓入松楸。"

⑥俎豆：典出《论语·卫灵公》："卫灵公问陈于孔子。孔子对曰：'俎豆之事，则尝闻之矣；军旅之事，未之学也。'"俎和豆为古代祭祀、宴飨时盛食物用的两种礼器，引申为祭祀、崇奉之意。

⑦神贶：神灵恩赐之意。唐·黄滔《课虚责有赋》云："所谓摆扬恬澹，剖判虚空，冀其神贶，逮彼幽通。"

⑧豹尾：此处乃指天子属车上的饰物，通常悬于最后一车，后亦用以指代天子车驾，称豹尾车。唐·骆宾王《王昭君》诗："敛容辞豹尾，缄怨度龙鳞。"

⑨叨陪：谦词，叨光陪侍的意思。唐·王勃《滕王阁序》云："他日趋庭，叨陪鲤对。"

赏评

埋葬着大清太祖皇帝努尔哈赤的福陵，就那样静静地躺在巍峨的山峦之间。纳兰扈驾而来，奉君王之命，作诗以记。

努尔哈赤少年坎坷，以采松子、拾蘑菇、捡木耳为生。后部落遭屠，家中只有他一人幸存。收起父辈所遗留的十三副甲胄，努尔哈赤由此起兵。他征服了建州，统一了女真部落，于赫图阿拉建立大金，自称"覆育列国英明汗"。此后，他决战萨尔浒，消灭叶赫部；又席卷辽东，为大清入关统一天下打下了坚实的基础。

如此一个旷世英雄、称霸雄主，纳兰于其陵前作诗，纵然不会心绪澎湃，也该有些慨然吧？那些故纸堆里的历史故事，哪及眼前这一个更贴近纳兰的时代，更能激动人心呢？

可是，我们看纳兰所写之诗，用词用典皆是平平，似乎只是按照七律诗的格律要求，简单凑成几句话就成了，毫无诗作蕴藉之意味。以纳兰之才思而言，这样的诗作真是要一千首也有，只能算是打油诗罢了。

可是，纳兰却在最后道一句"小臣惭愧展微才"。这种谦恭的心情，恐怕不是纳兰内心的敬畏，恰恰是他身为大才子的高傲，又或者，是他刻意不敢展露才华，以免惹来君王的忌惮。

《红楼梦》元妃省亲时，众人题咏歌颂。林黛玉一向自视甚高，本意压倒众人，"不想贾妃只命一匾一咏，倒不好违谕多作，只胡乱作一首五言律应景罢了。"而薛宝钗自然不敢像林黛玉那般塞责了事，便有心收敛笔下锋芒，在那诗作的最后一句叹道："睿藻仙才盈彩笔，自惭何敢再为辞。"

纳兰写作此诗时，心思应该是与宝钗是一样的。

扈驾西山[①]

凤骞龙盘势作环,浮青不断太行山。

九重殿阁葱茏里,一气风云吐纳间。

熊虎[②]自当驰道伏,蛟螭[③]长捧御书[④]闲。

黄图[⑤]此日论形胜,惭愧频叨侍从班。

笺注

[①] 西山:当指北京西山。西山乃太行山支阜,古称"太行山之首",峰岭连延,宛如腾蛟起蟒,于西面遥遥拱卫京城。

[②] 熊虎:以熊虎两兽比喻作战勇猛的将士。《三国志·吴志·周瑜传》云:"刘备以枭雄之姿,而有关羽、张飞熊虎之将,必非久屈为人用者。"

[③] 蛟螭:指蛟龙,仍旧是比喻勇猛战将。

[④] 御书:进呈于帝王的书为御书。唐·韩愈《集贤院校理石君墓志铭》:"诏下河南徵拜京兆昭应尉,校理集贤御书。"

[⑤] 黄图:原为古书名,《三辅黄图》的略称。《隋书·经籍志》云:"《黄图》一卷,记三辅宫观陵庙明堂辟雍郊畤等事。"后世以此泛指记载京都形胜的书籍。

赏评

细品此诗,我们会发觉,纳兰此时的态度里其实是有些幽隐的怨气的。

不管西山是否凤骞龙蟠,也不必在意它是否是太行山的余脉,这就是大清的巍巍江山。那葱茏的山峦之间,是帝王居所九重殿阁,风云吐纳,皇家气象。

如今的大清正是辉煌盛世。也正是因此,犹如熊虎一般的战将们都在伏于大道之上,不必再奔赴沙场。而那些如蛟似螭的勇士们也都做了御前侍臣,手捧御书,作诗题词,每日里闲散无事。所以,当君王忽然说起山川形胜、天下大势的时候,纳兰唯一能做的,就是"惭愧频叨事从班"。

只要略读史书便可知道,纳兰所生活的康熙初年并不是天下安定的时代。朝廷平三藩、收台湾、逐沙俄的同时,还要提防草原上一直虎视眈眈的葛尔丹。那时候,朝廷的兵马常常出征,纳兰是多么想能够身在其中,做一个驰骋沙场的熊虎蛟螭。可是,他却只能在这里当所谓的御前侍卫,只能"常捧御书"闲散无事。

如此境地确实叫纳兰感到惭愧。"频叨"二字更透露出他常在御前侍奉而久无作为的无奈与痛苦。可是,他却不能呼号发泄,他还要用那些不痛不痒的词句典故来为这样的生活唱赞歌。

若按君为臣纲的礼训而言,纳兰奉旨做诗是不该塞责敷衍的。纳兰也不是那种倨傲狂放、能将王侯将相视若草芥的人。可是,纳兰到底是不甘心的。他为自己不得不屈从于这样的命运而痛苦,所以他也无法克制心中的哀怨,任其流诸笔端,如同屈子《离骚》之幽怨一般。

这样的纳兰,亦是真性情的纳兰。

扈跸霸州[①]

霸山重镇奠神京,鸾辂[②]春游淑景明[③]。

万呶银涛冲古岸,四围玉甃[④]护严城。

花承暖日迎来骑,柳带新膏[⑤]绾去旌。

八砦雄图[⑥]今更固,行随赏乐胜蓬瀛[⑦]。

笺注

① 霸州:即今日河北霸州市。霸州秦时属广阳郡,汉属涿郡益昌县,五代后周时始建置,历经金、元、明、清各朝,均为直隶管辖。

② 鸾辂:指天子王侯所乘之车。《吕氏春秋·孟春纪》记载:"天子居青阳左个。乘鸾辂,驾苍龙。"

③ 景明:光明显著之意。宋太宗赵匡义曾赐五岳名号,东岳为淑明,南岳为景明,西岳为肃明,北岳为靖明,中岳为正明。

④ 玉甃:孔颖达为《易·井》注疏,云:"以砖垒井,修井之坏,谓之为甃。"明·冯梦龙《醒世恒言》中有"起百尺琉璃宝殿,甃九层白玉瑶台"之句。此处乃是形容城墙修葺平整,宛如玉石一般。

⑤ 新膏:膏,原指油脂一类,此处用来形容草木润泽。宋·张埴《初夏湖山》诗云:"花木成行新膏沐,麻鞋更上一层台。"

⑥ 砦:同"寨",指用以守卫的栅栏、营垒。《宋史·宗泽传》云:

"今河东西不从敌国而保山砦者,不知其几。"此处八砦盖指八方藩属。雄图指宏大广阔的版图。《旧唐书·裴度传》云:"伏惟皇帝陛下,恭承丕业,光启雄图。"

⑥蓬瀛:即海上三仙山的蓬莱、瀛洲,此处代指仙山。本卷《拟古·其二》篇作注解。

赏评

当时霸州是清王朝的锁钥与机枢之地,亦是皇家行猎的一个常驻之所。据《康熙实录》所载,康熙一生多次巡幸霸州,可考的驻跸之所便有霸州南关、苑家口、信安镇、堂二铺、柳岔口、苏家桥、崔家庄等地。那时,纳兰扈驾随行,执弓冲突,跃马随围,看来风光潇洒,心里却未必痛快。

皇帝行猎虽是演武,却比不上沙场征战。更多时候,行猎也只是帝王遣闷散心的方式,故而纳兰才会说"鸾辂春游""行随赏乐",我们也无法在这首诗里看到什么豪壮的心情,甚至连一些纳兰塞上诗的沉郁都看不到,都是那些用以粉饰繁华的词句。

浪涛冲岸是呱呱之声,巍巍严城犹如玉甃。日光正好,百花正开,连那新生的柳条都格外润泽,牵住了銮驾上的旌旗。如此情境,岂止是繁华富贵,更多了一些塞上之地极少有的温柔妩媚。纳兰所能做的,也只有在帝王帐前为这个太平盛世唱唱赞歌。

想纳兰自二十二岁得中进士,入宫为御前侍卫,在这近乎十年的光阴里,类似的诗篇恐怕是数不胜数。我们也能从纳兰的古体诗、咏史诗以及献颂诗的高低优劣中,看出纳兰心底里对这种御前生活的态度。

或许,正因为是献颂诗,纳兰才不敢轻易纵才,以免抢了帝王的风头。这样的一种创作环境,无疑是对纳兰诗词才华的摧残。

驾幸五台①恭纪

杳杳丹梯②上,迢迢翠辇③回。

慈云笼户牖,佛日现楼台。

珠树④参天合,金莲⑤布地开。

共传天子孝⑥,亲事两宫来。

笺注

① 五台:即山西五台山。

② 丹梯:此处指高入云霄的山峰。李白《夜泛洞庭寻裴侍御清酌》诗云:"遇憩裴逸人,岩居陵丹梯。"后亦以此指代寻仙访道之路。如杜甫《赠特进汝阳王》诗云:"鸿宝宁全秘,丹梯庶可凌。"

③ 翠辇:指饰有翠羽的帝王车驾。唐·李贺《追赋画江潭苑》诗云:"行云沾翠辇,今日似襄王。"

④ 珠树:神话传说中的仙树,又叫三珠树。《山海经·海外南经》云:"三珠树在厌火北,生赤水上。其为树如柏,叶皆为珠。"唐·黄滔《寄同年崔学士》诗云:"虽知珠树悬天上,终赖银河接世间。"

⑤ 金莲:纳兰于诗中自注:"金莲花,惟山中有此种。"可知,此乃五台山中一种特有的植物。或认为是一种名叫金芙蓉的花,形似莲花,喜冷凉湿润环境,多生在海拔两千米左右的高山草甸或疏林地带。

⑥ 天子孝：按《清史稿·圣主本纪》所载，康熙二十二年九月，康熙奉太皇太后幸五台山，纳兰故而称颂是天子孝心。下句中的"两宫"，即指康熙与孝庄太皇太后两宫圣驾。

赏评

此番上五台山，乃是康熙二十二年（1683年）的九月。这一年，朝廷的战乱基本平息，百姓生活安定。正值而立之年的康熙皇帝陪同孝庄太皇太后来至五台山祈福，随驾文臣有侍讲高士奇、翰林院检讨朱彝尊等，都是当时的文人才子，亦是纳兰的好友。

朱彝尊亦有《驾幸五台山恭纪》诗三首。其一云：

> 图经曾识五台名，想见云从帐殿生。
> 节物乍分春怡半，登临最好雪初晴。
> 林香紫鸽翻风上，月黑金莲照地明。
> 定有山灵呼万岁，不徒龙象下方迎。

其三云：

> 紫庙仙居岳镇同，削成太古想神功。
> 地转竺法兰栖处，山人勾龙爽画中。
> 曲磴溪流频渡马，晴云鸟下数归鸿。
> 省方岂为寻沙界，特采天花寿两宫。

朱彝尊诗作立意与纳兰一般无二，然而所用典故却远胜于纳兰。由此可以确信，纳兰的诗作确实有些敷衍之嫌。纳兰扈驾来五台山，距其索伦之行归来已有半年之久，可是纳兰的处境似乎并没有改变。

从《临江仙·永平道中》"曾记年年三月病"等相关诗词看来，此时的纳兰已然是身染微恙，而他的"胸中块垒"恐怕是越发沉重。或许，此时此刻的纳兰已经对这种粉饰点缀的人生感到绝望了。

扈从圣驾祀东岳礼成恭纪

岱宗①柴望②处,仙跸③回云霄。

礼乐犹三代,诸侯协四朝。

东封金牒④字,南指玉衡勺⑤。

阙里⑥应相近,回銮⑦亦不遥。

笺注

① 岱宗:即泰山,古称岱山、岱宗,春秋时改称泰山。

② 柴望:古代两种祭礼的合称。柴指烧柴祭天,望指祭国中山川,后亦以此泛指祭祀。

③ 仙跸:对天子车驾的美称。唐·郑审《奉使巡检两京路种果树事毕入奏因咏》云:"何当扈仙跸,攀折奉恩辉。"

④ 金牒:指佛道经典。南梁武帝《金刚般若忏文》云:"得金刚之妙宝,见金牒之深经。"

⑤ 玉衡勺:玉衡是北斗七星中位于斗柄与斗勺连接处的星宿,此处代指北斗星。

⑥ 阙里:即孔子的故乡山东曲阜阙里。后世亦以此借指曲阜孔庙或代指儒家学说。

⑦ 回銮:纳兰于此处自注:"时传旨南巡回日祀曲阜圣庙。"可知此诗写于康熙二十三年(1684年)康熙南巡之时。

赏评

这首诗大概是纳兰御前侍卫生涯里最后几首献颂诗之一了。

泰山之称最早见于《诗经·鲁颂》："泰山岩岩,鲁邦所詹。奄有龟蒙,遂荒大东。至于海邦,淮夷来同。莫不率从,鲁侯之功。"

《易·说卦》云:"履而泰,然后安。"泰山不仅仅是一座山名,还是一个国家安泰稳定的象征。黄帝曾登泰山,舜帝巡狩泰山,商王相土在泰山下建东都,周天子以泰山为界建齐鲁。秦皇汉武,则天女皇,古来许多帝王都曾登泰山而封禅祭祀,以彰圣德。

至于古来文人,颂咏泰山的诗文更是数不胜数。杜甫《望岳》"会当凌绝顶,一览众山小"便已写尽泰山之雄壮巍峨。

如此神圣之地,在纳兰的诗词里却那样平常,除却"岱宗"二字还留着泰山的痕迹,其余词句完全看不出东岳气质,全是粉饰之语。而整首诗中,最有意思的是尾联。

康熙二十三年(1684年)九月二十八日,康熙帝銮驾离京,开始了第一次南巡。十月初十、十一这两天,圣驾驻跸泰安,游东岳庙,登泰山玉皇顶。纳兰诗作当写于此时。而按纳兰自注所言,康熙登泰山之时便已经决定从江南返京之际要前往曲阜祭祀孔庙,所以纳兰才会写下"阙里应相近,回銮亦不遥"之句。

看来,纳兰对康熙祭祀泰山并无多少兴趣。南巡的圣驾刚抵达山东,连江南的一山一水都还没有见到,纳兰就已经想着回銮的事情了。

看康熙南巡大部分时间都在路上,许多景致也都是走马观花地看过。大概正是因为这样,纳兰越加觉得,这种扈驾随行、旅程匆匆的生活太无趣、太苦闷了,可他却无法摆脱。

幸举礼闱以病未与廷试[①]

晚榻茶烟揽鬓丝,万春园[②]里误春期。

谁知江上题名[③]日,虚拟兰成射策[④]时。

紫陌[⑤]无游非隔面,玉阶[⑥]有梦镇愁眉。

漳滨[⑦]强对新红杏[⑧],一夜东风感旧知。

笺注

① 礼闱即清朝时科举考试之会试,因其为礼部主办,故称礼闱。廷试为会试后的殿试。会试得中的贡士于殿廷上应考,由皇帝亲发策问。

② 万春园:纳兰《渌水亭杂识》中记载:"元时,海子岸有万春园。进士登第荣恩宴后,会同年于此。宋显夫诗所云'临水亭台似曲江'也。今失所在。"这里海子岸即什刹海,纳兰用旧时地名典故代指廷试,为自己错过廷试而沮丧。

③ 江上题名:当用张籍《哭孟寂》诗中之典:"曲江院里题名处,十九人中最少年。"曲江池乃唐朝时皇亲国戚、文人墨客宴游之处。张籍诗意乃是指孟寂少年才子,声名早立,而纳兰则是以此自喻。

④ 兰成射策:庾信小字兰成,其《哀江南赋》云:"王子滨洛之岁,兰成射策之年。"比喻少年得志。射策为汉时一种以经术为内容的考试。

主试者提出问题,书之于策,覆置案头,受试人拈取其一而答之,此为"射"。

⑤ 紫陌:古时诗文中将京城城郊的大道称作紫陌,盖指繁华之意。唐·刘禹锡《元和十年自郎州召至京师戏赠》云:"紫陌红尘拂面来,无人不道看花回。"

⑥ 玉阶:原指玉石砌成或装饰的台阶,后指天子之阶,寓意朝廷。唐·岑参《和贾至舍人早朝大明宫》诗云:"金阙晓钟开万户,玉阶仙仗拥千官。"

⑦ 漳滨:即漳水岸边之意。汉·刘桢《赠五官中郎将》诗云:"余婴沈痼疾,窜身清漳滨。"后世遂以此代指卧病。唐·李商隐《梓州罢吟寄同舍》诗云:"楚雨含情皆有托,漳滨多病竟无憀。"

⑧ 新红杏:指金榜题名的新科进士。纳兰此处乃是说自己因病误了考期,心中惆怅,只得强颜欢笑面对那些得中功名的同窗旧友。

赏评

读了许多纳兰的献颂诗,只读出他满腔的幽怨。"豹尾叨陪须献颂"的生活不是纳兰想要的,但这并不能说明纳兰是个不慕功名的人。这首诗就是最好的例证。

康熙十二年(1673年),纳兰还是十九岁的翩翩少年。春闱大试,得中会元,此时的纳兰恰如那少年得志的孟寂与庾信。可万没料到,一场突如其来的寒疾让纳兰错过了殿试。少年功名,就此止步,再要拼争,须待三年。

"万春园里误春期",纳兰再无心情紫陌游赏,每每思及朝堂功名之路,便愁锁眉间。可叹他病体缠绵,却还要时时面对那些同科中举的友人们。纳兰懊恼极了,由此更不愿放弃这心心念念的青云之路。这功名,他定要得到。

当是时,明珠劝慰纳兰:"吾子年少,其少俟之。"意思是说,这是上天的磨练,要纳兰耐心等待。果然,本就天赋聪颖的纳兰,从此愈加发奋苦读。徐乾学曾称,纳兰"自癸丑五月始,逢三、六、九日,黎明即骑马过余邸舍,讲论书史,日暮乃去。""于是益肆力经之学,熟读通鉴及古人文辞,三年而学大成。"

康熙十五年(1676年)的春三月,朝堂廷试如约而至。纳兰"条对凯切,书法遒逸,读卷执事各官咸叹异焉",终于得中二甲第七名,赐进士出身。只是纳兰没有想到,他的十年寒窗、刻苦勤奋会换来御前侍卫这个无趣的职位。

那时候,皇亲贵胄子弟入宫为御前侍卫往往都会被视作是恩典,但对纳兰而言,却是一种不幸。而这种不幸,我们不知道究竟是康熙皇帝对纳兰父子额外的宠信,还是一个帝王为平衡朝臣势力的御下之道。

我们只知道,纳兰一生的痛苦由此开始,至死未曾消散。

第四章 此间萧散绝

纳兰的大部分诗作都因为太过严肃少有人知,尤其是拟古与咏史一类,虽然无不透露着纳兰的人生观与历史观,但是对于那些已然事先取中纳兰词的人而言,读这样的诗似乎就少了一些"纳兰"的味道。

然而,纳兰的诗作并非只为拟古、咏史、献颂,他亦有山水抒情之作。这写诗抒写的是纳兰的真性情,与其词篇神韵相似,但读来却少了些缠绵凄婉,多了点淳朴清新。如果说纳兰填词乃是"用心良苦",那么纳兰作诗时,倒像是随心所至,无论是欢喜还是伤怀,都相对自在从容些。

纳兰在《原诗》里说:"人必有北窗高卧、不肯折腰乡里小儿之意,而后有陶诗;人必有流离道路、每饭不忘君之心,而后有杜诗。"如此看来,常有萧散之思,而后有纳兰诗。

郊园即事

胜侣^①招频懒,幽寻度石梁^②。

地应邻射圃^③,花不碍球场。

解带^④晴丝弱^⑤,披衿露叶凉。

此间萧散^⑥绝,随意倒壶觞^⑦。

笺注

① 胜侣:即良伴之意。《南史·何点传》云:"招携胜侣及名德桑门,清言赋咏,优游自得。"清·朱彝尊《乔侍读一峰草堂看花歌》:"初疑径辟过少,早有胜侣齐幽探。"

② 石梁:即石桥之意。

③ 射圃:即习射的场所。《续资治通鉴·元顺帝至正七年》云:"十月、辛卯,开东华射圃。"

④ 解带:指解开衣带,形容熟不拘礼,极为闲适。南梁·沈约《游沉道士馆》诗云:"开衿濯寒水,解带临清风。"唐·白居易《常乐里闲居》诗云:"谁能雠校闲,解带卧吾庐。"

⑤ 晴丝:春天时虫类所吐的游丝,常在空中飘荡。唐·杜甫《春日江村》诗:"燕外晴丝卷,鸥边水叶开。"明·汤显祖《牡丹亭·惊梦》

云:"袅晴丝,吹来闲庭院,摇漾春如线。"

⑥萧散:指潇洒不受拘束,闲散舒适。唐·张九龄《林亭咏》:"从兹果萧散,无事亦无营。"宋·曾巩《招隐寺》诗:"我亦本萧散,至此更怡然。"

⑦壶觞:即酒器。晋·陶潜《归去来兮辞》诗云:"引壶觞以自酌,眄庭柯以怡颜。"唐·白居易《将至东都先寄令狐留守》诗云:"东都添箇狂宾客,先报壶觞风月知。"

赏评

康熙初年(1662年),纳兰的父亲明珠任宫中侍卫、治仪正。不久后,明珠升任内务府郎中。成为朝中重臣,故而那时纳兰家的宅院必然不止一处。除却城内的明珠府邸,尚有"丙舍"花园、渌水亭别墅、桑榆墅等城外郊园。而纳兰此诗中所写之园,定然是个有山有水,景致清幽的绝佳之处。

这里有山有水,临近射圃,可以演练骑射,又有球场可以蹴鞠玩耍。纳兰有许多知己好友相伴,往来交游,潇洒惬意。

天热时,大家可以解带坦腹而坐,无须担心树上垂挂下小虫晴丝;若是秋寒露凉,披衿而立,也是雅趣。总之,这里是一方绝对的萧散自在之所,饮酒赋诗,你我唱和,管他外面什么世界!

纳兰交友看重的乃是性情才华。从顾贞观、姜宸英到严绳孙、朱彝尊,都曾在纳兰家中居住过。也许在世俗人眼中看来,他们都是纳兰府上的文书相公、寄食清客,然而纳兰待他们却是真心实意,不曾有半点轻慢之处。

在纳兰家的郊园里,文人们可以解带而坐,"随意倒壶觞",将尘世烦恼一概抛开,只是萧散闲适,这样的生活不正是纳兰心仪的吗?

初夏月偕仲弟①作

云母②窗扉夜不扃,露华③和月满中庭。

可怜春去无多日,已怯微暄④敞画屏。

笺注

① 仲弟:即纳兰的二弟纳兰揆叙。

② 云母:一种矿石,俗称"千层纸",半透明,有玻璃光泽,古人用此作为物品装饰。有一种竹子皮色似云母,被称作"云母竹"。南梁简文帝《修竹赋》云:"玉润桃枝之丽,鱼肠云母之名。"

③ 露华:即露水。唐·李白《清平调词》云:"云想衣裳花想容,春风拂槛露华浓。"

④ 微暄:微微暑气之意。此处乃言初夏时节,天气已经渐渐炎热,故而纳兰打开画屏,阻挡暄气。

赏评

纳兰有两个弟弟。即纳兰揆叙与纳兰揆方。按《相国纳兰公元配一品夫人觉罗氏墓志铭》所载,兄弟三人应当都是明珠原配发妻、英亲王阿济格之女觉罗氏所出。

揆叙出生的那一年是康熙十三年（1674年），当时纳兰正是二十岁的少年，已娶妻卢氏。这首诗纵然是写于纳兰逝世之年，那时的纳兰揆叙也不过是个十一岁的小童。

　　古人云"长兄如父"。纳兰与仲弟相差的年岁，确实也是父与子两代人的差别了。《觉罗氏墓志铭》里说："夫人性识明慧，能知大体，中外之事，区处详密……其训教诸子有均平之慈而无姑息之爱，故三子皆有俊才，并为国器。"

　　如此家风，可以想见，纳兰待仲弟揆叙非但有手足之间的关怀怜爱，更有殷勤教导的责任。恰如徐乾学的《纳兰君墓志铭》里所言："友爱幼弟，弟或出，必遣亲近傔仆护之，反必往视，以为常。"一个殷切叮咛的长兄形象跃然纸上。

　　康熙二十年（1681年）七月，因纳兰、徐乾学、顾贞观等人之力，一纸还乡诏发往"重冰积雪，非复世界"的宁古塔，被流放了二十多年的吴兆骞终于得以归来。待其抵达京城时，"容若急欲晤对，一见即祈入城"，将吴兆骞留在家中，为弟弟揆叙授读。

　　不过，这首诗却不是写纳兰这个如父的长兄怎样教导年幼的弟弟。诗中不见一人，可词句里却看得出，这是写兄弟二人初夏赏月之乐事，隐隐透着和睦与温馨。

　　夜渐渐深了，镶嵌着云母的窗扉却敞着。窗内兄弟二人安稳而坐，窗外月明如水，露华正浓，满庭清幽。只是可惜，春光方才离去，初夏的暑热就渐渐侵袭而来，只得敞开画屏，以隔暑气。

　　或许是年幼的揆叙不肯安睡，趁此良辰美景，缠着纳兰教他如何赋诗填词；又或许他们只是默然静坐，享受这片刻温情时光。这时候的揆叙恐怕还不能体会长兄仕途之上的愁苦，而他的相伴恰如窗外露华明月一般，清澈着纳兰的心。

通志堂①成

茂先②也住浑河北,车载图书事最佳。

薄有缥缃③添邺架④,更依衡沁⑤建萧斋⑥。

何时散帙⑦容闲坐,假日消忧未放怀。

有客但能来问字⑧,清尊⑨宁惜酒如淮⑩。

笺注

①通志堂:康熙三十年(1691年),即纳兰离世后的第六年,其师友将纳兰生前的诗词文章整理成集,题名《通志堂集》。清初曾有一部《通志堂经解》,是清代最早阐释儒家经义的大型丛书。按史料所载,此书乃是纳兰拜徐乾学为师时主持编纂的。由此可知,通志堂当是纳兰当时一所书斋之名。《通志堂经解》最早刻印于康熙十二年(1673年),故而通志堂应建于此前。

②茂先:即张华,字茂先,西晋政治家、文学家、藏书家。西汉留侯张良的十六世孙,唐朝名相张九龄的十四世祖。张华于曹魏时历任太常博士、佐著作郎、中书郎,《晋书·张华传》称其"雅爱书籍,身死之日,家无馀财,惟有文史溢于机箧。尝徙居,载书三十乘"。纳兰此处乃是说,藏书著书是为雅事,可知通志堂上藏书颇多。

③缥缃:指书卷。缥为淡青色,缃为浅黄色。古时常用此两种颜色的丝帛作书囊书衣,因以指代书卷。南梁萧统《文选序》云:"词人才子,

则名溢于缥囊；飞文染翰，则卷盈乎缃帙。"

④邺架：指藏书之架。唐时李泌，历仕玄宗、肃宗、代宗、德宗四朝，肃宗在南岳烟霞峰下兜率寺侧建房，名之为"端居室"，钦赐李泌为隐士。德宗时，李泌官至中书侍郎、同平章事，封邺县侯，世称李邺侯。其家中藏书充栋，人称"书城"。唐·韩愈作《送诸葛觉往随州读书》诗云："邺侯家多书，插架三万轴。"后世遂以邺架代指藏书架。

⑤衡沁：沁乃水名，此处当指河塘溪流一类。

⑥萧斋：据唐代书法家高平县侯张弘靖之《萧斋记》所记，唐宗室子李约"于江南得萧子云壁书飞白'萧'字，以笔势惊绝，遂匿而宝之"。后李约在家中营建精室，将此"萧"字嵌入墙中，为精室题名"萧斋"，后世遂以此代指书斋。

⑦散帙：即打开书帙之意，指读书。唐·王维《丁寓田家有赠》诗："开轩御衣服，散帙理章句。"

⑧问字：典出《汉书·扬雄列传》。扬雄校书天禄阁时，多识古文奇字，刘棻便向其求学问字。后世以此代指向人请教学问。

⑨清尊：同"清樽"，此处代指美酒。唐·王勃《寒夜思》诗："复此遥相思，清尊湛芳绿。"

⑩酒如淮：典出《左传·昭公十二年》，其时，晋侯、齐侯投壶燕饮，晋国大夫荀吴致祝词曰："有酒如淮，有肉如坻，寡君中此，为诸侯师。"后世以此形容宴饮之欢。宋·司马光《九月十一日夜雨宿营南园韩秉国寄酒兼见招以》诗云："肥柠堆玉盘，飞觞酒如淮。"

赏评

据说，乾隆皇帝曾质疑过《通志堂经解》是否为纳兰编纂校订，更有军机大臣跑去核查纳兰出身本末，竟查出康熙十二年（1673年）纳兰"年甫十六岁"，并无能力校订《经解》。于是，天子颁谕，认定纳兰未曾参与编校一事。

然而，纳兰诗作在此，其友人所作杂文笔记亦存，乾隆皇帝的举动不过是因为他帝王的偏见，刻意抹杀纳兰的功劳罢了。

《通志堂经解》其实是纳兰明珠承康熙之意修撰而成的。康熙初年，朝政刚刚稳定，康熙为笼络民心、消除满汉隔阂，开科取士，着意推崇儒学，下令将以朱熹为代表的儒家理学确定为官方哲学，命八旗子弟勤加攻读。

康熙十六年（1677年），明珠被授予武英殿大学士，任实录、方略、一统志、明史等重要皇家著述的总纂官。当时纳兰府上汉儒云集，而纳兰拜在翰林院编修徐乾学门下，受其指导，"益肆力经济之学"。纳兰从徐乾学的书斋传是楼中抄得百余种《经解》书籍，又"属友人秦对岩（松龄）、朱竹垞（彝尊）购诸藏书之家"。

在这读书藏书的过程中，纳兰因见"雕版既漫漶断阙"，"抄本讹误尤多"，从而萌发了校订一部完整的《经解》的心思。故而徐乾学在《通志堂经解序》中称纳兰"尤悫恚此举，捐金倡始，同志群相助成，次第开雕"。

由此可见，纳兰在《通志堂经解》的编校上是花费了极大的心血的。所谓"通志"，便有纵览古今典籍之意。或许这座名叫通志堂的书斋，正是因为纳兰有了编校《经解》的心愿而特意营造的，为的是给从事编校工作的文人们提供一个安静的谈诗论文、藏书著书之所。

而在这间通志堂里，纳兰的文人功业、诗人情怀都能够得到一些满足与安慰了。

渌水亭①

野色②湖光两不分,碧云万顷变黄云③。

分明一幅江村④画,着个闲亭挂夕曛⑤。

笺注

①渌水亭:渌水即清澈的水。唐·李白《梦游天姥吟留别》诗云:"谢公宿处今尚在,渌水荡漾清猿啼。"白居易《琴茶》:"琴里知闻唯渌水,茶中故旧是蒙山。"渌水亭乃纳兰家中亭阁,是其与友人宴饮赋诗之所。

②野色:即郊野之景色。唐·白居易《冀城北原作》诗云:"野色何莽苍,秋声亦萧疏。"

③黄云:即指黄色的云。联系下文可知此时乃日落之时,故而日光金黄,云水一色。

④江村:即江畔村庄。京城无江,渌水亭不可能在江畔,此处乃是指眼前景色犹如江村。

⑤夕曛:指落日黄昏。南朝谢灵运《晚出西射堂》诗:"晓霜枫叶丹,夕曛岚气阴。"清·朱彝尊《寓斋小集分韵得逢字》诗:"夕曛恋客未落,留听西林暮钟。"

赏评

前有通志堂，今有渌水亭。通志堂乃是纳兰编校《经解》之所，做的是正正经经的文章典籍的大事。那里固然也可以清樽饮酒，却难得消忧放怀。至于渌水亭，则是个不折不扣的遣兴之所，可将那红尘烦恼一抛而尽。

渌水一词，古来常见，但纳兰的渌水亭却有个典故。《南史·庾杲之传》记载，庾杲之字景行，"少而贞立，学涉文义"。

当时，卫军将军王俭门下才子云集，故而世人称王俭府为芙蓉池。王俭欲觅一卫军长史，他想起当初袁粲做卫军时，曾让他做长史之事。于是，王俭决定，今日自己所用之人，"应须如我辈人也。"

几经挑选，王俭看中了庾杲之。安陆侯萧缅闻知，便传信王俭道："盛府元僚，实难其选。庾景行泛渌水，依芙蓉，何其丽也！"

可知，渌水亭不仅仅有一弯清流渌水可以游宴赏乐，更寄托着纳兰乃至纳兰身边的那些文人才子们的渴望如庾杲之一般"泛渌水，依芙蓉"的志怀。然而这一份志怀显然是难以实现的，所以纳兰家的渌水亭仍旧是一个赏风光、看闲云的地方。

山野之色倒映于湖水之中，已然难分天地之界限。夕阳西下时，那碧空中的云彩都被浸染成金黄之色，瞬息变化，万千气象。这情景倒有几分江村画图的感觉，于是看景的诗人越发心情闲散了，依坐亭中，看那日头悬空，一点一点地沉下西山去了。

纳兰所处时代正是大清繁盛之始，沉沦之痛、时事之忧应该不会太甚。然而，看着这繁华盛世的夕阳之景，让纳兰更添美人迟暮之感。只怕这渌水亭的水再清澈，也洗不净纳兰心中的烦愁。

咏笼莺

何处金衣客①,栖栖翠幕②中。

有心警晓梦,无计啭春风。

漫逐梁间燕,谁巢井上桐。

空将云路翼③,缄恨④在雕笼⑤。

笺注

① 金衣客:即指黄莺鸟,又称黄鹂,羽毛金黄色,鸣声圆润嘹亮,低昂有致,富有韵律,极为悦耳。古来诗词中常有歌咏黄莺之作,如唐·韦庄《应天长》词云:"绿槐阴里黄莺语,深院无人春昼午。"杜甫《蜀相》诗云:"映阶碧草自春色,隔叶黄鹂空好音。"故而世人常常笼养黄鹂,以求愉悦心情。

② 翠幕:比喻苍翠浓荫的林木。南梁简文帝《和藉田》云:"地广重畦净,林芳翠幕悬。"

③ 云路翼:此处乃指可以翱翔天空的羽翼。

④ 缄恨:缄即捆绑之意,乃指锁恨。

⑤ 雕笼:指雕刻精美的鸟笼。唐·杜甫《八哀诗·故著作郎贬台州司户荥阳郑公虔》云:"孔翠望赤霄,愁思雕笼养。"

赏评

纳兰在《渌水亭杂识》里评唐诗,云:

> 唐人诗意不在题中,亦有不在诗中者,故高远有味。虽作咏物诗,亦必意有寄托,不作死句。老杜《黑白鹰》、曹唐《病马》、韩偓《落花》可证。今人论诗,唯恐一字走却题目,时文也,非诗也。

杜甫《见王监兵马使说,近山有白黑二鹰,罗者久取》诗中"万里寒空只一日,金眸玉爪不凡材"句看似写的是两只翱翔山野、从未被人捕捉到踪迹的苍鹰,然而寄托的却是对不同凡才的英雄的赞叹;曹唐《病马五首呈郑校书章三吴十五先辈》诗中"王良若许相抬策,千里追风也不难"句,亦是对前辈们"老骥伏枥,志在千里"的崇敬;韩偓的《惜花》诗中"总得苔遮犹慰意,若教泥污更伤心"句,则是借落花遭泥污之事,寄托身世飘零之感。

所以,毫无疑问,纳兰笔下的笼中黄鹂便是纳兰自己。它满身黄羽,乃是金衣之客,本该栖宿在密林深处。就像纳兰这样的仕宦子弟,满腹诗书,就该进入朝堂,做一个可以谋划时局的臣子。可是,黄鹂鸟有心警醒痴人的晓梦,却无力回转春风之无情,而纳兰一腔的报国热情也未曾得到君王的重视。

你看那梁间燕子飞舞追逐,井上梧桐却无凤凰来栖。明明可以展翅翱翔天空云际,却无奈被困锁在这雕笼之中。就好比纳兰终日立于殿堂之外,做了个御前仪仗的装饰品,只能空看着满朝文武议论国是,自己却毫无施展才华的余地。偌大的紫禁城,不正是那金漆玉雕的牢笼吗?这种痛苦,这种幽怨,无论纳兰怎样挣扎拼搏都无法逃离。

"唐人诗有寄托,故使事灵;后人无寄托,故使事版。"纳兰的《咏笼莺》因为有了寄托、有了深情,便有了蕴藉之意。这不仅仅是纳兰借写黄莺而描摹自家心境,也是纳兰以其诗文之笔实践着自己的诗歌理论。

  绮丽文章易做，诗歌风雅难寻，就好比今日之靡靡网络文学与文以载道典籍的差别，所以我等后世之人若将纳兰只看作一代才子词人，反倒是看轻了纳兰。纳兰诗词于抒写性情之外，亦有人文精魂。

夜合花[1]

阶前双夜合,枝叶敷华荣[2]。

疏密共晴雨,卷舒因晦明[3]。

影随筠箔[4]乱,香杂水沉[5]生。

对此能消忿,旋移近小楹[6]。

笺注

① 夜合花:有常绿灌木夜合花,又名夜香木兰,树姿小巧玲珑,夏季开绿白色球状小花,昼开夜闭,幽香清雅,但生于南方,性怕寒冷。故而此处夜合花当指合欢树之花。合欢树,古称青裳,落叶乔木,夏季开花,状若伞冠,呈淡红色,朝开夜合,耐干燥瘠薄,北方亦可生长。唐末《中华古今注》记载:"欲捐人之忿,则赠以青裳,青裳一名欢合,则忘忿也。"晋·嵇康《养生论》亦云:"合欢蠲忿,萱草忘忧。"

② 华荣:繁荣之意。汉·焦赣《易林·复之解》云:"春桃萌生,万物华荣,邦君所居,国乐无忧。"宋·王安石《东城》诗云:"虽云一草死,万物尚华荣。"

③ 晦明:即黑夜与白昼。南梁元帝《金楼子·杂记上》:"春花秋月之时,暗如深夜撤烛,人有不识晦明者。"明·张煌言《拟古》诗之二:"晦明本如毂,日日相推移。"

④ 筠箔：指竹编的帘子。明·胡汝嘉《子夜四时歌》云："湘筠织成箔，瞥眼便相亲。"

⑤ 水沉：即沉香。明·李时珍《本草纲目·木一》云："木之心节置水则沉，故名沉水，亦曰水沉。"纳兰此处乃是形容夜合花香似沉香。

⑥ 小楹：楹乃堂屋前部的柱子，此处代指屋舍。

赏评

这首名为《夜合花》的五言律诗看来平平，却是"国初第一词人"纳兰性德的绝笔之作。

康熙二十三年（1684年）十月间，纳兰随驾来至江南，有《病中过锡山》诗两首，可知那时的纳兰已经患病在身。

南巡归来之时已近腊月岁末，待过了新春之后，纳兰再无伴驾出巡之事。

康熙二十四年（1685年）三月十八，康熙的万寿节上，康熙"亲书唐贾至《早朝》诗"赐予纳兰，中有"共沐恩波凤池上，朝朝染翰侍君王"之句。

一个月后，康熙命纳兰"赋《乾清门应制》诗及译御制《松赋》，皆称旨。于是外庭佥言，上知其有文武才，非久且迁擢矣"。看起来，康熙似乎要对纳兰有所施恩。当时，纳兰拉着好友姜宸英的手叹道："吾倘蒙恩得迁升一官，你我便可戮力共事，与诸人一较才能之高下。"

然而，未过几日，纳兰便彻底病倒了。康熙遣"中官侍卫及御医"不断前往纳兰府中探望问诊，将要出关避暑时仍命人时时禀报纳兰病情，似是对纳兰极为关切。五月二十三日，病中的纳兰与顾贞观、姜宸英、朱彝尊等好友诗文聚会，以夜合花为题而作吟咏。此时的纳兰似乎并没有感受到死神的临近，他的心中还抱有一丝丝希望。

阶前合欢树正是枝叶繁茂、花开似锦的时候。它的疏密卷舒皆看天气的晴雨晦明。就好像正值壮年的纳兰，功名荣辱全看君王的恩宠。他支撑着病体，移至廊下，提笔写下这首《夜合花》，希望这消忿解忧的合欢花能够化解他心中的愤懑，期盼着夙愿得偿。

可叹诗作的墨迹尚未干去，纳兰便发病不起，"七日不汗而亡"，时年三十一岁。彼时，康熙知纳兰病笃，"亲处方药赐之"，然药方未至，纳兰已去。

纳兰的夙愿终未达成，满腹的忧愤亦未曾消散。纵然纳兰知道自己的诗词风雅可以传世百代，可是他一生的功名事业又在哪里呢？如今有许多人读着那些承载着纳兰真性情的诗词文章，可究竟又有几人能知纳兰的心事呢？

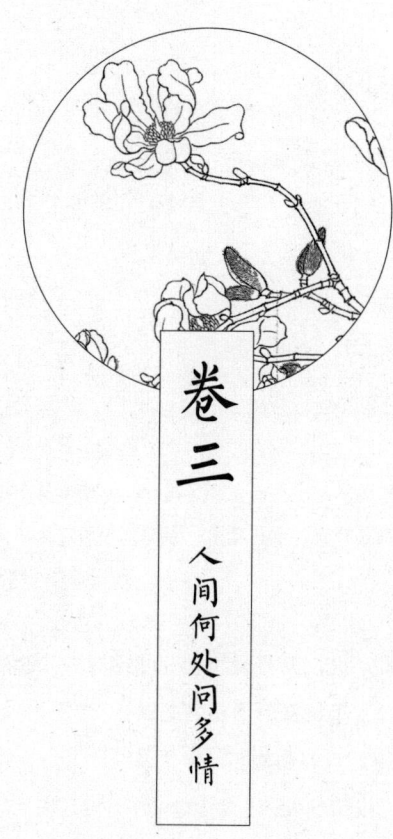

卷三 人间何处问多情

伏雨朝寒悉不胜,那能还傍杏花行。去年高摘斗轻盈。

漫惹炉烟双袖紫,空将酒晕一衫青。人间何处问多情。

——纳兰性德《浣溪沙》

许多评论说,此阕乃是爱情词。可我却从"那能还傍杏花行。去年高摘斗轻盈"里,看到了功名之叹。

是耶?非耶?且自由他。

纳兰诗词,以情动人,以真传世。故而自其去后,三百多年来,传诵不绝,赏评之文不计其数。因为纳兰,许多人都多情起来。

可是,情多便有羁绊,便有烦恼。纳兰如此才情,落笔成词,尚不能化解心中郁郁,那我等后世之人,又如何解得纳兰呢?所以说,我们的情是比不得纳兰的。这"人间何处问多情",是永远属于纳兰的孤寂。

冷暖自知饮水词

> 家家争唱饮水词,纳兰心事几曾知?斑丝廓落谁同在?岑寂名场尔许时。

今人所知纳兰词约有三百余篇,世间盛传之《饮水词》只是其中一部分。因为"饮水"二字颇具意蕴,故而人们很愿意将纳兰词都称作"饮水词"。甚至从纳兰所处的时代起,"饮水词"三字就已经指代了纳兰词的全部。

康熙十五年(1676年)的春三月,纳兰得中二甲第七名进士。暮春时节,顾贞观入京,纳兰与他一见如故,结为知己,作《金缕曲·赠梁汾》词。后来,顾贞观在自己所撰《弹指词》中附录此词,自注云:"岁丙辰,容若年二十有二,乃一见即恨识余之晚,阅数日,填此曲为余题照。"

可知,纳兰所作《金缕曲》是题写在顾贞观的画像上的,这幅画名叫《侧帽投壶图》。

《北史·独孤信传》记载:"信在秦州,尝因猎日暮,驰马入城,其帽微侧,诘旦而吏人有戴帽者,咸慕信而侧帽焉。其为邻境及士庶所重如此。"此典故乃是说,北周大将独孤信仪态潇洒,为当世美男。一日,独孤信狩猎晚归,策马飞驰,乃至冠帽歪斜而不自知。谁知次日出门,见各处官吏皆是侧帽装扮。原来众人惊见独孤信侧帽之美,纷纷效仿。

这《侧帽投壶图》本是描摹顾贞观的潇洒风流,而纳兰为之所题《金楼曲·赠梁汾》词也"一时传写京师"。纳兰词遂为世人所知。

大约就是这一年,纳兰将自己的所写词作编为《侧帽集》,与顾贞观之词合编《今词初集》付梓刻印,辞藻风流得以传世。

纳兰有一阕《踏莎行》,词云:

> 倚柳题笺,当花侧帽,赏心应比驱驰好。错教双鬓受东风。看吹绿影成丝早。金殿寒鸦,玉阶春草,就中冷暖和谁道。小楼明月镇长闲,人生何事缁尘老。

上阕里,纳兰还有"倚柳题笺,当花侧帽"的闲情,然至下阕,便是"金殿寒鸦,玉阶春草"的凄冷了。想纳兰此时已然是身在紫禁城内御前扈驾,故而体味到了"就中冷暖和谁道"的沧桑悲凉。

南宋时,岳飞之孙岳珂有一部记载两宋时期朝野见闻的史料随笔《桯史》,中有一篇《记龙眠海会图》,记述了北宋画家龙眠居士李公麟绘《海会图》一事。那文中道:

> 飘流大海,一切众生,天龙八部,诸鬼神众,若有若无,若隐若显,亦不可知,不可测。如梦中语,如水中尘,如暗中影,如空中花,谓之有相可乎? 谓之有法可乎? ……至于有法无法,有相无相,如鱼饮水,冷暖自知。

人生茫茫,犹如沧海,一切之事,皆如梦中语、水中尘、暗中影、空中花。种种法相,色空俱灭,个中冷暖,如鱼饮水,唯有自知。于是,纳兰将词集名称改作《饮水词》。康熙十七年(1678年),顾贞观归省吴中,料理《饮水词》刊印一事。纳兰写下《虞美人·为梁汾赋》"凭君料理花间课,莫负当初我",将所有的寄托都交付这一卷词集，交付给了好友顾贞观。

如今，《侧帽集》与《饮水词》的原本都没有真本了。康熙三十年（1691年），纳兰辞世六年之后，徐乾学将其生平诗词文章合集刻印，是为《通志堂集》，其中收纳兰词四卷，共三百首。后人又据《今词初集》《瑶华集》等清时选本入校，才有今日三百四十篇之数。

人间因有纳兰，而有纳兰词；世人因知纳兰词，方知纳兰。纳兰离去整整三百六十年，今人一旦议论起，十之八九仍是纳兰词。

顾贞观说：

> 容若天资超逸，悠然尘外，所为乐府小令，婉丽凄清，使读者哀乐不知所主，如听中宵楚咽，先凄惋而后喜悦。容若词一种凄忱处，令人不能卒读，人言愁，我始欲愁。

陈维崧说：

> 饮水词哀感顽艳，得南唐二主之遗。

况周颐说：

> 容若承平少年，乌衣公子，天分绝高。适承元、明词敝，甚欲推尊斯道，一洗雕虫篆刻之讥。独惜享年不永，力量未充，未能胜起衰之任。其所为词，纯任性灵，纤尘不染，甘受和、白受采，进于沉着浑至何难矣。

王国维说：

> 纳兰容若以自然之眼观物，以自然之舌言情，此初入中原未染汉人风气，故能真切如此，北宋以来，一人而已。

诚然，谁也无法撼动纳兰词在文学史上的地位。可是，曹寅那一句"家家争唱饮水词，纳兰心事几人知"的疑问，也会像纳兰词一样永久地留存下去。

纳兰之词乃是人生冷暖之悟,皆著纳兰之色彩。然而我等并非纳兰,又如何能真切体会纳兰之心境?那些"婉丽凄清""哀感顽艳"的评价,不过是学者的概括之言,难道我们就因此只看得见纳兰的"婉丽凄清""哀感顽艳"吗?

清末文人陈廷焯的《白雨斋词话》中,对纳兰的评价就很不客气:

> 容若饮水词,在国初亦推作手,较《东白堂词》(佟世南撰)似更闲雅。然意境不深厚,措词亦浅显。余所赏者,惟《临江仙》(寒柳)第一阕,及《天仙子》(渌水亭秋夜)《酒泉子》(谢却荼蘼一篇)三篇耳,余俱平衍。又《菩萨蛮》云:"杨柳乍如丝。故园春尽时。"亦凄忱,亦闲丽,颇似飞卿语,惜通篇不称。又《太常引》云:"梦也不分明。又何必催教梦醒。"亦颇凄警,然意境已落第二乘。

又云:

> 容若《饮水词》,才力不足,合者得五代人凄惋之意。余最爱其《临江仙·寒柳》云:"疏疏一树五更寒,爱他明月好,憔悴也相关。"言中有物,几令人感激涕零。容若词亦以此篇为压卷。

陈廷焯敢批纳兰"才力不足",是因为在他眼中,词亦可作感兴、寄托之语,"寄托不厚,感人不深",或是"托喻不深,树义不厚,不足以言兴",都不能称作好词。真正的好词,"诚能本诸忠厚,而出以沉郁,豪放亦可,婉约亦可"。

陈廷焯所谓的忠厚沉郁,便是"感慨时事,发为诗歌",要含蓄不露,力避俚俗。故而,"意境不深厚,措词亦浅显",凄忱闲丽的纳兰《饮水词》便成了陈廷焯诟病之处。

这并非陈廷焯有心贬低纳兰。若以陈廷焯之词学理论来看,纳兰词确有不足。只是世人不会都像陈廷焯那样只重词境沉郁,世人也不会只爱纳兰词的凄婉。正所谓,各人填词,自有各人感受;各人品词,亦有各人见解。

这大约就是纳兰"冷暖自知"的深意吧?

纳兰填词之心,唯有纳兰自己可知。我们品读纳兰之词,也只能各解各的冷暖吧!

京华何处渌水亭

　　人生到处知何似，应似飞鸿踏雪泥。泥上偶然留指爪，鸿飞那复计东西。

　　纳兰之逝，固然是一个文学时代的遗憾。然而，纵使明星陨落，其光芒却不会消逝，至于那雪泥鸿爪的人间印迹，至今亦可寻觅。

　　纳兰出生成长的地方，乃是当年的明珠府邸，在今日北京城后海北沿，临着湖塘清波，南望紫禁城，西眺西山。

　　据说，乾隆五十五年（1790年）时，权臣和珅向纳兰一族后人、伊犁锡伯营领队大臣纳兰成安勒索珍宝美婢，却被成安拒绝。于是，和珅以"耽酒好玩，不理事务"之名构陷成安，致其革职，籍没家产。这座曾属于纳兰的园林就此改名换姓。

　　嘉庆四年（1799年），和珅败落，赐死于狱中，籍没家产。这宅邸园林便被嘉庆皇帝赐给予乾隆第十一子、成亲王永瑆。可惜永瑆的子嗣多是庸碌之人，于朝廷并无建树，至同治年间爵位已降为贝子，遂迁出王府。

　　同治皇帝十九岁时驾崩，身后无嗣。慈禧太后便将醇亲王奕𫍯之子、自己的亲外甥，年仅四岁的载湉立为皇帝。光绪十四年（1888年）时，奕𫍯上奏刚刚亲政的光绪，称醇亲王府乃是帝王潜邸，自己不能居住。于是，光绪便将当年的成亲王府赐给了醇亲王。

再后来，光绪亦是死后无嗣，他的弟弟载沣之子溥仪继位，是为大清朝的末代之君宣统帝。因为溥仪出生于北海的醇亲王府中，于是，这所宅院——曾经的明珠府邸、纳兰故居，便以醇亲王府、溥仪潜邸之名终结了。

待到新中国成立后，王府的宅院多为政府办公所据有，唯有那奇花异草、回廊小院的西花园留存了下来，作为中华人民共和国名誉主席宋庆龄先生的居所。而这里，最终以宋庆龄故居的名义向世人开放。

今天，在宋庆龄故居里，我们能寻到的纳兰遗迹也是稀少零星了。那南湖之南乃是南楼，按解说铭牌上所写，此处便是纳兰当年读书之处。楼前临湖之处竟还立着两株合欢树，都道是纳兰《夜合花》诗中的那两株。只可惜，在涤荡了历史的尘埃后，这里已然没有了当年的痕迹，一梁一柱、一砖一瓦似乎都透着新鲜的气味。

在曲折的抄手游廊间，有一座六角攒尖的亭阁。这亭子乃是当年成亲王为感激嘉庆皇帝允许引皇宫玉河水入园而建。这玉河水来自京城西北玉泉山上，经西海、后海、前海、北海、中海、南海而入紫禁城，乃是皇家专用，旁人不可擅取，故而成亲王将亭子题名为恩波亭。

醇亲王府的恩波亭下，一带清流，渌水荡漾。所以，很多人认为，这里就该是纳兰诗词中的渌水亭旧址。

可是，纳兰的《渌水亭》诗里写道："野色湖光两不分，碧云万顷变黄云。分明一幅江村画，着个闲亭挂夕曛。"这野色湖光、江村画景分明写的是郊野景色，而这醇亲王府内的恩波亭，能够看见的只是巍巍皇城，哪里有野色湖光呢？

康熙十八年（1679年）的初秋，纳兰与顾贞观、姜宸英等友人渌水亭宴饮赋诗以为雅集，纳兰有《渌水亭宴集诗序》云：

> 予家象近魁三，天临尺五。墙依绣堞，云影周遭，门俯银塘，烟波滉漾。蛟潭雾尽，晴分太液池光；鹤渚秋清，翠写景山峰色。云兴霞蔚，芙蓉映碧叶田田；雁宿凫栖，秔稻动香风冉冉。设有

乘槎使至，还同河汉之泉；傥闻鼓枻歌来，便是沧浪之澳。

若使坐对庭前渌水，俱生泛宅之思；闲观槛外清涟，自动浮家之想。何况仆本恨人，我心匪石者乎。间尝纵览芸编，每叹石家庭树，不见珊瑚；赵氏楼台，难寻玳瑁。又疑此地田栽白璧，何以人称击筑之乡；台起黄金，奚为尽说悲歌之地。偶听玉泉鸣咽，非无旧日之声；时看妆阁凄凉，不似当年之色。

此浮生若梦，昔贤于以兴怀；胜地不常，曩哲因而增感。王将军兰亭修禊，悲陈迹于俯仰，今古同情；李供奉琼筵坐花，慨过客之光阴，后先一辙。但逢有酒开尊，何须北海；偶遇良辰雅集，即是西园矣。且今日芝兰满座，客尽凌云；竹叶飞觞，才皆梦雨。当为刻烛，请各赋诗。宁拘五字七言，不论长篇短制；无取铺张学海，所期抒写性情云尔。

纳兰的渌水亭能够"晴分太液池光"，坐于亭上，可赏满池芙蓉，可闻稻花之香，还能乘画舫、游沧浪。可见，这亭畔之水与太液池有着几分相似之处，乃是一方湖泊，甚至本就同出一源。而从"但逢有酒开尊，何须北海；偶遇良辰雅集，即是西园矣"之句看来，纳兰的渌水亭当在京城之西郊。乾隆年间的太仆寺卿戴璐在其所著《藤阴杂记》中言道："渌水亭为容若著书处，在玉泉山下。"而纳兰也曾有一首名为《玉泉》的诗："芙蓉殿俯玉河寒，残月西风并马看。十里松杉清绝处，不知晓雪在西山。"

据说，金章宗曾于北京西山修建了八大行宫，名曰西山八大水院。《金史·章宗本纪》明确记载了章宗数次幸玉泉山泉水院，即纳兰诗中的芙蓉殿。想来纳兰的渌水亭离这芙蓉旧殿不远，故而看得到宫禁繁华，也看得到野色湖光。

大约正是这宫禁之景与山野之色的对照，让纳兰更萌生了浮生若梦、胜地不常的感慨。更何况，古有王羲之兰亭集会、李太白琼筵坐花，都是兴怀寄托的雅事，可以叫人放下人生荣辱，及时行乐。

不过，也有人认为纳兰的渌水亭非在玉泉山，而是在皂荚屯。按《皇清纳腊室卢氏墓志铭》中"今以十七年七月二十八日葬于玉河皂荚屯之祖茔"所记，纳兰家祖茔乃在今日海淀上庄的皂甲屯。那里有一条榆河，清初时称榆河乡，亦称玉河乡。

清初之时，皂荚屯乃是纳兰家族的赐地。纳兰的祖父尼雅哈受封勒哈番四等爵后，便将皂荚屯一带的土地经营起来，建起了田庄。至明珠当家，再度扩建，除却祖茔地界，更有纳兰氏宗祠、家庙以及郊园别墅——"丙舍"花园。

纳兰的《郊园即事》诗里说："携侣招频懒，寻幽度石梁。地应邻射圃，花不碍球场。"可知当年的皂荚屯明珠府花园里有射圃、球场、花园、石桥。《茅斋》诗则云："我家凤城北，林塘似田野。遽庐四五楹，花竹颇闲雅。客俗鸡能谈，忧来酒堪把。容膝岂在宽，惬意自潇洒。"亦是自在潇洒的所在。

若是早几年，我们往皂荚屯一带寻觅，或可在零落荒草之间，遇着旧时的白玉狮子、青石栏板，抚摸那精雕细琢的石刻。那花园院墙虽成了残垣断壁，满眼萧条，可到底还是有历史的沧桑之感。

如今，新的纳兰纪念馆已经落成，粉刷一新的院落厅堂里摆满了纳兰的生平资料，看似在讲述纳兰的故事，却叫人少了许多可以真正追忆的感慨。这正应了纳兰的那一句："悲陈迹于俯仰，慨过客之光阴。"

百年千年之后，会有多少人知道纳兰呢？这些真的假的纳兰遗迹还会存在吗？渌水亭畔的渌水还寻得着吗？若寻不着，我们又该如何遣散这凭吊之情呢？

也许，还是林黛玉的那句话说得对："天下的水总归一源，不拘那里的水舀一碗看着哭去，也就尽情了。"

知在红楼第几层

> 独拥余香冷不胜,残更数尽思腾腾。今宵便有随风梦,知在红楼第几层?

纳兰是否为《红楼梦》贾宝玉之原型的讨论由来已久。既然要评纳兰,就不能绕过此话题。

晚清曾国藩幕僚赵烈文在其《能静居笔记》里如此记述:"曹雪芹《红楼梦》,高庙末年,和以呈上,然不知其所指。高庙阅而然之,曰:'此盖为明珠家事作也。'后遂以此书为珠遗事。"

这一段的意思是,乾隆末年,和珅将曹雪芹所著《红楼梦》呈给乾隆皇帝,觉得书中所写似有所指。谁知乾隆看了并不在意,因道:"这不过是写明珠家事罢了。"从此以后,许多人便认定《红楼梦》是明珠遗事,纳兰便是贾宝玉的原型。

纳兰与贾宝玉确实有相似之处。他们都出身仕宦之家、书香门第,是堂堂贵公子;他们都是性情中人,接物待人都那样真诚;尤其是在爱情问题上,他们都极为赤诚,有着至死不渝的信念。特别是在"表妹说"一度盛行之时,纳兰与那相爱而不能相守的表妹俨然就是贾宝玉、林黛玉的化身!

然而，但凡稍作考究的人都会明白，纳兰不可能是贾宝玉的原型。

《赁庑笔记》里提及的那位纳兰的表妹，《能静居笔记》里乾隆爷的言论，都是到清末时才有的。那时距纳兰离世、程本《红楼梦》问世已有一百多年，这些人如何就能言之凿凿呢？用《红楼梦》里的话来说，真是"除《四书》外，杜撰的太多"，都不过是时人为了寻些茶余饭后的话题，自己捏造出来的罢了。

若论纳兰与贾宝玉，二人有着本质上的区别，那便是对功名利禄的态度。

纳兰一生有两大痛苦：爱妻早亡，功名难成。他少有才名，却仍要萤窗苦读，只为金榜题名。因病误了廷试，便耿耿于怀，百般懊恼。待到中了进士，做了御前侍卫，纳兰这才明白，自己并未得帝王重用，不过是个摆设罢了，于是他忧从中来，再难断绝。甚至连那一身旧病都因功名未成而愈发沉重了。

而贾宝玉却从未有过此种对功名利禄的渴望。那史湘云劝他："你就不愿读书去考举人进士的，也该常常的会会这些为官做宰的人们，谈谈讲讲些仕途经济的学问，也好将来应酬世务，日后也有个朋友。"贾宝玉听了便冷言道："姑娘请别的姊妹屋里坐坐，我这里仔细脏了你知经济学问的。"

如此看来，若是贾宝玉见了纳兰，听了纳兰这考功名、论仕途的"混账话"，只怕也要"咳了一声，拿起脚来走了"，管他纳兰是什么世家公子、当世才子呢！

人生在世，性相近，习相远。纳兰与贾宝玉这一真一假的两个人物，若说因性情相似而作为彼此形象的参考、讨论，也是文学研究之法，可若非要说谁是谁的原型，便有些无趣炒作之意了。

事实上，《红楼梦》与明珠家事的关联以及纳兰与贾宝玉的相像是有时代根源的。最关键的，是纳兰与曹寅乃是同契旧交。

康熙二年（1663年），曹寅之父监理江宁织造，成为康熙在江南的耳目，颇得器重。曹寅之母孙氏乃是康熙的奶娘，一品诰命夫人。而曹寅自幼便是康熙的伴读，一家皆是皇帝身边之人。彼时，明珠也刚刚被提拔为内务府总管，参与国政，为康熙重用。

纳兰年长曹寅四岁，两人皆是京城里的贵府公子，想必年少时就已相识。康熙十一年（1672年），二人同登顺天府乡试之榜，后又同任御前侍卫，扈驾出行。同窗之情加上同事之份，纳兰与曹寅的交游往来自是寻常。

康熙二十一年（1682年）的上元佳节，纳兰在自家花间草堂上与顾贞观、姜宸英、朱彝尊、陈维崧、严绳孙、吴兆骞这些汉家文士饮宴赋诗，而曹寅亦在席上有《貂裘换酒》词一首。且从曹寅《楝亭图卷》上的题咏来看，顾贞观、严绳孙、张见阳等人与其往来密切。可知，在交友方面纳兰与曹寅是志同道合的，纳兰待曹寅的情意也非泛泛之谊。

不过，曹寅与纳兰最不相同处便在于仕途命运的差别。

康熙二十一年（1682年）仲春时节，纳兰与曹寅还曾一同扈从圣驾东巡，驻跸乌龙江（又称乌喇江，即今日松花江）时，二人各有词篇以记。

纳兰的《青玉案·宿乌龙江》云："那知此夜，乌龙江畔，独对初三月。多情不是偏多别，别为多情设。"曹寅的《满江红·乌喇江看雨》却道："好一场莽雨，洗开沙碛。七百黄龙云角矗，一千鸭绿潮头直。"二人心境一目了然。

两年之后，曹玺病逝于江宁织造的任上时，年方二十六岁的曹寅依圣旨协理江宁织造事务，青云直上，成为地方大员。而纳兰呢，年已而立，空有满腹才华，却还只是个御前侍卫。

相同的时代，相似的家庭，让纳兰与曹寅有着许多共鸣之处。但又因性格差异、遭遇不同，而终究命运两极。这看似是纳兰与曹寅的人生殊途，却是那个时代赋予纳兰、曹寅这些人的印记。

康熙二十四年（1685年）五月三十日，纳兰辞世。康熙三十四年（1695年）的秋天，张见阳过江宁织造府，曹寅与之相聚，并邀请江宁知府施世纶秉烛夜话。张见阳即兴作《楝亭夜话图》，曹寅题诗云：

> 紫雪冥蒙楝花老，蛙鸣厅事多青草；庐江太守访故人，建康并驾能倾倒。两家门第皆列戟，中年领郡稍迟早；文采风流政有余，相逢甚欲抒怀抱。于时亦有不速客，合坐清严斗炎燠。岂无炙鲤与寒鸦，不乏蒸梨兼渝枣；二簋用享古则然，宾酬主醉今诚少。忆昔宿卫明光宫，楞伽山人貌姣好；马曹狗监共嘲难，而今触痛伤枯槁。交情独剩张公子，晚识施君通纻缟；多闻直谅复奚疑，此乐不殊鱼在藻。始觉诗书是坦途，未防车毂当行潦。家家争唱饮水词，纳兰心事几曾知？斑丝廓落谁同在？岑寂名场尔许时。

此外，曹寅还有为张见阳兰草图所题《墨兰歌》，云：

> 折扇郭风花向左，鸾飘凤泊惊婀娜。巡枝数朵叹师承，颠倒离披无不可。潇湘第一岂凡情，别样萧疏墨有声。可怜侧帽楼中客，不在薰炉烟外听。盛年戚戚愁无为，井华饮处人偏贵。饧桃敢信敌千羊，孤芳果亦空群卉。张公健笔妙一时，散卓屈写幽兰姿。太虚游刃不见纸，万首自跋纳兰词。交渝金石真能久，岁寒何必求三友。至今摆脱松雪肥，奇雅更肖彝斋瘦。

字字句句，皆是哀悼纳兰。

纳兰与曹寅如此密切的关系，自然叫许多人以为纳兰遗事一定是被曹寅常常提及的，故而曹家的后人曹雪芹才能以此为蓝本，创作出《红楼梦》，塑造了这样一个多情种子贾宝玉。甚至还有人因为曹雪芹出生时间太晚，从而认为《红楼梦》乃是曹寅，或是曹颙、曹頫初创，曹雪芹只是补写续稿之人。

但是，这些终究只是猜测罢了。

康熙二十七年（1688年），御使郭琇上疏弹劾明珠结党营私，明珠即遭罢黜，后虽官复原职，却只是朝廷摆设，终生未得重用。康熙四十七年（1708年），明珠病故。次子揆叙在随后的九子夺嫡之事中，与阿灵阿私通大臣，推举皇八子胤禩为皇太子，因此触怒康熙而遭贬职，亦为雍正所忌惮。

故而，雍正二年（1724年）时，尽管揆叙已经病故，雍正仍命人发揆叙及阿灵阿罪状，追夺揆叙官，削谥，将其墓碑改镌为"不忠不孝阴险柔佞揆叙之墓"，可见痛恨至极。与此同时，纳兰的女婿年羹尧也因触犯天威而遭雍正冷落，终落得个狱中自裁的下场。这亦是此后乾隆皇帝不待见纳兰一族，不愿承认纳兰编校了《通志堂经解》的原因之一。

纳兰门庭由此败落，至于曹家，也在雍正年间一败涂地。

康熙五十一年（1712年）秋，曹寅病逝。康熙五十四年（1715年），曹寅长子、曹雪芹之父曹颙英年而逝。曹寅之侄曹頫过继为子，接任江宁织造，然而曹家因四度接驾而造成的三百万两两淮盐课银的亏空，已是难以弥补。待康熙驾崩，雍正即位，曹家"烈火烹油、鲜花着锦"的兴盛也就化为云烟了。

雍正六年（1728年），曹頫以骚扰驿站、织造亏空、转移财产等罪被革职抄家。那一年，曹雪芹十四岁。

曹雪芹自然是没见过纳兰的，他甚至都没有见过自己的祖父和亲生父亲。然而，纵览曹雪芹由富贵及贫贱的跌宕人生，虎门交游、燕市狂歌的落拓性情，其祖辈、父辈的一切，都映照在了他的身上。

其实，相对于纳兰未曾经历家族荣辱盛衰而言，曹雪芹的人生要深刻许多。故而，曹雪芹才能塑造出一个不以富贵功名为意，半生潇洒自在，终能看破红尘的贾宝玉。

长久以来，纳兰诗词中所出现的"红楼"二字，总容易被人认作是纳兰与《红楼梦》之间渊源的印证。其实纳兰之红楼与曹雪芹之红楼，都是闺阁居所的代名词。而纳兰与曹雪芹都是借用闺阁之情，描摹了一种人生，展现了一个时代。

缘结

静坐晴轩,乐志琴书

隆冬之时,近炉而坐;案几之上,无酒亦无茶。只有这枯燥的电脑,等待着我完结此篇,就此合上,好躲去角落里歇一歇,过一个悠闲的亚岁冬节。

我与纳兰的诗词之缘,至此就要暂时告结了。

起初,我本欲返回序言处,改掉那一句"我对纳兰,并无深情"。转念一想,还是罢了。如此,正可表明我待纳兰之心境变化,也不辜负我这三月来的寒窗时光。

实不相瞒,在写《谁念西风独自凉》与《一生一代一双人》这两章爱情词时,我仍是抱着平常心的。

待写至《人生若只如初见》一章,常常未曾落笔,先自慨然:时为"向尊前、拭尽英雄泪"而悲,时为"瘦狂那似痴肥好"而笑。解读《金缕曲·慰西溟》一阕时,止不住泪水潸然,不知人间何处,还能再有此等伯牙碎琴悼子期的情意。

及至《聒碎乡心梦不成》之《临江仙·永平道中》一篇,我本能地将"孤臣孽子"四字敲出,凝视片刻,逐字删去;蜷指半晌,复又写出。当是时,我竟仿佛自以为是纳兰的一个老友,怜其不遇,哀其不幸,却又知其不移。于是乎,千言万语都化作了一声喟叹。

是的,这就是我要翻悔"我对纳兰,并无深情"的原因。我钟情纳兰恰似我怜取李后主,皆是爱他们男儿血泪——非为儿女呢喃之情殇,却在山河家国之壮怀。我亦以为,如此看纳兰,才不枉他原是个至诚男儿。

纳兰在《雨霁赋》里曾欣然道:

> 瞻眺庭除,中心豁如;静坐晴轩,乐志琴书。观我生之消息,任天运以卷舒。知显晦之维命,而又何所用其健羡与?

初读此文,自以为能与纳兰情同。此时再想,后生晚学,唯有高山仰止之叹。从今以往,我这静坐晴轩、乐至琴书之事,须要愈加用心了。

而我与纳兰,当从这停笔之时,真正结缘!

周如风

乙未年冬至于北京